燕赵学脉文库

郑振峰　胡景敏　主编

朱泽吉文集

朱泽吉／著

周月亮／原编　杜志勇／订补

社会科学文献出版社

SSAP

SOCIAL SCIENCES ACADEMIC PRESS (CHINA)

"燕赵学脉文库"出版说明

　　"燕赵学脉文库"由河北师范大学文学院策划、编辑，主要编选院史上著名学者的著述。河北师范大学的前身是1902年创办的顺天府高等学堂和1906年创办的北洋女师范学堂，至今已有110多年的历史；文学院的前身是1929年由李何林先生等创建的河北省国立女子师范学院国文系，至今已有80余年的历史。燕赵之士，人称悲歌慷慨；燕赵故地，自古文采焕然。燕赵的风土物理、文化品格、人文精神，以及长期作为畿辅重镇的地缘环境为其培育了独具气质的学风、学派和学术。燕赵学术，源远流长。近年来，河北师范大学中国语言文学博士一级学科秉承燕赵学术传统，锐意创新，取得了无愧于先贤、不逊于左右的成绩。文库的编辑既是向有功于学科建设的前辈致敬，也是对在学术园地上孜孜耕耘的后继者的激励，所谓不忘过去，继往开来。

　　文库的出版得到了"河北师范大学中国语言文学博士一级学科"的资助，也得到了诸多友好人士与出版方的支持和帮助，在此一并致谢。

"燕赵学脉文库"编委会

2017年4月

严肃谦和的朱泽吉先生

杜志勇

朱泽吉（1921.11~1986.09.02），山东省济南市人。中国古典文学研究专家，河北师范学院教授、副院长。先生在明清文学研究、古典文献学研究、民间文学研究、鲁迅研究等方面皆有建树，所著在其身后结集为《朱泽吉学术论文选集》，由山东人民出版社 1990 年出版。

先生 1938 年考入北平辅仁大学国文系，1942 年 9 月毕业后留校作余嘉锡先生助教，并追随余先生攻读研究生，研习文献学。1944 年，于北平辅仁大学研究所史学部研究生毕业。1945 年，先生"在国民党第十一战区司令长官司令部副官处当了一名少校副官"①，在此期间，与中共地下组织建立联系，为革命工作贡献颇多。后来，先生出任民国宁河县长。新中国成立之后，先生任河北省立北京高级中学教员。1952 年 9 月，进入河北师范学院中文系，任讲师（1952~1977，此间任中文系专科主任）、副教授（1978）、教授。后任中文系主任（1982~1983），同时兼任河北师范学院图书馆馆长。1983 年 5 月，被中共河北省委任命为河北师范学院副院长。同年，先生当选为河北省第五届政协常委，兼文史资料委员会主任。1984年 6 月加入中国国民党革命委员会，并当选为民革河北省第五届委员会副主任委员。此外，先生学术兼职尚有河北省语文学会常务理事（1979）、河北省图书馆学会理事（1979）、河北省文联委员（1980）、河北省哲学社

① 刘曦中：《刘曦中艺事丛脞·履迹》，吉林美术出版社，2011，第 77 页。

会科学联合会委员（1980）、河北省古典文学研究会副会长（1981）、河北师范学院学术委员会委员（1985）、中国吴敬梓研究会理事、中国作家学会河北分会理事等职。

　　"我是一个教员"，这是朱泽吉先生的座右铭，并为之勤勉实践着。先生是一位优秀的教育家，课堂讲授引人入胜，效果极佳。著名学者叶嘉莹先生是朱先生的学妹，在不同场合提及朱先生时，总会激动地说"朱泽吉先生上课好啊，我们比不了"。朱先生讲课效果好，不是由于单纯的授课技巧，而是源于对古典文献熟练的把握。著名书法家刘迺中先生回忆说：

　　　　我有一位要好的同学叫朱泽吉，很有点传奇色彩。他比我高一班，是个高材生，念了四年书，考了八个第一（每个学期考一个第一）。他有过目不忘的能力，脱口就能背一段《红楼梦》《聊斋》《三国演义》什么的。①

先生以扎实的学术根底为基础，认真授课，赢得了学生的热烈欢迎。上古代文学课，先生手执列有提纲的卡片，引经据典，侃侃而谈，把学生带入神圣的学术殿堂。在 20 世纪 80 年代初，物资还很匮乏，学生们吃罢早饭，能坚持听课到中午十二点，靠的是毅力。当时，因教师中午未准时下课，学生敲饭盆以示抗议的事情时有发生。朱先生是少数几位即便拖堂，学生亦能安静倾听的教师之一。而事实于此更有过之，每逢朱先生上课，教室里早早就挤满了慕名前来听课的各系学生，甚至出现过外系学生长期来"蹭课"而受到本系领导谈话的事情。先生教过的学生遍及海内外，从他们的回忆来看，朱先生不管面对什么层次的学生都能因势利导。先生在河北省立北京高级中学的学生、著名戏剧理论家谭霈生教授回忆说：

　　　　其实我小时候一直想学理工，但河北高中当时有几个特别棒的文学教员，比如朱泽吉先生。他讲课实在太迷人了，夏天的时候教室窗

———————————

① 刘迺中：《刘迺中艺事丛脞·履迹》，第 76 页。

子都是开着的，窗台上、窗外都坐着人听，我听他讲课时，真正感悟到文学的魅力。受他的影响，我从那时起开始喜欢文学。[1]

面对思想渐趋成熟的本科生，先生亦能驾轻就熟。已成中学教学名师的张丽钧老师回忆起来还是那么动情：

> 我读大学时，教授明清文学的是朱泽吉先生。朱先生可以大段大段地背诵《红楼梦》。他在讲台上背，我们在下面对着原著看，盼着他"打奔儿"或出错，但我们却每每失望……当时没有觉出这情景有多稀奇，多少年后，朱先生作古了，我却一次次驱遣着自己的心重回那渐去渐远的课堂，有时竟会莫名淌下热泪。[2]

1982年，先生开始招收研究生，结合自己的研究专长，为仅有的两名研究生开设课程，提供各种可能的研究条件，培养学生的研究意识。北京大学刘勇强教授说：

> 我的导师是朱泽吉先生，导师和学校给我们提供的学习条件是今天你无法想象的好。朱先生当时兼任学校图书馆馆长，在我们入学前，就让人在图书馆书库里专门辟了一角，把明清文史典籍放在一起供我们入库阅读，那都是些线装书和重要的学术著作。
>
> 朱先生学识渊博精深，虽然只招了我们两个学生，却单独为我们开了"明清文学文献学""儒林外史研究""冯梦龙研究"等几门课。那时的研究生培养不像现在这样，有许多条条框框，基本上除了外语，就是导师给开的这几门课。所以我入学后很快就开始写论文，进入研究领域。我是1982年秋天入学的，年底就带着论文到武汉参加过一次学术会议。[3]

① 谭霈生、顾睿实：《戏剧研究历程与戏剧本体论的构建——谭霈生教授访谈录》，收入王廷信主编《艺术学界》第十辑，江苏美术出版社，2014。
② 张丽钧：《做老师真好》，教育科学出版社，2013，第197页。
③ 郭九苓、漆永祥、赵国栋主编《北大中文名师教育谈》，广西师范大学出版社，2015，第64页。

从这些美好的记忆里，我们不难看出先生讲学时的盛况。先生除了为研究生开设过"明清文学文献学""儒林外史研究""冯梦龙研究"几门课程之外，还讲授过古代文学、目录学、现代文学、民间文学等课程，可以说，每门课都讲得很精彩，先生也因此深受学生爱戴。

先生不仅是一位成功的教育家，更是一位特色鲜明的古典学术研究专家。先生1938年考入北平辅仁大学国文系，由于其聪颖好学，受到老师们的赏识。

> 朱泽吉中学时期就对古典文学有浓厚的兴趣和根底，17岁时就读国文系，时德赓正教辅大大一国文课。他发现该生颇有才华，就对他说，要读文学，还必须具有丰富的历史知识。在德赓的指导下，朱泽吉开始有计划地研读历史，并选修了陈垣老以及历史系其他老师的几门课程，扩大了知识领域，学业大进。40年后学有专长已任河北师范学院中文系教授的朱泽吉，在回忆当年德赓对他的教导时，感触颇深。他说："1938年我考入辅仁大学国文系，当时柴先生担任我们大一班的国文课教学工作，经常鼓励我上进，并常常借书或赠书给我。有一次，先生交给我一部《龙川文集》，命我点读，并说：'你的文笔有气势，读陈龙川的著作比较对路子，容易接受，读时并应注意领会他的爱国精神。'我在课余认真点读，完毕之后，呈给先生指正。过些时候，先生又把这部书还给我说：'你在这部书上花了功夫，就送给你。有些点错的地方，已经改过了。'我仔细检查，发现先生纠正了我在断句上的许多错误，心情十分激动。"①

刚入大学的朱泽吉就受到柴德赓的注意，并很快被引上学术道路。后又加入沈兼士、陆宗达组织的语文学会。到了大学四年级，朱先生的学术文章已经写得相当好了，沈兼士等先生还曾向其约稿。

> 于是便去找朱泽吉兄，开学后未去他家了，他正在写什么，我去

---

① 俞履德：《现代著名历史学家柴德赓》，收入何荣昌、张承宗、柴邦衡主编《百年青峰：纪念柴德赓教授诞辰百年》，苏州大学出版社，2007，第19页。

了打搅了半晌，他因风未陪我去，约我下礼拜二或四再去，便在他那里谈天。谈沈兼士要出一学术刊物，曾与他要稿子，他作了一篇论清儒校勘的文章，曾拿出与我看，他的学问实在比我们真实得多，我也决做不了他那么好的文章来，他找到一篇他高一做的八大处游记，已是很不错了。……他用字古雅，好为四六骈的句子。①

除柴德赓先生外，朱先生在辅仁大学求学的过程中还受到了陈垣、余嘉锡、孙楷第等名家奖掖，其学问的构建大体来源于这些先生。

朱泽吉先生的学术研究，主要有两个方向，一为文献学，一为通俗文学（包含民间文学）。前者主要来源于余嘉锡先生，后者则可能更多受孙楷第先生的影响。

余嘉锡先生是民国时期文献学研究的巨擘，朱先生在辅仁大学读大学时就受到余先生赏识，后来又跟随余先生读研究生，自然会受其影响。朱泽吉先生有关文献学的著作，现存最著名者当推《论清刻古籍善本》②，这篇最晚完成于1979年的文章，对相沿已久的古籍善本标准在大量例证的基础上提出了辩证思考，认为"古籍能否列为善本，原从比较而来，善本书的含义和范围，应当随着时代的变迁而发展"，应该说这与70年代末为编辑《中国善本书总目》提出的"三性""九条"殊途同归，但更具可操作性，只可惜先生之说虽在学界流传颇广③，但并未得到古籍著录的实践应用。余嘉锡先生是中国目录学学科的奠基者，曾为朱先生开设过"目录学""《汉书·艺文志》理董"的课程，朱先生很好地继承了这一传统，不但为学生开设目录学课程，还帮学弟来新夏先生审读《古典目录学浅说》④，并提出修订意见。另外，

朱先生临终前正从事的诸多科研项目中有为福建教育出版社撰写

---

① 董毅：《北平日记（1939年—1943年）》（三），人民出版社，2015，第972页。

② 朱先生读研究生期间，在余嘉锡先生指导下撰著《〈鹖冠子〉校注》一书，当为力作，惜未传世。

③ 《论清刻古籍善本》1979年油印单行，后发表在《文献》第九辑（1981年10月），又被收入《版本学研究论文选集》，书目文献出版社，1995。

④ 见来新夏《古典目录学浅说·后记》，北京出版社，2016，第314页。

目录学专著的任务，纲目已厘定，并有专章初成，可惜老天不假以时日！①

先生虽未有目录学专著存世，其目录学造诣却是为同行所认可的。

1942 年，孙楷第先生应陈垣先生之聘接替刚刚过世的储皖峰先生，朱先生早就与孙先生熟识，交流的机会更多了。孙先生研究的着力点在通俗文学，尤其是小说研究，这成为朱先生后来主要的研究方向，先生小说研究的成果在 20 世纪 80 年代初期为学界所瞩目。收入本书的先生著述在《水浒传》研究、冯梦龙研究、《聊斋志异》研究、《儒林外史》研究等方面占了全书篇幅的三分之二以上，就足以说明这个问题了。除了小说研究之外，朱先生还在时时关注民间文学，所著《必须从原则上划清民间文学的范围》《论谚语的思想与艺术》都在当时引起关注。20 世纪 80 年代初，先生在与友人书中直言：

> 弟颇为行政工作所干扰，近来始得专任教学，稍感松快。今后倘有俗文学方面的重要学术活动，盼能惠告，藉广见闻。

先生对俗文学研究的执着，令人感动。另外，在先生的自我介绍材料里，我们见到先生还有专著《冯梦龙研究》，为先生未竟之业，本书所收《梦龙师友录》即其残稿，思之令人扼腕！

朱先生的研究除以上两个方向之外，还在鲁迅研究方面颇有建树，不但有《鲁迅的恕道》专论传世，还与夏传才等先生促成了《鲁迅诞辰一百周年纪念文集》出版。先生不论从事哪方面的研究，皆引证坚实、论断确凿，彰显了余嘉锡、孙楷第等先生的研究气象。

"唯其平情论人，所以也能虚襟自出。"② 朱泽吉先生极为推重其师余嘉锡先生的治学态度，并且贯彻到自己的行动当中。在一篇写给朋友的审稿意见中，朱先生坦言："意见不妨尖锐犀利，措词仍需严肃谦和。通篇

---

① 李汉秋：《朱泽吉学术论文选集·序》。
② 朱泽吉：《可敬的师范，可感的师恩》，收入《余嘉锡先生纪念文集》，湖南教育出版社，1989。

充满了嘲弄讽刺口吻，这是弟所不取的。"就在这严肃谦和中，先生秉承师训，拓宇于心，自然形成了于学执着、于人宽厚的大家风范。

以上只是对朱泽吉先生简单的勾勒，于先生之大，不足万一。先生辞世已有三十余年，所遗信息少之又少，使得这样的简单勾勒，都极其困难。我们的付出微不足道，唯愿先生道德文章，化雨雨人！

本次编辑朱泽吉先生著述，在校订《朱泽吉学术论文选集》讹误的基础上，收入了《〈儒林外史〉所秉持的公心——谈贯穿在长篇中的道德意识》全文（原书只有节要），增入《可敬的师范，可感的师恩》《〈元明清诗选〉校阅散记》两篇文章。先生所著也丰，所传也稀，汇录于此，存文献细大不捐之意。

中国人民大学图书馆甄真老师提供了重要资料，河北师范大学文学院郜秋爱、王楠两位同学进行了初期的文字录入，在此一并致谢！

• 目　录

第四辑

《朱泽吉学术论文选集》序

李汉秋

朱泽吉教授一九二一年出生于山东济南一个清寒的书香门第，自幼聪颖好学，一九三八年考入辅仁大学中文系，曾参加沈兼士、陆宗达、周祖谟等著名学者主持的"语文学会"，开始了语言文字学方面的研究。一九四二年毕业留辅仁大学任助教，同时在辅大历史研究所攻读研究生，在名学者陈垣、余嘉锡、柴德赓等先生的指导下，从事历史文献考证方面的工作。建国以后，一直从事文学的教育和研究，在河北师范学院任教三十多年，曾任中文系主任、副院长，并被选担任河北省政协常委、副主任，中国《儒林外史》学会理事等职务。

泽吉先生在担任繁重的教学和行政领导工作的同时，精心进行文学研究，在吴敬梓研究、冯梦龙研究、文献目录学、俗文学以及鲁迅研究等领域，都有独到的建树。在留下丰硕的学术成果之后，泽吉先生于一九八六年九月仙逝。先生的高足和传人周月亮同志在师母陈静言先生的指导下，选编的这部文集是泽吉先生一生心血的结晶，也是他人格的物化、生命的延续。见文思人，先生的形象又浮雕般矗立在我眼前。

先生国学根基深厚，理论素养很高，对人生、历史，良多独到体味，发言为文，既无教条肤泛之陋，又无空言欺人之弊。他的研究是将自己的生命体验融入了阐发对象之中的诗人、哲人的学术研究。以本书所收的文章为例，《吴敬梓的用世思想与〈儒林外史〉的主题》，不只是在分析一个古代作家，而且是写出了古代知识分子的文化品格和心路历程，体味之深，把握之准，堪称佳作，被中国社科院编的《文学研究年鉴》（1982年）几乎全文迻录，高度评价，理固宜然。

先生从不作趋时应景之文。他常微笑着说："既然有人作这项工作，那我就不要去做了。"这种人取我予的情怀，在他，同时是一种纯正学术风气的努力。他决不是纯学术主义者。他通过自己的学术研究，探索和回答他认为重要的时代课题。所以，他的论文既有很强的学术性，又有鲜明的时代感。《吴敬梓对清代文化专制政策的批判》写于"四人帮"刚被粉碎，全国批判"文化大专制"的时候，同时观照了历史和现实，具有知古察今的远见卓识。此文入选建国三十五年来的《儒林外史研究论文选》，可见世有真赏。

作为学坛耆宿，先生对《儒林外史》的研究能够随着时代不断前进，尤显难能可贵。逝世前不久，他与周月亮同志合撰的《〈儒林外史〉所秉持的公心——谈贯穿在长篇中的道德意识》，观念新，视野广，给比较沉闷的《儒林外史》研究领域吹来一阵清新的春风。在去世前三个月，先生带着这篇论文参加在全椒举行的第三届全国《儒林外史》学术研讨会，受到专家的高度评价，并被作为骨干文章收入《儒林外史学刊》创刊号，泽吉先生对《儒林外史》的研究硕果累累，本书所收七篇，代表了他的主要成果。

稳健的泽吉先生既不贪图文章的一时显赫，更不故作惊人之语；他追求的是深邃，深邃得几乎不动声色，不露锋芒。他虽未引述过马克思的"不要哭不要笑，只要深刻"的教导，但他确是踏踏实实这样做的。他不作情绪化的批评，但达到了与研究对象感应认同、精神契合的深层。他的论文，不仅以精警的结论吸引我们，在论述阐发的过程里，也凝聚着值得后学再作发挥的知识、资料和科学方法。《梦龙师友录》是先生未竟之业《冯梦龙研究》的部分手稿，它向我们展示出一组明代卓异文人的群像，不但使我们明白冯梦龙的出现有着一个象泰纳所说的"和音"，明白这个"和音"具体构成成分，而且可以从中看到明代文人心态，看到卓异文人背后的制度文化的投影。先生披榛拔莽，从浩如烟海的明人文集中梳理出一组文人小传，选材是沙里淘金，表述已炉火纯青。《跋冯梦龙〈寿宁待志〉》澄清了许多似是而非的问题，在全国首次冯梦龙学会上引起强烈反响，将入选两届冯梦龙学会论文集。出版社同志表示，《寿宁待志》再版时将用以为跋。

先生总是将材料、考据与理论阐发结合起来，从而得出具有理论意义的结论，获致对人生、历史、美学的规律性的认识。《冯梦龙与晚明文艺思潮》等文章，以微观的探幽支撑宏观的考索，又用宏观的视野指导微观的观照，既有理论气魄，又不空泛立论，不但有准确的历史感，而且有深刻的理论感。先生的冯梦龙研究是冯学兴盛的一个先驱。

先生学问之渊博令识者叹服。在高校文学讲坛上他几乎从《诗经》讲到郭小川。他在文献目录学上也有很深的造诣，著名文献目录学家来新夏先生在其目录学专著的显著位置向朱先生致谢。朱先生临终前正从事的诸多科研项目中有为福建教育出版社撰写目录学专著的任务，纲目已厘定，并有专章初成，可惜老天不假以时日！这里仅收录发表于《文献》上的《论清刻古籍善本》以见一斑（此文与《论谚语的思想和艺术》是与其夫人陈静言先生合作完成的，在此谨识）。

先生总是在平素大量读书的基础上，凝虑结思，水到渠成地形成论文，因此有厚积薄发之功，而无捉襟见肘之窘。他的朋友或责备他写得慢，他则引归有光的"宁迟勿速，宁拙勿巧"以自解。他的宁迟、宁拙，正是精慎冷静的学风的表现。这份精慎冷静使他慢，也使他的文章结实、耐久。他的甘当"笨汉"的严肃认真精神，终于使他在历史老人面前领取到一份优厚的奖赏。本书收录的《划分"民间文学"范围的原则》《论谚语的思想和艺术》等三篇他早年研究民间文学、俗文学的文章，正可以显彰他的"笨汉"精神。先生五六十年代的文章在今天尚有生命，缘此可以相信，先生七八十年代的文章，是可以与共和国一道进入二十一世纪的！

先生研究鲁迅的文字不下十万言，有的曾在《文学评论》上发表，为不喧宾夺主，本书仅收录两篇。先生对鲁迅的领悟更见于文字之外。先生是谨厚长者，一向宽容待人。他的宽容，不是无原则，而是"有容乃大"——大音希声！他的能容，不是庄周式的超然，而是鲁迅式的自信。鲁迅的"不要把人弄小"的精神指导着他。在骤然发病前的夜晚，他还在向研究生讲述鲁迅恕道构成、特点以及在今天的意义。"没有恕道，鲁迅不能成其大"，先生领悟恕道，正因为他自己与鲁迅相契合。当然，他之阐发鲁迅的恕道更是为了在建设新文化的今天，呼唤出宽容的文化品格。先生作文，极少借句于经典大师，唯常用鲁迅语作点睛之笔。仔细阅读本书就可以发现，研究古代文化，先生是以鲁迅的方向为指针，前进在鲁迅开辟的道路上的。

先生常说"我是一个教员"。是的，他是一位勤奋的教育家，其教学效果、教学艺术在教育界都是众口交赞、有口皆碑的。他教过的学生，既有中国作家协会的主席，也有中国科学院物理学部委员。他不但向国家输送过博士人才，也曾将有残疾的自学者培养成硕士研究生。而今，他的门墙桃李遍布各地的大学、大专、中学、中专各科各类学校，而不及门甚至未谋面的学生数也数不清。几乎每天都有求教信、求知人，不管所提问题是深是浅，不顾自己如何忙、如何累，他都非常耐心细致地解难指惑，诲人不倦。尽管事后累得身体散架，但再遇同类事还是同样尽心尽意，真是"春蚕到死丝方尽"，为人民鞠躬尽瘁，为教育事业耗尽了全部心血。无怪乎他的灵堂出现这样的挽联：

河北学界骤失钜子；
莘莘学子痛失良师。

如今，泽吉先生七尺之躯已经离开我们永远地去了，但他的"学魂"已经灌注在无数学生身上，在学生的生命里他溶进了自己的生命；他的"学魂"也凝聚在这部文集里，通过墨黑的铅字，放射耀眼的光芒。是的，笔耕之果很可以寿于骨肉之躯，从这里的一字字一行行，不是可以听见先生心脏的搏动？从这里的一句句一段段，不是可以看见先生睿智的笑容？泽吉先生在伟大祖国的文化教育事业里获得永生：

银蚕吐丝泽及士林锦绣存人世；
春泥护花吉被学子桃李慰生平。

庚午孟春于北京

第一辑

李贽《童心说》及其在明清文学史上的意义[*]

李贽的《童心说》写于万历初年即十六世纪七十年代，后来编入《焚书》。这篇文章，是在商品经济日趋发达的历史条件下向封建道学和正统文艺观进行挑战的嚆矢。对于当时和以后的进步文学思潮来说，它是一篇带有启发性和纲领性的理论文章。《焚书》刊行后，曾被道学家诋为"令后学承风步影，流毒百世之下"的"恶声"（《耿天台先生全书》卷四，《求儆书后》），其中当然也包括了《童心说》。这种诽谤，恰好说明了李贽著作在思想阵地上的深远影响。近年来大家对《童心说》的研究比较关注，这里想就文章的核心思想及其在明清文学史上的重要意义做一些探讨。

童心论的核心思想与李贽人性观的阶级内容

《童心说》针对当时思想领域中的矛盾，提出了一个文学创作上的审美标准：只有表现童心的才是真文学，否则就是假文学。"天下之至文，未有不出于童心焉者也。"按照李贽自己的解释，童心就是"真心"，就是"心之初"或"最初一念之本心"。换句话说，也就是所谓赤子之心或人的本性。我们知道，人类在社会生活中形成的社会关系的总和，制约着人性

＊　本文原刊《河北师范学院学报》1985 年第 1 期。

的形成和发展。"不管个人在主观上怎样超脱各种关系，他在社会意义上总是这些关系的产物。"（《资本论》第一卷第十二页）因此不能把人性抽象化为脱离社会生活的先验存在。李贽对童心的解释，显然带有唯心主义先验论的色彩。但他是否在提倡一种超越时代、超越阶级的抽象人性，或者主张去表现人的自然属性呢？不是。因为他所标举的童心，仍然是一定历史条件下具体的人性，仍然有非常明显的、实际的社会内容。

为反对外加的桎梏而强调人的本性，是过去东西方思想解放运动的普遍规律。李贽的《童心说》也不例外。尽管他对童心的内涵没有多做说明，而我们却可以从他对于戕害童心的封建教条的批判中，把握他的童心论的实质。文章说："童心胡然而遽失也？盖方其始也，有闻见从耳目而入，而以为主于其内而童心失；其长也，有道理从闻见而入，而以为主于其内而童心失。"这种情况发展下去，只能是力图博取美名而掩饰自己的恶德，就更不会有什么童心。由此可见，童心的概念是作为"闻见道理"的对立面而提出的。自外而入的闻见道理主宰了人的意志，就会使人们逐渐走上思想僵化以至于欺世盗名的伪善道路。李贽并不是蒙昧主义者，相反倒是一个杰出的启蒙主义者。他所反对的道理闻见，并非泛指一般的知识和理论，而是特指在违反人们认识过程的情况下所接受的教建义理，特指宋元以来为专制统治服务的程朱道学。因此他强调说："道理闻见，皆自多读书、识义理而来。"被这种书本上的义理所控制以后，无论立言行事、从政属文，都将一无可取，甚至从中"欲求一句有德之言，卒不可得"。这就是因为"童心既障，而以从外入者闻见道理为之心"的缘故。

《童心说》指出了义理和童心的对立，进而着重揭露了封建理学家和卫道文学家欺人自欺的虚伪本质，认为他们都是在"以假人言假言，事假事，文假文"，"其人既假，则无所不假"。李贽曾痛斥与他同时的那些封建士大夫都是"口谈道德而心存高官，志在巨富"（《焚书》卷二，《又与焦弱侯》）的两面派，是"阳为道学，阴为富贵，被服儒雅，行若狗彘然"（《续焚书》卷二，《三教归儒说》）的伪君子。这是可以和本文的观点相互补充的。为了击中要害，《童心说》还把批判的锋芒进一步指向封建道学的理论支柱。李贽并不彻底反对儒家经典，但认为它们的内容都是"有为而发"，绝非什么普遍真理和"万事之至论"。只是由于后代理学家的吹捧、歪曲和利用，以致使它们成了"道学之口实，假人之渊薮"。这样就从根本上否定了圣经贤传和圣人偶象的绝对权威，对封建道统和文统进行了极为有力的抨击。文章的全部论述表明，童心论的核心思想就是斥伪扬真、以情反理，主张把人们的思想和一切文学创作，从封建教条的统治下解放出来。

李贽的时代，是市民阶层迅速壮大的时代，这股新兴的社会力量，不仅在经济上有自己的要求，同时在思想领域里也提出了自己的新的观点。反映在文学创作上，则是要求抛弃道学腔，摘掉假面具，抒发作者真挚的思想感情。李贽虽是封建士大夫当中的一员，但是商品经济活跃的生活环境，从事航海贸易的家世，以及阳明心学特别是接近下层人民的泰州学派的深刻影响，使他成为一个能够代表市民阶层若干利益和主张的进步思想家。他从童心和义理的相互排斥来立论，这就使童心具有了并不抽象、并不神秘的社会意义。所谓童心，就是与封建伦理教条相对立、被礼教观念所扼杀的人民大众的正常情感和愿望。尽管它是以人的本性、本质的名义出现，似乎没有特定的阶级内容，实际上则集中表现了当时市民经济力量对个性自由、个性解放的热烈追求和向往。在冷酷、虚伪的封建礼教钳制下，强调这种人性，追求这种自由和解放，无疑是有历史进步意义的。这是资本主义萌芽时期出现的一种社会思潮。李贽在政治上提倡"因性以牖民"，要"顺其性而不拂其能"（《焚书》卷三，《论政篇》）；在文学上强调作家"莫不有情，莫不有性"，不能"一律求之"（《焚书》卷三，《读律肤说》）。类似这些主张，都和《童心说》相表里，构成了他的完整的个性解放思想。童心的口号，首先代表了新兴市民阶层的要求，同时也适应了作为当时社会主体的广大农民群众的利益。农民和市民在经济地位和思想意识上虽有差别，但在反对封建思想统治上却是天然的同盟军。即使在封建知识分子当中、在封建统治阶级内部，也有极大一部分人在礼教迫害方面和广大人民有着共同的感受，有着渴望摧毁这种枷锁的共同心理。这就是李贽人性观的阶级内容和童心论的广泛社会基础。

时代把李贽推上了叛逆之路，但又决定了他不可能科学地理解和阐述人性问题。他以保护童心为旗帜，强烈反对当时具有无上权威的封建道学，并从积极方面呼吁要发扬童心来抵制义理，认为"童心常存则道理不行，闻见不立"。事实说明他已经站在历史潮流的尖端，在反对封建教条的思想战线上起了披荆斩棘的作用。他自己的强项的、战斗的一生，也正是坚持童心的具体范例。

《童心说》在文学理论上的意义是多方面的。李贽所强调的"真"，主要是指作家的真挚思想感情，但也包括了真实地反映客观现实，真实地描写社会生活。文章肯定了各个时代具有代表性的作品，也批判了历来的"假言假文"，都是从以上两个方面的一致性着眼的。他把"真"看做评价作品的唯一标尺，在提法上当然很不周延，但他认为"真"是美和善的根本前提，违反真实的作品，就不可能是"有德之言"，就谈不到"内含以章美，笃实而生辉光"，可见他已经注意到创作上的真善美的统一。另外，评价作品既然以真实为准绳，那就不应当以时代先后分轩轾，而是必须承认"无时不文，无人不文，无一样创制体格文字而非文者"。这一方面坚持了文学的发展观，反驳了当时崇古、拟古的错误理论；另一方面也否定了鄙视小说戏曲的传统偏见，从而提高了通俗文学的地位。这些主张，在李贽的其他撰述中都能得到充分的印证。童心论虽不代表李贽文艺观的全部内容，但可以看出，他的美学思想已经达到了当时可能达到的高度。

明朝中期以来进步创作倾向在理论上的体现

童心论的产生，不仅有商品经济日益繁荣的社会背景，有被经济发展所决定的进步哲学思想基础，同时还有文学本身在创作实践方面的准备。理论，总是实践的升华、概括和提高。正如恩格斯所指出的，任何新的学说，"必须首先从已有的思想材料出发，虽然它的根源深藏在物质的经济的事实中"（《马克思恩格斯选集》三卷四〇四页）。在李贽童心论提出以前相当长的一个阶段内，事实上已经出现了反对封建教条羁绊，能够抒发真情、表现童心的创作倾向。李贽的文章正是这种倾向在理论上的集中表现。

弘治、正德年间被称为吴中诗人的沈周、祝允明、唐寅、文征明，以及属于"苕溪五隐"的孙一元、刘麟等，都是名动一时、卓然自立的作家。他们的诗篇不假修饰、不拘成法，能够自写天真，以清新流利，冲淡洒脱取胜。其中有些作品常常表露出对卑污世俗的轻蔑，也很有现实意义。孙一元的诗尤多慷慨激越之音。虽然他们近于山林隐逸一流，而且大都以长于书画驰名，对当时的诗坛没有造成很大的震动，但在李、何七子所掀起的复古运动声势浩大的时候，能够不求合名流，不依傍门户，从以规摹蹈袭为能事的泥淖中开辟出一片净土，显然是十分可贵的。他们的创作生涯比李贽的理论要早半个世纪左右，说明有识见的作家主张打破桎梏，抒写心声，首先在诗歌创作方面有了明显的反映。

稍晚于上述作家，散文巨匠归有光曾写下了不少富有情致的动人作品。我们这样说，不仅因为他写过一些脍炙人口的描写家庭生活、回忆和哀悼亲人的至情文字，而且还因为他另外的许多优秀作品也都写得笃实剀切，贯注着自己的深厚情感。他的若干序文、传记、书信，以及记事记行的文章，在表述观点、抒写怀抱时，都能给人以诚恳亲切的感觉。《震川别集》中一些简炼隽永、情趣盎然的短札，更使人仿佛接触到他的神情咳唾。王世贞晚年特别推重他的散文"不事雕饰而自有风味"（《震川集》附录；《归太仆赞》）；钱谦益也称许他"于词章刊落皮肤，独存真实"（《震川集》卷首），都是就他的全部文风来评价的。当然，他那些通过典型生活细节抒写骨肉和亲眷之情的作品，无疑是全集里最能表现"童心"，也最为读者所钟爱的篇章。它们以真挚动人、富有个性的特色获得许多名流如王锡爵、黄宗羲等人的高度赞扬。然而归有光毕竟不是一个感情狭隘、只在个人生活圈子里徘徊嗟叹的文人。正象他自己所说的："虽居穷守约，不录于有司，而窃观天下之治乱，生民之利病，每有隐忧于心"（《震川集》卷十七，《家谱记》）。因此，他那些针砭世风、指陈时弊、缕述民间疾苦的各种文章，同样是充满深情，令人感奋，足以长留天壤的。

归有光是明代唐宋派古文家的主要代表，是一个深受道学束缚的正统文人。但他同时又是一个饱经坎坷、洞悉世情、有丰富的感情世界和一定民主思想的正直作家。他有拘谨的一面，也有开放的一面。就思想基础来说，他和李贽有显著差别，但又有相通之处。不过多少年来，人们只知其异不见其同，很少注意到他们之间的联系。他在文学史上的贡献，主要不在于"上规欧曾，下开方姚"，而是为晚明进步文学思潮的出现积累了某些条件。只是因为被自己的正统保守观念所囿，他的写真情的创作和理论不可能成为创新的旗帜而已。

在李贽提出童心论以前，戏曲方面也出现了"绝假纯真"、冲破阴霾的趋向。这就是徐渭在明代戏曲史上开拓的新局面。他在《南词叙录》中标举的本色说，着重强调剧作的基本要求在于精神真切、词语清新，正是对明初以来笼罩在剧坛上的道学气、时文气和雕琢模拟之风而发的。被汤显祖誉为"词坛飞将"的著名杂剧《四声猿》，是一组从戏曲阵地上向因袭僵化的创作逆流进行反击的作品。其中《雌木兰》和《女状元》都以赞扬巾帼的关目，热情歌颂了妇女的智慧、胆略和业绩，表达了她们能够"立地撑天"、敢于藐视"男儿汉"的新颖主题，显然是对男尊女卑的传统观念的有意批判。《狂鼓史》的积极意义，主要还不在于鞭挞权奸、痛斥邪恶，而是在于借此表现了作者自己婞直耿介的狂狷性格和愤世嫉俗的叛逆精神。这些短剧，都是"借彼异迹，吐我奇气"（澂道人《四声猿引》）的抒发真情之作，同时在形式上也完全突破前人窠臼，显示出自己的独创性。袁宏道在《徐文长传》中回忆他初次接触徐渭作品的情况时说："余少时过里肆中，见北杂剧，有《四声猿》，意气豪迈，与近时书生所演传奇绝异"（此据《徐文长三集》卷首，《瓶花斋集》卷七所收《徐传》未载此事），因而留下难忘的印象。由此可见，尽管这些剧作本身的成就并非极高，但却能给人耳目一新、精神一振的感觉，对当时曲苑宣扬封建义理的有害倾向是一种有力冲击。

徐渭是个才思横溢、取得多方面艺术成就的作家。书、画、戏曲而外，他的诗文创作和理论都能在拟古派统治的文坛上别树一帜，独放异采，因而为历来崇尚性灵者所推重。他主张作诗必须发自肺腑，反对"设情以为之"，并且指斥那些以剽袭模仿为能的假古董不过是"干诗之名""鸟学人语"（《徐文长三集》卷十九，《叶子肃诗序》《肖甫诗序》）。他的文学活动略先于李贽，《四声猿》开始写作的时间也在《童心说》出现以前，他们在文艺思想上是一脉相通的，所以一直被并称为晚明进步作品的前驱。

《童心说》所揭示反桎梏、反偶象、要求思想解放的基本观点，在通俗小说中先有了明确的反映。在这一方面，《西游记》可以说是突出的代表。这部长篇虽然渗透着佛法无边的思想，也宣扬了一些封建道德观念，但其总的倾向和社会效果都是歌颂反抗传统、蔑视偶象，以及征服邪恶与险阻的坚强意志。这种意志，集中表现在孙悟空形象上。封建时代的评论家把《西游记》曲解为阐发五行生克、禅蕴玄机的作品，当然是穿凿附会；不过作者时时称孙悟空为"心猿"，把它当作人的意念和神志的象征，却是不容否认的事实。孙悟空不仅是勇敢和智慧的化身，而且在他身上也体现了对宗教教义和神权统治的批判，充分反映了一种渴望摆脱自然和社会的约束而走向绝对自由的意愿。他所追求的是一种不受任何辖制的自由境地。上天入地、翻江倒海、千变万化、瞬息万里，都是从心所欲的形象表现。这一切幻想的驰骋，正是当时要求精神解放的社会思潮的产物。当然，小说也写到了"五行山"和"紧箍咒"。这是对"心猿"即意念的压服和钳制。这种压服和钳制的力量是现实的、强大的，也是不可抗拒的。然而作者的深厚同情，作品在读者感情上所引起的共鸣，显然是在被压制的一面而不在统治势力一面。如果说吴承恩也接受过当时阳明学派的某些影响，那么他也和李贽一样，是吸收了王学强调主观意志的特点，用它作为反对专制统治的思想武器。有人说《西游记》是在以"心学"来引导人们去"修心定性"或"破心中贼"，显然和作品的意图是背道而驰的。我们并不机械地认为孙悟空就是"新型市民力量的代表"，但应当承认，这部长篇确实是以神话形式曲折地反映出市民势力与封建势力之间的矛盾，表现了要求自由和变革的精神。应当说，《西游记》是一部出于"童心"的创作，也是一部歌颂"童心"、歌颂意志自由的创作。它以精彩生动的内容为童心理论的形成提供了创作上的基础，这是无可否认的。

为明清"写真情"的文学理论做出奠基性贡献

童心论体现了当时社会的反封建要求，因而能长时间保持着生命和活力，成为从晚明到清代中后期进步文学理论的先河。这些理论，都是在商品经济活跃的情况下封建阶级内部从意识形态上出现分化的征兆，都是时代的产物。它们不一定直接受到《童心说》的影响，更不一定沿袭李贽所使用的口号，但却都属于或接近李贽反正统的文艺思想体系，是在他所开辟的思想解放的道路上前进的。在和他同时的晚辈中，袁宏道、汤显祖和冯梦龙等人，从各种角度共同掀起一场对封建道学和封建正统文艺观的冲击破坏运动。他们的观点，显然是发轫于李贽的。此后，从明清之际的某些启蒙思想家到乾嘉时代的袁枚，再到鸦片战争前夕的龚自珍，倡导抒写真情、革新独创的主张，一直在不断充实，不断发展。可以说，正是李贽所揭橥的童心理论为它们做出了奠基性的贡献。

以《童心论》为起点，凡是主张写真情的理论都有自己的针对性，都是为反对当时的思想统治或文学上的某种逆流而提出的。这是它们的一个共同特征，也是从李贽开始树立的传统。汤显祖大力标榜"情"，是为了用它来反对"性"，反对"理"，反对戏曲创作上的苛细格律，反对那些"拘儒老生"的"鄙委牵拘之识"（《玉茗堂集》卷五，《合奇序》）。晚明和清代在诗文方面都曾出现过性灵派，然而却有自己的具体背景和挞伐对象。"性灵"一词在六朝隋唐的文论中本来早已出现，但并未包含论争性或批判性的内容。而公安派所说的"独抒性灵，不拘格套"，以及他们以性灵为核心的全部文学主张，则是为了全力反对前后七子连续发动的一味步趋前人、唯古是尚的复古潮流。钱谦益在肯定袁宏道的历史功绩时说："中郎之论出，王、李之云雾一扫，天上之文人始知疏瀹心灵，搜剔慧性，以荡涤模拟涂泽之病"（《列朝诗集小传》丁集，《袁稽勋宏道》）。正说明公安派的理论是在完成他们批判任务中建立起来的。就是钱谦益本人，也因为入清之前就反对七子的学古而赝，使人"蔽锢其心思，废黜其耳目"（《初学集》卷七九，《答唐训导汝谔论文书》）的创作道路，才形成了自己崇尚性情的诗论。乾嘉时代以袁枚、赵翼和张问陶等为代表的性灵派诗家，一致主张诗歌要表现作家的真情、个性和灵感。他们的见解，不是明代性灵说的再现，而是为了批判当时诗坛上格调派、肌理派和浙派诗人以模仿为能、以考证入诗等的错误倾向。由于生活的贫乏，袁枚在创作上的成就和他的诗论并不相称。但他毕竟是个很有才识的人，虽然在时代的影响下也耽古研经，可是另一方面又有和李贽相近的疑圣非经的思想。他认为庄周所说的"六经尽糟粕"有相当道理，因而发出了"大哉此言欤"的赞赏（《诗集》卷十三，《偶然作三十二首》）。他认为六经只是后人整理孔子等人的遗文坠典，其中"真伪杂出而醇驳互见"（《文集》卷十八，《答惠定宇书》），并非全都可取。这对康雍以来理学家们护持"圣道"的言论是一种大胆的怀疑，并且和他的诗论也有明显的内在联系。如此等等，说明一切抒写性灵的理论都是在反教条的过程中树立起自己的观点，从而闪现出它们各自的思想光芒。

晚明和清代的真情论虽以《童心说》为滥觞，但比李贽论述又都有所发挥，有所超越。象冯梦龙的文艺思想就有力地说明这种情况。为了抨击封建阶级的愚民统治，冯梦龙提出了自己的"才智论"。如说："人有智犹地有水，地无水为焦土，人无智为行尸。……吾忧夫人性之锢于土石，而以纸上言为畚锸，庶于应世有瘳尔。"（卫泳《冰雪携》卷一，《智囊叙》）他根据"品智不品人"的原则来编纂《智囊》，目的全在于要开掘人们被堵塞埋没的智慧。他先后辑刻《童痴一弄》和《二弄》，是因为看到这些民歌表现了人民群众可贵的童心与痴情，想推广它们来斥伪存真，揭露正统派的"假诗文"；想要"借男女之真情，发名教之伪药"（《叙山歌》）。这些理论充分表明，他在通俗文学方面所做的工作，都有明确的反封建意图。尤其值得注意的是，他公然提出要建立"情教"来代替两千年来神圣不可侵犯的"礼教"。如在所作的《情偈》中宣称："我欲立情教，教诲诸众生。"并说："佛亦何慈悲？圣亦何仁义？倒却情种子，天地亦混沌。"（《情史叙》）泯灭了人情，只能造成一片冷酷昏暗的世界，什么慈悲、仁义都是假的。他所提倡的"情"，是指人民大众的正常情感，与李贽所说的童心或真情含义是相同的。他反对道学家用"天理"限制人情，认为只有在"情"的基础上才能实现真正的"理"，因而说："世儒但知理为情之范，孰知情为理之维乎？"（《情史》卷一，《情贞类》按语）又说："草木之生意动而为芽，情亦人之生意也。"道学家主张"存天理，灭人欲"，则是以为"草木可不必芽，欲以隆冬结天地之局"（《情史》卷十五，《情芽类》按语），把人类社会引向阴冷窒息的境地。在他看来，男女爱情是最真挚的，应当把这种感情加以推广，"使流注于君臣、父子、兄弟、朋友"之间，树立起人和人之间的真诚关系。用夫妇相爱之情来统率和改造君父大伦，显然是一种离经叛道的言论。总之，他提出用情教来改造社会，是对李贽童心论的一大推进。不过这却是一种不切实际的幻想，连他自己也并不当真相信可以推翻礼教，只是借此来表现他反对礼教统治的强烈愤懑而已。

　　与封建统治相水火的童心理论，至龚自珍而取得了更为显著的发展。他曾写下了大量追觅童心、礼赞童心的诗篇，并在《尊史》《宥情》《识某大令集尾》《长短言自序》以及一些箴语、寓言性质的文章中，对意志和"情"的真谛进行过多方面探索。虽然这类篇章往往因为自藏锋芒或过求奇谲而写得比较隐晦，但仍然可以看出，他对思想自由、情感解放的要求比他的前辈们都强烈得多，也明确得多。针对禁锢人情的封建理学，他尖锐地提出："天地，人所自造，众人自造，非圣人所造。"又说："众人之宰，非道、非极，自名曰'我'。"（《定庵续集》卷二，《壬癸之际胎观》）他彻底否定先验的"天理"，从哲学角度强调了人的独立和创造力量。对于人们在专制统治下被摧残的个性，他主张要象疗治被扭曲了的盆景梅花一样，必须"纵之，顺之，解其缚，毁其盆"，使它们得以健康地成长（《定庵续集》卷三，《病梅馆记》）。《明良论》《乙丙之际著议》等针砭时政、呼吁改良的著名文章，也都痛切地指斥了当时社会斫丧人们智慧才能的种种弊端，透露着要求个性解放的呼声。今天看来，这些早已成为历史的陈迹，而当时则确实起到了发聋振聩的作用。时代赋予他对问题认识的敏感性，他的真情观或个性论已经和对未来社会的朦胧憧憬结合在一起，因而加深了他对危机四伏、进入衰世的封建社会的全面批判，同时也就使他的成就远远凌驾于那些追求童心和性灵的所有前辈之上。从学术渊源来看，他的某些观点可能受到戴震反理学思想的启迪，未必直接导源于李贽；而李贽所开创的童心理论却是以他的阐发作为光辉总结，完成了它在古代文论史上的建树任务和批判使命。

为创作领域中以情反理的思潮吹响了号角

　　中国古代文学从以反对残酷的经济剥削和政治压迫为主，深入到反对严苛的思想统治，深入到对人们精神生活的描写，这是一个重大的变化。以情反理，终于作为一种共同的创作倾向形成了封建社会末期进步文学的显著特征。这一变化，固然根源于社会经济的发展，而从意识形态范围来看，李贽的童心理论则是向这种创作思潮发出召唤的响亮号角。

在"世间只有情难诉"的社会里，汤显祖的《牡丹亭》有意识地用情和理的矛盾作为贯穿全剧的戏剧冲突，展开了争取情感解放与扼杀人的觉醒两种不同社会力量之间的斗争。剧作通过杜丽娘生生死死的动人情节，深刻反映了封建社会中青年一代追求自由幸福的艰苦性和执着精神，也显示了"童心"战胜"义理"的强大力量。力图向杜丽娘和春香灌输"闻见道理"的陈最良，在作者笔下受到了无情的揶揄和讥讽。《牡丹亭》震撼人心的魅力，就在于它热情讴歌了"理之所必无"而"情之所必有"的生活理想。这种理想，构成了剧作具有历史深度和时代特征的耀目光彩。

以"三言"为代表的拟话本小说，内容是复杂的，而其中的精华无疑是那些歌颂真挚情感的作品。这些小说所描写的爱情、友情、家庭骨肉之情，见义勇为之情等等，是新型市民阶层所理解的人情，是突破名教观念和封建习俗的人情。杜十娘所渴望的是摆脱被鄙视的屈辱处境，与其说她在追求幸福的爱情，不如说她在天真地追求一个正常人的地位和人格。对一个年青的妓女来说，拥有那么多价值连城的稀世珍宝是不可想象的，作品的夸张描写，不是为了烘托李甲的鼠目寸光，而是暗示给读者：只为取得人的地位，这个善良的少女曾经付出了多少心血，忍受了多少辛酸，经过了怎样的惨淡经营。小说赞美了纯真可贵的人情；也愤怒谴责了残酷虚伪的名教，谴责了受这种名教观念支配的另一种阴森可怖的"人情"。《灌园叟》固然揭露了阶级压迫的事实，而小说的深意却更在于表现了"情"的力量。精诚所至，金石为开，秋翁的至情使花木也具有了善善恶恶的慧性。"有情疏者亲，无情亲者疏"（《情史叙》），这是一切优秀的拟话本在反映生活时所表达的一个极其重要的思想。

清代几部伟大的小说各有自己的深广主题和独创的艺术风格，但是以情反理的精神却构成了它们共同的思想倾向。蒲松龄在《聊斋》的自序中首先宣称自己"自鸣天籁，不择好音"。"天籁"就是个人的真实感情，就是"童心自出之言"；"好音"则是适合统治势力需要、为他们所首肯"嘉纳"的义理。他不肯放弃"天籁"来取悦求容，因此充满豪情地赞许自己"狂固难辞""痴且不讳"。"狂"和"痴"是封建末世敢于任情任性、敢于藐视统治阶级清规戒律的表现。李贽评价自己时就曾说过："其心狂痴，其行率易。"（《焚书》卷三，《自赞》）在这个历史阶段中，凡能体现时代风貌的作品大都歌颂过这种狂、痴精神。蒲松龄笔下那些熠熠发光的艺术形象，可以说无不具有狂或痴的特色。这当然不限于人们所熟悉的许多爱情故事里的主人公，其他一些坚持所好、鲠直顽强的人物，如《石清虚》里爱石成癖、为石殉身的邢云飞等，同样显示了这种性格。狂和痴表现出作者的"孤愤"，也透露出他的理想，使我们从中看到了他所追求的"情的天下"。

《儒林外史》深入描写了人的精神世界。对于八股科举，小说揭露得最深刻的是它作为一种养士、取士制度对读书人灵魂的全面腐蚀，对"世道人心"的严重污染。鲁小姐"每日拘着"刚刚四岁的儿子读八股，这在全书中虽是一个细节，但却最能看出这条荣身之路对整个社会的荼毒，对幼小心灵的虐杀。八股是"代圣贤立言"的，是灌输义理、"以闻见道理为之心"的有效途径。王玉辉支持女儿绝食"殉节"，是完全违反人性的行为，可是对一个长期接受举业和义理毒害的迂儒来说，这样做又并不奇怪。作者把这些事实放到"情"与"理"的冲突中去描写，使人体会到他要求突破精神罗网、恢复合理人情的深沉意愿。小说写出了一大批各种不同社会身份的正面人物、理想人物。他们的文化教养、思想见解和对人生的态度往往存在着根本差异，但均受到了作者的赞赏。原因就是这些人物都保持了真性情，是"不失其赤子之心"的人。作者对"时文士"的鞭挞不遗余力，而对毕生热衷于举业的马二先生却十分喜爱和尊敬。这因为他中毒虽深而至性不泯，是个诚笃的"真人"。吴敬梓塑造和评价人物有自己的准则，其中最重要的一条就是看他们是否具有真挚淳朴的道德情操，是否在"假人之渊薮"里坚持了本色。这和他希望通过提高人们的精神境界来转移社会风气的主张是一致的。

评论家对于《红楼梦》的主题尽管有不同理解，但都会认为它是一部以情反理的辉煌巨著。曹雪芹声明自己的作品"大旨谈情"，这是诚恳的自白。小说以宝黛的爱情悲剧为中心，深入解剖了那个"诗礼簪缨"之家的肮脏虚伪，特别是摧残人情的种种罪恶；同时，也刻画了一系列"情痴情种"的叛逆性格，并且揭示了礼教信奉者被"闻见道理"夺去童心的可悲过程。根据主人公殚力追求情的世界和撒手悬崖的结局，小说的本名之一称作《情僧录》，也可以看出作者有明确的以情反理的创作动机。宝玉自然也有纨袴习气，但最根本的则是能以纯真善良的童心对待他周围的年青女性以及所有值得同情的人和物。这一点，即使和他存在着知己相感之情、对他的人生道路采取支持态度的林黛玉，也还不能完全领会。反传统的见解和理想使他感到充实，现实的冷酷和前途的渺茫又使他经常感到空虚。最后的出走，绝不是作者要写出他的什么"了悟"，而只能是对现实社会的彻底绝望与叛离。他的悲剧，正是封建末世里一切有真情、有个性、向往自由与平等的初步觉醒者的共同悲剧。这一艺术形象所达到的思想高度使它成为中国古典文学中最光辉的以情反理的不朽典型。

以情反理在中国哲学史和文学史上是一个延续了二百多年的宏伟思潮。在这个阶段中，所有悲剧性或喜剧性的进步作品，无不闪烁着反对封建枷锁、要求解放人情的火花。这是人民的意愿，时代的呼声。它们的思想，是从所处的历史潮流中汲取来的，并非基于一篇理论的推动。但是必须承认，李贽的《童心说》正是这个宏伟思潮发出的第一支响箭。

从杨志的形象谈《水浒》所反映的民族思想[*]

文学史上一切纪念碑式的作品，总是在艺术画面上凝聚了某个历史时代的普遍社会心理。一个民族的文学也正因为具有这种功能，才会对民族精神的承传和社会发展产生深远、积极的影响。对于象《水浒》这样杰出作品中积蕴的丰富的民族心理，应该是我们深入研究和评价文学遗产时必须关注的一个方面。

关于《水浒》是否揭示了当时的民族矛盾、反映了人民爱国思想的问题，一向存在着分歧的意见。这里，我们想从多年来被人忽视或误解的杨志的形象谈起，对这个涉及宋元以来民族心理和《水浒》思想内容的问题，做一些粗浅的探索。

关于杨志的典型意义

杨志是被"逼上梁山"的起义英雄之一，但对他的典型意义，几十年来一直存在着很大误解。不少同志认为：杨志是上层社会出身，是从统治集团中分化出来的、对革命态度十分消极的人物；他和林冲、鲁智深恰好是农民军中出身于上、中、下三种不同阶级的代表，而梁山上的大部分头

　　*　本文原刊《水浒争鸣》第三辑，长江文艺出版社，1984。

领则是可以纳入这三种类型的；从这种比较中能够看出，谁是主动反抗封建统治或逐步走向坚定的反抗力量，谁代表着起义队伍中动摇妥协、终于把革命引向失败的消极因素。这种论断，其实是违反作者的创作意图，脱离作品的描写实际的。

首先需要澄清的是，杨志在梁山头领中并不是属于上层出身的人物。从本人的社会地位来看，他最初只是做过殿司府的"制使"。"制使"不过是个承应军差使令的小官，所以皇帝修盖"万岁山"时，才会派他"和一般十个制使去太湖边搬运花石纲"。这种卑下辛苦的职役，和他后来充当提辖押送生辰纲时并无多大区别，显然算不上什么"统治集团的人物"。作为当时的武职人员，他的地位绝不高于"禁军教头"的林冲，两人并无"上层"和"中层"之分。如果说他们之间有什么不同的话，那就是林冲原来还有一个安谧美满的小家庭，而杨志却是个无家无业的茕独武夫。《水浒》第十二回写林、杨初次相遇的开场诗说："豹子头逢青面兽，同归水浒乱乾坤。"（天都外臣序本）作者认为他们的遭遇和归宿相同，被激起的敢于冲破统治秩序的反抗精神也相同，绝没有把他们当成参加农民起义军的两种不同社会力量的代表。

把杨志定为"社会上层"甚或"贵族"出身的唯一论据是他自称"三代将门之后，五侯杨令公之孙"。事实上，小说着重写出他的族望，意在说明他是受人景仰和信赖的民族英雄的后裔，而不是要说明他出身的显贵。被称为"弱宋"的历史，是一部备受异族统治者欺凌和侵扰的历史。从宋初杨业开始，"杨家将"一代代承担着保卫中原各族人民生存的事业，前仆后继，视死如归，一直受到广大人民的衷心爱戴。"杨门后代"，实际是群众心目中的一个光荣徽号，是"民族英雄"的代称。《水浒》在描写杨志的出身时是如此，《岳传》在交代抗金骁将杨再兴的家世时也是如此。根据"五侯杨令公之孙"或"曾官殿司制使"来确定杨志的"上层"地位，并且把他和林冲从"成分"上区别开来，恰恰违反了正确的阶级分析的方法，因而也曲解了这个形象的典型意义。

民族英雄和他们的族胤，在中国古典小说、戏曲以及说唱文学中，构成了许多组著名的形象系列。宋朝的杨家将、呼家将、岳家军等，更是广大群众熟悉喜爱的人物。《水浒》第一次以长篇小说的形式塑造这样的形象。爱国英雄后代的故事，有的单独成传，更多地则是穿插在某部长篇之中。这些人物的英雄业绩，不象他们的祖先那样辉煌，而且大都是没有史实根据的附会。可是，也正因为他们多出于绵延不断的虚构，就益加显示出一种顽强的生命力，说明每个朝代都有代表群众心理和要求的作家让他们继续繁衍。这充分表现了历代人民对民族英雄的敬崇和企慕。

《水浒》通过对杨志心理活动的刻画，展示了他在遭受压抑时的抱负："指望把一身本事，边庭上一枪一刀，博个封妻荫子，也与祖宗争口气！"（第十二回）他一心向往的就是能够得到"朝廷"的任用，为保卫边庭尽力，为抗击外侮献身，从而保持杨门的荣誉，做一个名副其实的爱国英雄的后代。

杨志不肯轻易"落草"，是因为它怀着上述的理想。然而在当时对内残酷镇压，对外屈辱求和的黑暗政治环境里，这种理想是根本不能实现的。"岂知奸佞残忠义，顿使功名事已非"，他一生经历着十分坎坷的道路。当他受到高俅的驱逐迫害，深悔不如听从王伦的劝告，留在梁山时，小说曾写了这样的诗句："花石纲原没纪纲，奸邪到底困忠良，早知廊庙当权重，不若山林聚义长！"（《全传》本、芥子园本）这表达了作者的观点，也揭示出杨志痛恨统治集团、开始倾向革命的心理。失陷生辰纲，流落江湖之后，他对晁盖等人，并无丝毫怨恨的情绪，而是彻底认识到政权黑暗与建功立业、保境安民之间存在着不可调和的矛盾，终于断然打消了有损家声的顾虑，和鲁智深一同开辟了武装起义的据点。由此可见，杨志绝不是什么从统治阶级内部分化出来的上层的代表，而是作者有意塑造的在腐朽政治制度下受尽排斥和压制的民族英雄后代的艺术典型。

至于"封妻荫子"的观念，在封建历史条件下是不足为怪的。岳飞有"白首为功名"的思想，文天祥有"功名自有机"的感叹。就是《水浒》中被公认为出身"中层"的代表人物林冲，同样有"身世悲浮梗，功名类转蓬"的愤懑。如果舍本逐末，以瑕掩瑜，专门抽取杨志追慕荣显的念头来评定人物的典型意义，那就完全曲解了作者对他的深刻描写。

作为一个民族英雄后裔的典型，杨志有他不同于林冲的鲜明、独特的性格。正因为他身上有一个"杨门之后"的光荣包袱，有一种克绍箕裘的急切愿望，所以他的建功立业之心就更为强烈。基于这种心理，即使他累遭蹭蹬，处于非常不得志的情况下，还是竭尽自己的全力来向统治阶级靠拢。为了能使自己获得信任和重用，他不惜在权势者面前低声下气，不惜对挑送生辰纲的军健们采用十分暴戾的压迫手段。这种事情林冲是不会做的，这也是使广大读者觉得杨志的形象不如林冲可爱的根本原因。最后是奸佞当权、走投无路的客观情势，促使他终于走上了自己当初并不愿走的道路，这就是"逼上梁山"的事实，在杨志这个愿为捍卫边庭而献身的英雄人物身上的体现。李贽曾感叹地说："杨志是国家有用之人，只为高俅不能用他，以致为宋公明用了。"（容与堂本第十一回评）但我们认为杨志的身归水浒，并没有辱没他的光荣家世，作者也同样看待这个问题。

"人逢忠义情偏洽，事到颠危志益坚。"（天都外臣序本第十二回）小说认为杨志在依附统治者的幻梦彻底破灭，决心和鲁智深一同走向反抗道路的时候，认识是清醒的，意志是坚定的。"三山聚义打青州"时，他首先提出必须联合梁山大军作战的主张，显示了他与官府斗争到底的气魄。正象对于其他许多头领一样，作者对上了梁山后的杨志很少具体刻画，但若把他看成起义队伍中的动摇妥协力量，在作品中却找不到任何根据。

罗烨《醉翁谈录》甲集卷一"小说开辟"条记南宋话本中有《青面兽》的名目，属于"朴刀局段"。所谓"青面兽"是否就是杨志的故事，曾否为《水浒》所吸收，实际上并无法判明。余嘉锡先生据《三朝北盟会编》《宋会要》诸书对杨志的事迹考证甚详，从中可以知道他是北宋末的"招安巨寇"，宣和四年曾随童贯伐辽，将"选锋军"；靖康时又从种师中抗金援太原，他首先溃退，致陷师中于死，是个并不光彩的人物（参看《余嘉锡论学杂著》三六三至三六五页）。然而被小说描写为杨门后裔的青面兽杨志究竟是否与历史上的杨志有关，殊难遽断。即使《水浒》作者改造利用了史实，我们也不主张象有些同志那样，谴责《水浒》是把历史上"民族败类"美化为征辽立功的民族英雄。相反，应该认真探求作者之所以这样改动的历史原因，以及这一改动所反映出来的民族心理。

爱国英雄后代的形象与小说中的民族思想

梁山起义军中的民族英雄后代还有呼延灼。《水浒》写他是"开国之初河东名将呼延赞嫡派子孙"，并在他出场时的《西江月》中说："开国功臣后裔，先朝良将子孙，家传鞭法最通神，英武惯经战阵。"（第五十五回）作者这样交代他的家世，就因为呼家将也是民间熟悉的保国御敌的英雄人物。史书记载呼延赞忠实有勇，遍体刺有"赤心呼杀"的字样，曾请领边任；他的四个儿子也都是英勇的战将。事见《隆平集》十七、《宋史》二七九。又《建炎以来系年要录》八十一记呼延赞有远孙名通，是韩世忠的部下，曾败金兵于大仪镇，有功。《水浒》写呼延灼是梁山五虎将之一，在破辽中大显身手，力擒番将，最后又说他曾"领大军破大金兀术四太子，出军杀至淮西阵亡"（各百回本第一百回，《全传》本第一百二十回）。余嘉锡先生认为《水浒》这种描写大约是因呼延通的事迹附会而成（《论学杂著》三九三页），是很切合实际的推断。明清以来的通俗小说，还经常把呼杨两家的英雄故事结合起来演述，如乾隆时代金间书业堂刊行的《说呼全传》，就是讲呼延赞祖孙父子与杨家将共同保卫边庭的业绩。在民间说书艺人中有句流行的谚语说"千年说不絮的呼杨将"，足见历史上或传说中的民族英雄在广大人民心目中的地位和影响。《水浒》中关于呼延灼的描述，原因和意义与写杨志是一样的。

水浒英雄中属于这一类型的人物还有关胜。史书有关胜其人，北宋末济南守将，屡抗金兵，刘豫知济南府时，曾杀关胜而降金（见《宋史》四七五、《金史》七十七《刘豫传》）。《水浒》在交代关胜的结局时曾说："后来刘豫欲降金兀术，关胜执义不从，竟为所害。"（容与堂本第一百回）显然也是牵合史实来附会的。南宋遗民龚圣与作《宋江三十六人赞》（《癸辛杂识》续集上引），在称许关胜时曾有"云长义勇，汝其后昆"的话，后来《水浒》的作者就索兴把关胜写为关羽的后代，并且按照传说中关羽的规模来刻画了关胜的形象。关羽的事迹本来并不涉及民族矛盾，但我们却不能否认他从宋元以来一直被当成护国爱国的英雄而受到民间尊崇的事实。《水浒》把关胜塑造为屈沉下僚、身归草莽而能抗敌卫国的英雄人物，同时又把他写为关羽的"嫡派子孙"，这就使他在作品中成为和杨志、呼延灼具有同等意义的形象。从这些人物身上，我们正可以窥见古代人民希望爱国英雄的后裔能够代代出现，为保卫自己的民族而尽力的心理。

《水浒》一书生动概括了我国封建社会后期农民起义发生、发展直至失败的过程。它主要揭露的是封建统治的罪恶，是尖锐复杂的阶级矛盾和农民起义的社会政治根源，但也明显地透露出宋元以来深刻的民族矛盾。以杨志为代表的处于被排挤地位的英雄后代的形象在小说里出现，一方面表明当时确实存在着保卫边庭、抗击侵扰的需要；一方面也表明了当时的农民起义有着极为广泛的社会基础。作品使人看到：不仅出身于被压迫阶级和阶层的农民与市民群众纷纷走向反抗的道路，就是身为军官、系出名门、渴望继承自己祖先爱国主义传统而不得的英雄们，也先后参加了起义的行列。这就进一步强化了对当时腐朽封建统治的抨击力量。

典型环境决定着典型人物的精神面貌和生活道路，是他们存在和活动的依据；同时，典型人物又经常反过来加深对典型环境的揭示。有了杨志等人的艺术形象，可以更深刻理解后期封建社会政治的黑暗和民族矛盾的严重，可以更全面地领会《水浒》的丰富完整的主题思想。

辽、夏、金统治阶级对宋王朝先后发动的民族掠夺战争，直接破坏了各地区生产力的发展，损害了各族人民包括契丹、党项和女真人民的利益。宋朝长期向掠夺者称臣纳币，屈膝求和，是人民的灾难，也是民族的耻辱。在这样历史条件下，保卫中原，抗击侵扰是完全正义的行动。被吸收融会到《水浒》中的"曾头市"的故事就反映了宋金间的民族斗争，歌颂了梁山义军的壮举。"征辽"的情节也是后加的，它的插入，一般均认为不迟于明朝嘉靖时代。因为现存郭勋本残卷第五十一回开头即有"成功紫塞辽兵退，报国清溪方腊亡"的诗句，说明今天我们所能读到的最早的《水浒》就已经包括了"征辽"。此后自天都外臣序刻本以下，所有百回本在聚义前预示后面的情节发展时，亦每以"讨腊"和"征辽"并举。如第四回末写鲁智深离开五台山，就点出他"直教名驰塞北三千里，果证江南第一州"的结局。第四十二回写九天玄女指示宋江的前途时也说:"北幽南至睦,两处见奇功。"足见"征辽"久已成为《水浒》完整结构中的一个组成部分。这一部分在艺术描写上固然是庸陋的,但却反映出自宋迄明一直存在着民族斗争的现实,构成了《水浒》思想内容的一个方面。

明代所有序刻评点《水浒》的作家,都着重强调《水浒》所揭示的民族矛盾。这是一个很值得注意的现象。如天都外臣的序中说:"夷考并时,上有秕政,下有菜色。……卒使宋室之元气索然,厌厌不振,以就夷虏之手。……道君为国,一至于此,北辕之辱,固自贻哉!"他认为宋代朝政的窳败,造成了人民生活的痛苦和民族灾祸的严重,徽、钦被俘完全是咎由自取,而《水浒》正是写出了这方面的历史教训。李贽的《忠义水浒传序》则指出,宋朝是"大贤处下,不肖处上,中原处下"的时代,是"一时君相,甘心屈膝于犬羊"的时代,所以《水浒》的作者"虽生元日,实愤宋事","愤二帝之北狩,则称大破辽以泄其愤"。根据这样的事实他热情表彰了作者的爱国思想和梁山英雄的历史功绩。此后,钟惺在所评《水浒传》中也说:"世无李逵、吴用,令哈赤猖獗辽东。每诵秋风思猛士,为之狂呼叫绝。"(巴黎国家图书馆四知馆本《忠义水浒传》,郑振铎《中国文学论集》四二二页引)针对明末东北的局势,他衷心向往梁山水泊中那些抗击侵扰的干城之具。从保卫民族利益和尊严的角度肯定《水浒》的思想意义,是明代《水浒》研究者一致的观点。

征辽故事之所以在明代产生,明代文人之所以突出强调《水浒》中的民族意识,这不仅因为明朝在西北边庭和东南沿海不断遭受到劫掠,而且和建州女真部族之间也存在着长时期的矛盾。研究明史的人,一般均认为万历以后才出现所谓明清冲突。事实上,清之发祥与明朝开国的时间大体相当,明代二百数十年中,时时与建州女真相接触,也时时受到程度不同的侵扰。不过《明史》既为清人所修,明人所撰的史籍又屡遭禁毁,史实遂多湮没。而在明代人自己对边患的感受却是很深的。从我们看来,反映民族矛盾固然不是《水浒》的主要内容,然而其中所表现的民族思想,确也贯穿全书,不容抹煞。作者对杨志一班民族英雄后裔的描写与称颂,就明显地体现了这方面的意义。人民群众也正是在这些英雄人物身上,寄托了自己民族的感情,表达了抗敌卫国的意愿。这种艺术典型,来自人民心底的传唤，有着十分深广的历史内涵，因而是不应忽视的。

"受招安"和"御边幅"

《水浒》关于受招安的描写是一个比较复杂的文学现象。尽管作者具体描绘了起义军接受招安的悲惨结局，可以使人们从中领会到血的教训，省悟到招安只能导致农民革命的毁灭性的失败。然而这都属于作品可能产生的客观效果。从作者的主观认识来说，却把受招安看做了农民起义唯一正当的归宿。这种思想其实是渗透全书，早有伏线的。招安后的不幸遭遇，仍然出于奸臣的陷害，小说对招安道路本身并未做出否定。受招安和征方腊的情节表明：作者对于黑暗的封建统治虽然怀着强烈的憎恨，衷心歌颂了被压迫者的暴力反抗乃至大规模的武装斗争，可是却并不主张最终以暴力推翻他经常鞭挞的昏庸皇帝，并没有突破"君臣大伦"这条不可逾越的界限，这是作者世界观中最明显的消极因素，只能用他的阶级局限来解释。但是，事实又绝不如此单纯。小说在受招安的问题上，确实还包含着另外一种具有积极意义的目的，那就是作者所曾表达过的招安是为了扫除边患，保国安民的思想。

《水浒》中杨志等爱国英雄后代的形象，不仅从一个方面体现了作品所反映的民族意识，涉及受招安所包含的一些积极内容，同时也关系到对宋江复杂性格的全面理解。

宋江当然是具有两面性的，他从来就有反对贪暴、同情绿林、倾向反抗的一面，这是梁山起义事业能够在他领导下得到发展壮大的根本原因。然而他又有顽固地以忠孝为核心的封建伦理道德观念，这是他终于把起义军引向夭折的决定性因素。我们对前者是肯定的，对后者是批判的。可是作者却对这两方面同时加以称颂，使宋江成为他笔下最理想的义军领袖。宋江的封建思想，实际上也就是作者的封建思想。不过在宋江的妥协主张和行动中，也一直包括有抗敌御侮的动机在内，则是虽不应夸大，也不应抹煞的。征辽的事件姑且不谈，第三十二回写他送武松上二龙山入伙时就说过："日后但是去边上一枪一刀，博得个封妻荫子，久后青史上留个名字，也不枉了为人一世。"这和杨志为扫除边患立功的思想基本一致，只是各人情况不同，不存在"也与祖宗争口气"的问题而已。第七十一回写他在菊花会上所赋的《满江红》，诚然是一篇渴望招安的宣言，可是其中确也抒发了他"统豺虎，御边幅""中心愿，平虏保民安国"的抱负。我们不能断章取义地说他向封建统治阶级妥协完全是出于民族正义；但也不能断章取义地说他希望招安仅仅就是为了出卖革命，邀得恩宠。当然，古人所具有的民族意识，并没有可能摆脱封建主义思想体系的束缚，它在根本上仍然要维护皇权制度，仍然和忠君观念联系在一起。宋江和杨志等古代作品中的艺术形象是如此，实有的历史人物也是如此。

近来也有同志认为，宋江虽然提出了"御边幅"和"平虏保民"的口号，但却并没有独立地保卫民族利益的气概和行动；归根到底还是要"望天王降诏早招安，心方足"，还是要投靠封建统治阶级。因而口号本身就带有明显的虚伪性。这种责难是脱离历史实际的。在当时的社会条件下，要想做到所谓"平虏保民安国"，不可避免地还要依靠统治阶级的某些实力，还要假用封建朝廷的名义，而且所"安"的"国"，也依然是当时的封建国家。这都无足深怪。宋代农民军有许多是受过招安才成为抗金斗争的重要骨干力量的。清兵入关后大江南北纷纷兴起的农民义师，为了反抗残酷的民族屠杀和民族压迫，大都拥奉南明的将领或明朝宗室为旗帜来开展抗清活动。张献忠旧部孙可望把自己所辖的云贵地区都归入永历的版图，举起了拥戴明朝的义旗（《小腆纪传》列传二十四《杨畏知传》），都是明证。我们要求《水浒》中的宋江既想"御边幅"而又"反招安"，无疑是不现实的。

天都外臣在他的《水浒传序》中认为宋江是一个既"蒿目君侧之奸，而又审华夷之分"的帅才，象这样人物，"使国家募之而起，令当七校之军，受偏师之寄，纵不敢望髯将军、韩忠武、梁夫人、刘、岳二武穆，何渠不若李全、杨氏辈乎？"这就是说，如果招安宋江，使御外敌，纵然不能与历史上的关、岳等人相提并论，但比当时被招安后累破金兵的农民军首领李全、杨妙真夫妇来，还是可以毫不逊色的。据沈德符《万历野获编》五，天都外臣即汪太函即汪道昆的托名。道昆是明代"后五子"之一，也是杂剧作家，曾官兵部左侍郎，事见《明史》二八七。他在巡抚福建期间，曾领导过东南沿海的抗倭斗争，因而对御边破敌的需要感受较深，倒并非主张用招抚的阴谋来瓦解农民起义。他对宋江形象的评价，基本上和《水浒》的作者是一致的。这篇序言，对我们理解小说中"受招安"和"御边幅"之间的矛盾统一的关系，有一定启发作用。

承认《水浒》在主要表现阶级斗争的同时，也反映了宋元以来严重的民族矛盾和人民的爱国心理，并非要用"民族意识论"来粉饰小说中的糟粕，掩盖作者未能突破的封建忠君思想，并不是说起义军接受招安的目的完全是为了维护民族大义。过分强调或根本否认小说中所表露的民族思想，都是值得商榷的。

《聊斋志异》的形象塑造[*]

　　《聊斋志异》在我国文言短篇小说中是一座难与比并的高峰。它以大量真实生动的艺术形象，从各个角度上反映了封建末世广阔的社会现实，并且展现出作者美好的生活理想。小说中许多性格鲜明的人物，至今还可以使人们觉得生意盎然，呼之欲出，引起强烈的艺术感受。

　　形象塑造要受作家思想倾向和生活积累的制约，同时也依赖于他所谙练的技巧。技巧，是决定作品社会效果的极为关键的因素，是由作家的审美观点、艺术修养以及他体察和再现生活惯用的方式方法形成的。蒲松龄在刻画人物方面的杰出本领，不仅使他出色地完成了小说的创作意图，构成自己作品的独特意境和风格，而且还提供了若干具有创造性和普遍意义的经验，大大丰富了古代短篇艺术手法，值得探索和借鉴。

一

　　瑰丽的想象是《聊斋》在思想内容和艺术风格上的主要特色之一。这是蒲松龄熟悉生活、思想感情深邃而活跃的表现，也是他的诗人气质和创造才能的表现。黑格尔曾说："艺术家必须是创造者。他必须在他的想象里把感发他的那种意蕴，对适当形式的知识，以及他的深刻的感觉和基本的感情都熔于一炉，从这里塑造出他所要塑造的形象。"（《美学》第一卷

　　* 本文原刊《河北师范学院学报》1983 年第 4 期。

第二二二页）《聊斋》在形象塑造方面最显著的特点，就是能充分运用这种"熔于一炉"的艺术想象构成作品曲折的情节，并在情节的波澜起伏中逐步展示人物的性格及其发展，从而刻画出完整的形象。

在短篇小说里，通常只是集中描写人物性格的最主要的特征，给读者以突出和明了的感觉，借以显示作品的主题。同时由于体制和篇幅所限，更难表现出人物性格的成长变化。一般说来，这是符合短篇小说的创作实际的。但是《聊斋》中的许多优秀作品，却如上面所指出的那样，不能以这种常规来加以概括。

脍炙人口的《婴宁》是《聊斋》中最富有代表性的篇章之一。它给广大读者留下的深刻印象是婴宁的善笑，是她的天真无邪的闪光性格。和封建道德规范要求于妇女们的矜持、腼腆的作风相反，和当时社会环境为妇女们规定的呆板、黯淡的生活情调相反，她用无拘无束、无忧无虑的憨笑来对待一切。这种洒脱放任的性格，在礼教约束下的妇女中本来是难以出现的。这个狐生女儿的形象的真实性，在于它生动地体现了千百年来广大人民希望冲破封建精神罗网的强烈愿望，同时也反映了当时新兴经济因素在意识形态方面表现出来的对思想解放的渴求。这正是作品具有时代光彩的主题。但是，小说并没有孤立地刻画婴宁这一方面的特点，而是比较细致地展现了她的性格的各个侧面。在作者笔下，这不是一个脱俗而未免乖戾的女性，相反她和人们的关系是十分正常和融洽的。初到姨母家里，她"昧爽即来省问"；周围的人也都感到她真诚和蔼、平易可亲，所以"邻女少妇争承迎之"。小说有意点出了她的慧心与本领，写她极善于缝纫，"操女红精巧绝伦"。她爱花成癖，有自己的生活情趣，婚后不久就使家庭中出现了"阶砌藩溷，无非花者"的景象。为了寻求好花，她不惮烦劳，肯于"物色遍戚党"，甚至不惜典卖金钗来选购佳种，足见其胸襟的豁达与慷慨。此外，作者还着力描写了她待人的深厚情谊。她对抚养自己成人的鬼母野葬荒山极为不安，说起迁坟就不禁"零涕哽咽"，等到临窆时又止不住"抚哭哀痛"。由于她平时总是笑容可掬，人们往往不注意她的哀愁与悲怆，正象在阅读《红楼梦》时只留心黛玉的哭却忽视了她的笑一样。婴宁不仅对鬼母的劬劳抚养时时在念，而且对长期伏侍自己的狐婢小荣也同样充满了感激之情，"德之常不去心"。这些思想活动不属于女儿的"孝道"、小姐的"仁慈",而是对她们的真挚感情的表现。不过,她又绝非一味地温厚善良。严惩西邻无赖的情节,虽或略有失当的描写,但却充分显示了她憎恨卑污、嫉恶如仇的精神。婴宁的性格是单纯、明朗的,同时又是复杂、深沉的,这是《聊斋》在人物刻画方面为一般短篇所难以企及的卓越技巧。

不仅如此,作者在短篇中还深刻地揭示了婴宁性格的发展变化。她在婚后,特别是因为惩治西邻子的事件而受到婆母的责难之后,她就"正色矢不复笑","虽故逗之,亦终不笑",尽管她也"竟日未尝有戚容"。小说的情节表明:封建时代的人间社会,现实生活中的矛盾纠葛,不可避免地会使她永远失去那天真快活的笑声。这种性格上的变化是完全符合生活逻辑的。微妙的是,作品在结尾处还出现了一个发人深思的细节,写婴宁"生一子,在怀抱中不畏生人,见人辄笑,亦大有母风云"。这使我们欣慰地看出,孩子身上还保留着母亲性格中可贵的基本特征;同时又预感到社会环境终究也会使孩子变为常儿,"竟不复笑"的。这个耐人寻味的结尾,无异是对婴宁性格发展的一种补充。《婴宁》在《聊斋》中篇幅不算很短,但比起一般短篇小说来还是极为精炼的。作者以三千余字的笔墨为我们塑造了一个血肉丰满的、反对封建礼教桎梏的青年妇女典型。她的内心世界是极其深广而且有变化的,对她的性格特征的简单化的理解和评析,显然不符合作品的实际。

表现了人物复杂性格及其变化过程的作品,在《聊斋》中并不占少数。《葛巾》也通过迷离变幻、跌宕腾挪的情节刻画了一个多情的并且有胆有识、有柔有刚的妇女形象。葛巾凭自己的观察和"假鸩汤"的试探,看出了常大用的忠诚,因而和他结成眷属,对他百般体贴。可是一旦受到猜疑,遭到骇怪,失去了相互信任这一爱情基础时,她就毅然离去,表现出她真正的钟情、自尊和果断。人物的性格是多侧面和有发展的,不是单一的和固定的。《席方平》描写了一个遭受残酷迫害,坚持与恶势力周旋到底的硬骨头形象。作品集中刻画了人物的暴烈方鲠,并使他为此而遭受了更多的折磨。可是他在顽强拼搏的经历中,也逐渐懂得了迂回作战的必要,从在阎罗面前大呼"必讼"到肯于声明"不讼",说明他认识到需要讲求策略,讲求斗争的方式。情节展开的过程,也就是他的性格展开和成长的过程。《仙人岛》中王勉的狂傲肤浅，处处炫才，写得可哂可厌之极。但当他受到一系列嘲讽打击之后，就比较能正视现实、正视自己，终于意识到个人那点"才华"实在是"望洋堪羞"。在一部分作品中，即使是一些次要人物，作者也没有忽略他们性格上应有的变化。如《司文郎》中的余杭生，在追逐功名时原是个咄咄逼人、狂妄刻薄的可鄙形象，后来饱经坎坷，年事日衰，却变得"深自降抑"，谦执过于平人了。

《聊斋》在形象塑造上的这一突出特点，首先来源于作者对生活的深刻理解和在艺术表现上的高度概括能力。除此之外，显然也和他善于发挥古代短篇传统结构形式的特长有关。这种结构形式的基本特征是以叙述为经，描写为纬，即以简括的叙述来贯穿起对人物和场面的具体刻画。这是构成我国小说民族形式、民族风格的一个极其重要的因素。它可以使作品有舒卷，有伸缩，能够详略自如，插补应心，在保持短篇小说固有特点的基础上尽可能扩展自己的生活容量。这就有利于揭示人物性格多方面的特征，并且写出他们的发展变化。因此，用一般的关于短篇小说体裁特征的规定去衡量多样化的具体作品，往往并不能做出确切中肯的评断，至少对《聊斋》是如此。

二

《聊斋》塑造人物的另一个特点是常常截取某些精采的生活片段或场景来凸显人物的性格特征和精神状态，从而刻画出个性鲜明的艺术形象。

人们常说，中国古代短篇小说与外国同类体裁的作品相比，最明显的差别就是它不象后者那样，总是拦腰截取一个断面来做充分的描写；而是采取所谓封闭式的结构，注意故事的完整性和曲折性，让情节向纵深方面发展。这的确可以看做是我国古典短篇的一个艺术传统，《聊斋》中也诚然有大量作品是这样，但是我们对此同样不能做绝对化的判断。事实上，《聊斋》中也有不少篇章并没有完整的故事，而是通过对社会生活横断面的描绘来刻画人物、表现主题的。

《王子安》是暴露八股科举制度的名篇。小说描写了王子安长期困于场屋，在发榜前渴望中试的精神面貌。他在醉梦中误认为自己已经考中，因而作威作福，不可一世，忽而高喊给报子"赏钱十千"，忽而"自念不可不出耀乡里"，于是又连声"大呼长班"，甚至槌床顿足地大骂："钝奴焉往！"结果是受到了狐妖的侮弄，妻儿的嘲讽。作者指出，一些不第秀才在盼望得中的时候，常常在自己头脑中虚构出一幅飞黄腾达的美妙图景，"顷刻而楼阁俱成"。这篇小说描绘的就是这样一个"顷刻"，并没有完整的故事情节，也无所谓来龙去脉。它仅仅摄取了一位"名士"举业生活中的一个横剖面，既有力地抨击了八股取士制度，更辛辣地讽刺了主人公精神世界的空虚和可悲，使这个穷措大醉心功名的丑态跃然纸上。

另一篇以科举制度为题材的小说《镜听》，写的是郑氏两兄弟同时考中而先后闻报在家庭生活中所引起的强烈反应。由于它篇幅甚短，不妨摘来说明《聊斋》在刻画人物手法上的特点：

> 益都郑氏兄弟，皆文学士。大郑早知名，父母尝过爱之，又因子并及其妇；二郑落拓，不甚为父母所欢，遂恶次妇，至不齿礼。冷暖相形，颇存芥蒂。次妇每谓二郑："等男子耳，何遂不能为妻子争气？"遂摈弗与同宿。于是二郑感愤，勤心锐思，亦遂知名，父母稍稍优顾之，然终杀于兄。次妇望夫慕切，……闻后，兄弟皆归。时暑气犹盛，两妇在厨下炊饭饷耕，其热正苦。忽有报骑登门，报大郑捷。母入厨唤大妇曰："大男中式矣，汝可凉凉去。"次妇忿恻，泣且炊。俄又有报二郑捷者。次妇力掷饼杖而起，曰："侬也凉凉去！"

这篇短小作品的主题是揭露八股取士对社会风气的严重污染，对人情世态甚至家庭关系的恶性侵蚀。故事性并不强，它只是通过一个看似普通却极为典型的生活场面，准确、生动地描绘了二郑之妻在闻报前的委屈心理，以及她得知丈夫获捷后才敢一吐不平之气的激愤心情和抗议行动。对此，蒲松龄曾幽默地说："投杖而起，真千古之快事也！"二郑之妻的尖锐个性和婆母的势利嘴脸，在这个场景里都刻画得活灵活现。虽然作者在前面也做了一些简略的叙述，但那是为下面的中心内容服务的，是一种必要的铺垫。能够展现出人物性格来的，仍然是厨房内外那一出平常而又深刻的独幕讽刺喜剧。

《绿衣女》在《聊斋》的爱情故事中是写得极为出色和别致的一篇。全文不过五百余字，仅仅描绘了男女主人公初会与诀别的两个断面。可是绿衣女的容止情怀、才华风趣，以及她的"偷生鬼子常畏人"的脆弱性格，却被刻画得形神俱备，十分丰满。习惯于阅读完整故事的读者，也许会觉这一篇的结局不免给人以突兀和怅惘的感觉，或者希望它并不就此结束，这正是作品留给人的回味。《鸮鸟》以冷峻笔墨鞭挞了借收购骡马来搜刮民财、公开抢掠的长山县令。作者只集中描绘了一幅饮酒行令的图景就戛然而止，却能把这个反面形象的贪鄙无耻、怙恶不悛，以及他遭到鸮鸟的揶揄和斥骂时的狼狈状态，揭露得淋漓尽致。《佟客》讽刺了一个好读书击剑，平时能奋然以"忠臣孝子"自许的董生。他在听到父亲遭受盗贼的拷打时，开始还有提戈往救的意念，可是一经妻子"牵衣而泣"，立刻"壮念顿消"，不再去管老父的死活。这次"惊盗"是一个仙人佟客点化的虚幻场面，而董生的极端自私、虚伪和怯懦也就在这个幻设的刹那间暴露无遗。《种梨》则是借行乞道士在集镇上对货梨乡人的一次戏弄，批判了悭吝成性和冷漠无情的习俗。道士的蕴籍和幽默，乡人的啬刻、愚蠢，以及对道士的蛮横无理，都写得极其生动。如是等等，这类篇章都不象《聊斋》中另外许多作品那样，写出了首尾具备、情节完整的故事，而只是通过一两个场景的描绘刻画出各种不同的艺术形象，使读者从中受到某些有益的启发，并且留下难忘的印象。

应该说，《聊斋》截取生活横断面来塑造人物的成功手法，事实上也是继承和发展了我国古代文言短篇的传统。以《世说新语》为代表的轶事小说，就完全取材于当时许多名流的生活片断。从技巧的角度来看，这些片段也常常能通过形象描绘揭示出人物的鲜明性格。唐传奇在自觉运用虚构、加强人物描写的同时，开始注重故事情节的完整性和曲折性，这当然标志着古代短篇小说的成熟发展。但其中也还有一些不以描述故事见长、专以刻画场面取胜的作品，同样闪烁着艺术的光彩。这些不同的表现方式，都曾为蒲松龄所批判地摄取。鲁迅认为《聊斋》的特色是"用传奇法而以志怪"，正是说它借异闻来反映现实时，广泛吸收了唐人小说的写作方法，从而创造了文言短篇的多样化体制。

蒲松龄对人物形象的塑造，也体现了他所追求的艺术风格。他叙事简洁，用笔凝炼，在任何情况下总是力求压缩篇幅，芟夷枝蔓，以保持文字的严谨。即使全书中那些波澜迭起、转折莫测的著名篇章，也同样是如此。如果题材决定他只需采撷一两个典型场面就能达到准确表现人物性格的目的，他自然不会舍近求远，拘守成规，非要设计出一个首尾完备的故事不可。不过，在这类作品中，他也依然采用了通过扼要叙述来贯穿场景描写的方式，因此它们截取横断面来塑造人物、反映生活的特点，就一直为之淹没。这是需要我们加以辨识和彰明的。

<h1 style="text-align:center">三</h1>

艺术的概括、艺术典型的塑造，必须通过具体生动的细节描绘来完成。正如巴尔扎克在《人间喜剧》前言中所指出的那样，"如果在这种庄严的谎话里，小说在细节上不是真实的话，它就毫无足取了"。的确，假使没有富于特征性的细节，就不可能构成真实动人的故事情节，也就不可能塑造出个性鲜明的形象。我国古典小说在艺术上的提高和进展，突出表现在细节描写的加强；而《聊斋》在刻画人物方面的杰出成就，在很大程度上也是依靠善于选择富有表现力的细节来取得的。

《聊斋》在细节描写上的显著特点在于它特有的精炼性，在于它那些颊上添毫、传神阿堵的精采笔墨。这说明蒲松龄对生活观察的细致入微，同时也表现出他在塑造人物方面的精湛技巧。这样的例子在全书中可以说俯拾即是。象《细柳》中的高生壮年殂谢之后，妻子细柳独自挑起了抚养和教育两个孩子的重担。前室所生的长福，因为娇惰冥顽，不肯读书，细柳就强迫他去牧猪。在初步尝到了劳动的艰辛之后，他哀求母亲准许他复读。小说这时没有让细柳做出回答，而是写"母返身向壁，置不闻"。直到长福饱经风霜，事实表明他确已改悔时，细柳才让他复学。于是他勤奋攻读，终于大有长进。这之后，细柳曾对长福说："我不冒恶名，汝何以有今日？人皆谓我'忍'，但泪浮枕簟而人不知耳。"至此，我们再回过来看细柳"返身向壁"的细节，就能进一步领会到其中大有深意。这里，作者当然不是要写邻居们所误会和谴责的继母的"狠心"，细柳是迫不得已才采取了这种冷酷态度的。也许她是不忍看长福衣衫褴褛的可怜相；也许她是惟恐长福的哭泣软化了自己的心肠，火候未到就答应了他的恳求，以致前功尽弃；也许她这时内心斗争十分激烈，盈盈的热泪就要夺眶而出，所以她只好"返身向壁，置不闻"。这一典型细节，非常符合她作为一个封建时代贤妻良母的性格特征，表现了她承担起母亲的责任后对儿子的真正深情和殷切期望，也表现了她肯于忍辱负重、坚毅不拔的个性。然而，这一共才寥寥七个字。这篇小说宣扬了较多的封建意识，但是蒲松龄对细节选择之精当，用笔之简洁，则是由此可以窥见一斑，令人叹为观止的。

蒲松龄还非常注意作品中一些重要的、关键性场面的精心描写，并在这种描写中揭示出人物的性格特征和精神状态。《促织》中写村中好事少年强邀成名斗蟋蟀的场面，就可以作为说明这一特点的精采例证：

> （少年）视成所蓄，掩口胡卢而笑。因出己虫，纳比笼中。成视之，庞然修伟，自增惭怍，不敢与较。
>
> 少年固强之。顾念蓄劣物终无所用，不如拼博一笑。因合纳斗盆。小虫伏不动，蠢若木鸡。少年又大笑。试以猪鬣毛撩拨虫须，仍不动。少年又笑。
>
> 屡撩之，虫暴怒，直奔，遂相腾击，振奋作声。俄见小虫跃起，张尾伸须，直龁敌领。少年大骇，解令休止。虫翘然矜鸣，似报主知。成大喜。
>
> 方共瞻玩，一鸡瞥来，径进一啄。成骇立愕呼。幸啄不中，虫跃去尺有咫；鸡健进，逐逼之，虫已在爪下矣。成仓猝莫知所救，顿足失色。
>
> 旋见鸡伸颈摆扑；临视，则虫集冠上，力叮不释。成益惊喜，掇置笼中。

在整个场面中，作者交错地写出了双方情绪上多次的变化起伏——成名由愧到喜，由喜到惊，再由惊到大喜；而意气扬扬、自信必操胜券的少年则由掩口微笑到放声大笑，再由大笑到大骇、认输，成为对方情绪急遽变化的一种有力反衬。这里的全部细节都是刻画形象、表现主题所必需的，写人状物虽极工细，但文字却依然十分简洁，因为艺术上的洗炼与致密从来并不矛盾。成名的"自增惭怍""骇立愕呼""顿足失色"直至最后的万分惊喜，都渲染得极为精确传神，同时又处处扣紧了人物的基本性格和当时的心理状态。只有老成朴讷而且对促织格外关切和宝重的成名，才会在这场实际上关系着他身家性命的试验性搏斗中表现得如此小心谨慎，并且一直感到惴惴不安，紧张异常。文学作品里人物形象的心理活动经常要伴随着他的外在表现来揭示，从这个精采场面中也可以得到很好的说明。

《聊斋》描写了大量精灵幻化而成的女性。细心的读者都会感觉到，这些形象既有作为现实生活中人物的鲜明个性，同时又适当保持了那些物类原有的特征。这就是鲁迅所说的"使花妖狐魅，多具人情，和易可亲，忘为异类；而又偶见鹘突，知复非人"。清人冯镇峦曾提出："说鬼亦要有伦次，说鬼亦要得性情。试观《聊斋》说狐鬼，即以人事之伦次，百物之性情说之。"（《读〈聊斋〉杂说》）大致也是这样意思。鲁迅所谓"偶见鹘突"，并非说那些花妖狐魅有时会表现得糊涂不明事理，而是说它们偶然还会流露出某些异于常人而符合自己本来面貌的习性。这种真切的描绘，同样是依靠选择精确生动的细节来完成的。

《白秋练》中的女主人公，是个很有文学素养的诗歌爱好者。小说以吟诵著名的诗篇为线索，写了她和慕生之间曲折动人的爱情故事。但她是一个洞庭白鲤化成的女郎，所以作者也注意写到她生活中不能离开湖水的特点：

> 将归（直隶），女求载湖水；既归，每食必加少许，如用醯酱焉。由是每南行，必致数坛而归。……
> 归后二三年，翁南游，数月不归。湖水既罄，久待不至，女遂病，日夜喘急。……
> 喘息数日，奄然遂毙。后半月，慕翁至，生急如其教，（以湖水）浸一时许，渐苏。自是每思南旋。……

这种"偶见鹘突"的细节，在全书的许多篇章中是时时出现的，尽管作者并不用它们来揭示人物性格的主要方面。如香獐化成的花姑子，"气息肌肤，无处不香"；她为安生医病时，"以两手为按太阳穴，安觉脑麝奇香，穿鼻沁骨"，而大病也就霍然痊愈。竹青是乌鸦所化，后来她虽然名列仙班，但在分娩的时候还是"胎衣厚裹，如巨卵然"。绿衣女是一只绿蜂变成的，所以唱起歌来"声细如蝇，裁可辨认"，这声息，无疑是蜂儿的写真；更何况她还有一副"绿衣长裙""腰细殆不盈掬"的轻盈体态。小鼠精阿纤不仅生得纤弱，而且结婚后就忙着兴建仓廪；当时家中并无存粮，等到"年余往视，则仓中满矣"。后来家人对她产生了怀疑，就"日求善扑之猫以觇其异，女虽不惧，然蹙蹙不快"。这些，都明显地符合鼠所特有的习性。

类似这些关于精灵状貌和习性的细节描写，具体在各篇中都只占极少的笔墨，但却取得了强烈的艺术效果。作者这样处理，不是削弱而是恰恰增强了形象给人的真实感，同时也更增加了作品的情致。这样生动的形象，这样刻画形象的手法，当然是《聊斋》所特有的。

蒲松龄是古代杰出的语言大师之一，他在前人语言艺术成就的基础上创造了自己独特的语言风格。即以细节描写而论，他的精确刻画经常与人物自身的个性化语言交织在一起，在塑造形象上起了十分重要的作用。例如《席方平》写冥王受贿后首次刑讯席方平时，"席厉声问：'小人何罪？'"冥王无词以对，席又大喊说："受笞允当，谁教我无钱耶！"在阴司里，"厉声大呼"的不是冥王而是席方平，正说明了真理在受迫害的一方。他的愤激的质问，直截了当而又含义极深。后来两个鬼卒在押送途中辱骂了他，他"张目叱曰：'鬼子胡为者！我性耐刀锯，不耐挞楚！'"接着就径自"返奔"，迫使二鬼不得不"温语劝回"。这里的细节描绘是和人物的斩钉截铁、掷地有声的语言紧密结合的，因而能表现出这个铁骨铮铮、誓死不屈的壮汉性格。《菱角》里写胡大成在观音祠里向菱角求婚，她羞惭地回答："我不能自主。"但接着却"上下睨成，意似欣属"。大成离去之后，她忽然感到机不可失，又连忙"追而遥告"说："崔尔诚，吾父所善，用为媒，无不谐！"追呼的语言简短、明确，符合当时的情景，加上作者对她前后神情动作的精炼描写，活画出封建社会里一个天真少女的羞涩、聪慧和在这个重大问题上所用的心机。

蒲松龄从来不以烦琐平淡、可有可无的细节来麻烦读者。他用于这一方面的生动笔墨，或简或繁，都经过了反复推敲，经得起认真寻味，能够最大限度地发挥自己的艺术效能。《阅微草堂笔记》的作者纪昀，对《聊斋》的艺术成就采取了贬低的态度，嘲讽它是"才子之笔，非著书者之笔"。然而即使在那些否定性的评价中，也还不能不承认这些作品在具体描写上的"细微曲折，摹绘如生"（盛时彦《姑妄听之·跋》引）。这是很能说明问题的。

四

《聊斋》还经常以警辟的议论作为刻画人物的辅助手段，使议论与具体的艺术描写结合起来，共同完成形象塑造的任务。

关于小说创作中是否可以加入作者议论的问题，向来有不同意见。但是必须承认，含有某些议论成分在中外许多小说中却是一种客观存在。就《聊斋》而言，蒲松龄确也使用了若干议论笔墨来配合形象的塑造，并由此而进一步凸显了人物的性格，丰富了形象的内涵，形成自己在艺术手法上一个方面的特色。

《聊斋》中的议论，绝大部分是以"异史氏"的评断形式出现的。也就是作者在篇末（间或也在篇首）直陈所见，正面提出自己对情节或人物的某些评价。这是蒲松龄对于从《左传》《史记》以来古代史传体制的一种创造性继承。在《聊斋》里，缀有"异史氏曰"的篇目约当全书的三分之一。简括的议论，常常表达了作者对当时社会的针砭，是他在对生活的理解中迸发出来的思想火花，是对作品内容的一种必要的提示或补充。一般治《聊斋》者大都给它们以相当的重视。从这些议论的性质来看，有不少属于作者由事件而引起的感慨，虽然能启发读者思考，深化作品主题，却不一定都与刻画人物直接有关。不过，确也有很多篇章是借议论突出了人物性格的深刻含义，揭示了人物的典型性及其所体现的社会内容，从而增强了形象的完整性和鲜明性。

《劳山道士》中的"故家子"王生，不过是个慕道不诚因而遭到薄惩的可笑形象，未必引起读者更多的注意。因此作者在篇末的议论中强调说："闻此事未有不大笑者；而不知世之为王生者正复不少。"这实际是提出了人物的典型性。如果读者能掩卷深思，就会从周围生活中甚或自己身上发现和王生相类似的缺点。《红玉》揭露了封建时代官绅勾结残害人民的暴行，塑造了狐女红玉的美好形象。此外，还刻画了一个锄强扶弱、令人向往的义侠人物。作者曾就此评论说："非特人侠，狐亦侠也。"这一提示，会使人们充分考虑到红玉性格中不同于其他许多狐女的一个重要特点，因而加深了对形象的全面理解。

另外还有更多的篇章，往往通过议论把人物身上蕴藏较深的思想因素展示出来，使这些形象的特征更鲜明，更富有光彩。譬如《向杲》里的主人公，身受迫害，诉冤无门，最后是在仙人的帮助下一度变成猛虎亲口龁食了殴毙自己兄长的土豪。这是个大快人心的故事，向杲的不畏强暴、不避危难的反压迫精神，也写得十分动人。但作者还要引导人们想得更深远一些，因而借"异史氏"的议论指出："然天下事足发指者多矣，使怨者常为人，恨不令暂做虎！"片语点拨，力透纸背，不仅可以看出作者对当时黑暗现实的痛恨，同时也使人领会到向杲不单纯是个"友于最敦"、敢于拼死为亲人复仇的壮士，而主要是一个体现了封建统治下千百万"怨者"的意志与愿望的理想主义形象。再如《婴宁》，人物形象的反礼教精神虽然表现在她的纯真善笑，可是作者并不认为只须着眼于这一个方面。他在小说的结尾处写道："观其孜孜憨笑，似全无心肝者；而墙下恶作剧，其黠孰甚焉？至凄恋鬼母，反笑为哭，我婴宁殆隐于笑者矣！"这就令人回味出，婴宁确是个善善恶恶、寓精细于憨痴的女性，她的内心世界是极其丰富的。作者的补笔启示人们：对人物性格不应做表面的或片面的理解，要领会她一片天真中所蕴藏的多方面的深沉情感，否则就缩小了这个富有时代特征的妇女典型的意义。

《阿宝》集中描写了孙子楚的朴讷诚笃和他对阿宝的执着深情。对这个号称"孙痴"的人物，作者在篇末评论说：

> 性痴则其志凝。故书痴者文必工，艺痴者技必良。世之落拓而无成者，皆自谓不痴者也。且如粉花荡产，卢雉倾家，顾痴人事哉！以是知慧黠而过，乃是真痴，彼孙子何痴乎！

显然，作者这里所肯定的"痴"，乃是人们的纯真赤诚，是实现某种正当目的时情感意志的高度集中。他批判了自作聪明、希图取巧的"慧黠"，同时也指出了坚定不移和执迷不悟之间的原则差别，以富有哲理性的寓言表述了形象本身所包含的深刻思想。这样，孙子楚就不会被肤浅地理解为仅是在婚姻问题上的用情专注，而说明他是一个"性痴则其志凝"的笃实青年的形象。和《阿宝》的内容相近，《连城》写了连城重才德，乔生报知音，双方同死同生的传奇故事。作者也在篇末指出，乔生事迹的动人之处，不在于他情痴的可贵，更重要的是还反映了当时社会环境里肝胆照人的才士不被了解和重视的现实。所以说："一笑之知，许之以身，世人或议其痴，彼田横五百人，岂尽愚哉？此知希之贵，贤豪所以感结而不能自已也。"由此可见，《聊斋》中的议论，确实是作者的阐幽发微之笔，能从更广阔的社会生活的角度揭示出人物性格的底蕴及其典型性质，在形象塑造上具有不容忽视的画龙点睛的作用。

《聊斋》中涉及人物评骘的议论，是从形象本身蕴含的意义中生发出来的，又反过来照亮了原来的情节和人物。它们实际是作品整体构思的一个组成部分，不同于那些信手拈来，借题发挥，游离于作品内容之外的随感。我们并不主张在小说中搀入大量的议论成分；并不主张象明清之际的一部分拟话本那样，以冗繁的说教来进行劝惩；更不认为逻辑的力量就是形象的力量。但是，如果把概括评论和具体描写、逻辑思维和形象思维完全对立起来，那就违反了艺术辩证法的根本原则，就无法正确评价《聊斋》在这一方面的独特成就。

蒲松龄是以自己的全部热情来写作《聊斋》的。抒情是他的小说创作的基本格调。即如上面提到的一些议论笔墨，也都是"因情造文"，"自鸣天籁"，可以使我们领会到他不吐不快的深挚感情。至于象《叶生》结尾的"异史氏曰"，竟是作者自己的一篇怀才不遇、血泪哭就的至文，读后大大加深了对小说中人物的理解。《王子安》篇末所缀的短文，看上去是对当时儒生和科举制度的辛辣嘲讽，其实也正写出了作者个人言之痛心的感受。其他各篇中评析人物的议论，也随处渗透着他的爱憎，宣泄了他的"孤愤"。在古代文学史上，蒲松龄大约是唯一可与曹雪芹相比的最具有诗人气质的小说家。他的好友济南朱缃题《聊斋》绝句中有云："君试妄言余妄听，不妨狐窟号诗人。"把蒲松龄呼为"狐窟诗人"，应当说是一个美的称号。他笔下的人物，特别是那些体现了他的进步美学思想的花妖狐魅的形象，大都是诗意充沛，诗情盎然的。因此，我们考察《聊斋》在运用议论方面所提供的经验时，还必须充分注意到这些议论所具有的浓郁的抒情色彩。唯其如此，议论成分才能与通篇的艺术描写相协调，才能成为作者塑造人物的一种有力的辅助手段。

（本文曾由研究生刘勇强同志协助整理——作者附记）

元剧宾白论[*]

元杂剧创造了中国戏曲上珠辉玉映的繁荣局面。后来它虽然逐渐离开了演出，离开了音乐、表演和一切舞台色彩的感染，但仍然以生气勃勃的文学魅力永远吸引着无数读者。这不能不归于他在语言艺术方面的卓越成就。元杂剧的语言主要表现为曲文和宾白两种形式，其中曲子是杂剧形成的基础，是剧作用以塑造形象和表现主题的最根本的手段，在每折戏中都居于核心地位。元剧作者们首先以能曲擅长，读者和当时的观众也总是要通过那些铿锵流利、具有鲜明韵律感的曲文来满足自己的审美要求。基于这些原因，人们在习惯上一直把元杂剧只称作元曲，而历来对元剧艺术成就的评价，也往往多从甚至只从曲文方面着眼。这就是说，在对杂剧语言艺术的评论和研究中，长期以来一直存在着一种重曲轻白的偏向。从元剧剧本的构成来看，从我们民族戏曲形成和发展的内部规律来看，宾白同样是剧作的躯干部分。它和曲文有着相互依存、相互生发的密切关系，承担着曲文所无法承担的重要任务，因而对它在剧作中的地位和作用必须有正确的估计。在一些戏曲表演艺术家当中，目前还流行着一句俗谚：千斤话白四两唱。这种高度夸张的对比，不是主张应当重白轻唱，而是为了提醒千万不能重唱轻白。这当然是就一般戏曲的演出而言，但对我们全面探讨元杂剧的语言艺术，充分理解它在剧作中所发挥的效能，也是一种有益的启示。

---

* 本文原刊《河北学刊》1985 年第 1 期。

一

和其他戏曲形式相比，元剧宾白在塑造人物上具有特殊重要的作用。因为杂剧例由末或正旦一人独唱，此外的许多角色，包括没有唱词的主要人物，都只能通过宾白来创造。譬如，《赵氏孤儿》是长期以来一直能激动人心的著名壮烈悲剧。全剧五折，由正末分饰的韩厥、公孙杵臼和成长起来后的孤儿赵武先后主唱。程婴虽然是贯穿全部戏剧冲突、联系每个人物的最关键、最有光彩的人物，可是他的悯忠尚义、自我牺牲、二十年含辛茹苦的可贵品格，却完全是依靠宾白来揭示的。作者准确把握了他在矛盾中的地位和情感活动，在每一情节上都通过恰当的说白展示出他的鲜明性格。第三折写他忍痛把自己尚未满月的独子送交公孙杵臼假充赵氏孤儿，然后又冒险到帅府告发时，屠岸贾咄咄逼人地盘诘他前来出首的根据，他镇静地解释说：

> 小人与公孙杵臼曾有一面之交。我去探望他，谁想卧房中锦绷绣褥上躺着一个小孩儿。我想，公孙杵臼年纪七十，从来没儿没女，这是个那里来的？我说道："这小的莫非是赵氏孤儿么？"只见他登时变色，不能答应，以此知孤儿在公孙杵臼家里。

当屠岸贾对他的回答提出疑问进行威吓时，他又从容不迫地回答：

> 我小人与公孙杵臼原无仇隙。是因元帅传下榜文，要将晋国内小儿拘刷到帅府，尽行杀坏。我一来为救晋国内小儿之命；二来小人四十有五，近生一子，尚未满月，元帅军令，不敢不献出来，可不小人也绝后了？我想，有了赵氏孤儿，便不损坏一国生灵；连小人的孩儿也得无事，所以出首。

这段对白，突出刻画程婴的沉着机警，使读者的感情随着宾白所展示的情节而起伏，对剧中人也留下了极为深刻的印象。

《梧桐雨》是以唐玄宗为主角的"末本"杂剧，杨贵妃作为剧中的另一个主要人物并没有唱词。但是作家却以出色的本领设计锤炼了她的说白，细腻、曲折地展示了她的精神世界。如第三折马嵬兵变，在杨国忠被杀，唐玄宗吓得"战钦钦遍体寒毛乍"的情况下，统领禁军的陈玄礼又进一步提出了必须马踏杨贵妃、平息众怒的要求。作者连续插入了极为简洁的对白，精心刻画出人物在当时尖锐矛盾中的内心活动：

> （旦云:）妾死不足惜，但主上之恩，不曾报得，数年恩爱，教妾怎生割舍？（正末云:）妃子，不济事了！六军心变，寡人不能自保。
>
> （陈玄礼云:）愿陛下早割恩正法！（旦云:）陛下，怎生救妾身一救？（正末云:）寡人怎生是好！
>
> （陈玄礼云:）禄山反逆，皆因杨氏兄妹。若不正法以谢天下，祸变何时得消？望陛下乞与杨氏，使六军马踏其尸，方得凭信！（正末云:）他如何受的？高力士，引妃子去佛堂中，令其自尽，然后教军士验看。
>
> （高力士云:）娘娘去吧！误了军行。（旦回望科，云:）陛下好下的也！（正末云:）卿休怨寡人！

杨贵妃在无可逃脱的噩运面前，她先是表示不惧一死，不惜一死，只是不忍辜负"主上"的恩遇与深情，所以不能死。这时她还力图用道义、用感情来打动玄宗，希望出现万一的转圜。不想对方竟赤裸裸地说出"不济事了！"的话来。玄宗的推托，陈玄礼的威逼，使她只好直率地发出"怎生救妾身一救"的哀求。当玄宗断然命令高力士把她牵去缢杀的时候，她不禁恨恨地一面"回望"，一面倾吐出自己心底的怨忿："陛下好下的也！"这是绝望的呼号，更是对这位恩爱天子的愤怒谴责和揭露。作者对女主人公形象的塑造，人们可以有不同评价，然而必须承认，杨贵妃的全部性格，她的复杂的内心矛盾和悲剧命运，完全是通过宾白表现出来的。

在一些揭露社会矛盾的元剧作品中，还出现了形形色色的丑恶人物，除去上面涉及的屠岸贾之类的权奸代表外，象《窦娥冤》中的张驴儿，《救风尘》中的周舍，《鲁斋郎》中的鲁斋郎，《生金阁》中的庞衙内，

《看钱奴》中的贾员外，《魔合罗》中的李文道、萧令史，等等，在作品中都占有十分重要的位置，并且构成了元杂剧中不可缺少的反面形象序列。这些人物也没有唱词，只是依靠生动的宾白来表现他们各自的性格，构成尖锐的戏剧冲突，但他们都取得了不同程度上的典型意义。

对于元剧中的正末和正旦来说，固然是以曲文作为完成形象塑造的基本手段，但也绝不能离开宾白语言的紧密配合。只有通过这种配合，才能更完满地刻画出有血有肉的人物。《李逵负荆》写正末李逵误以为宋江和鲁智深抢走民女，随即回山大闹了聚义堂，拉着宋、鲁同往对质。作者在他所唱（黄钟尾）里插入了极为精彩的对白，让他当众宣布：只要得到证实，就先将鲁智深的光头"一斧分成两个瓢"；然后单把宋江留下，"亲手扶侍哥哥这一遭"。当宋江问他"怎生扶侍"时，他暴怒地回答道：

我扶侍你！我扶侍你！——一只手揪住衣领，一只手攥住腰带，滴溜溜扑，摔个"一"字，阔脚板踏住胸脯，举起我那板斧来，觑着脖子上，可叉！

然后才接一句唱词："便跳出你那七代先灵，也将我来劝不得！"这里嵌入的宾白，以含有大量表演动作的口语，传神地摹画出李逵嫉恶如仇、刚直鲁莽的性格，表现了他作为农民起义英雄坚决维护群众利益和梁山声誉的强烈感情，使人感到有声有色，情态逼真，起到了任何曲文所不能起的作用。

丰富的社会实践与艺术实践决定了元剧作家们把握生活和驾驭语言的出色才能。他们善于在创作过程中"进入角色"，做到了"欲代此一人立言，先代此一人立心"；善于以富有特征性的语言准确地刻画出人物的心曲和口吻，因而能使自己所创造的形象符合于生活的真实。这种严格要求语言性格化的精神，充分体现在曲文和宾白两个方面。如果偏离甚至抛开了后者，是不可能对元杂剧的语言艺术做出全面评价的。

二

按照元杂剧的体制，宾白不止在形象塑造上具有特殊重要的意义，同时在开展剧情、构成场面上也起着决定性的作用。由于元剧基本上只有四折，而每折的唱词又限用一组套曲，要想表现出完整的故事和曲折的矛盾，势必要更多地运用宾白、依靠宾白。《元曲选》的纂辑者臧懋循看到了这一事实，曾在这部选集的序言中说过："曲白不欲多。唯杂剧以四折写传奇故事，其白有累千言者。"这就是元杂剧中的宾白普遍分量大和任务重的根本原因。尤其重要的是，宾白主要是散体语言，要比曲文有着更为自由和广阔的容量，在反映生活上有自己的优势。虽然元剧的唱词也以通俗本色和口语化见长，但它毕竟要受宫调、曲牌、句式和韵脚的制约，增句和衬字也有一定的规律，不象宾白语言在使用上有更大方便，可以挥洒自由、活灵活现地表现任何不宜咏唱的生活情节。如《救风尘》一剧写赵盼儿和周舍在汴梁妓馆、郑州客店以及争夺休书、对质公堂四次正面交锋，都主要依靠了生动简洁的对白。特别是在客店中智赚周舍的精彩场面，更充分显示了宾白语言所特具的艺术表现力：

　　（正旦云：）周舍，你坐下。你听我说：你在南京时，人说你周舍名字，说的我耳满鼻满的，则是不曾见你。后得见你呵，害得我不茶不饭，只是思想着你。听的你娶了宋引章，叫我如何不恼？周舍，我待嫁你，你却着我保亲！……我好意将着车辆鞍马套房来寻你，你划地将我打骂。小闲！拦回车儿，咱家去来。（周舍云：）早知姐姐来嫁我，我怎肯打舅舅？（正旦云：）你真个不知道？你既不知，你休出店门，只守着我坐下！（周舍云：）休说一两日，就是一两年，您儿也坐的将去！

被践踏的娼家生活磨炼了赵盼儿，使她具备了识别人物、洞悉世情、预见和对付各种事变的本领。尽管她的对手是一个"酒肉场中三十载，花星整照二十年"的骗人惯家、无赖班头，也不能不堕入她所设下的圈套。当周舍喜出望外，要置酒庆贺与赵盼儿订立婚约时，就出现了这样的情景：

　　（周舍云：）小二，将酒来！（正旦云：）休买酒，我车上有十瓶酒哩。（周舍云：）还要买羊！（正旦云：）休买羊，我车上还有熟羊哩。

（周舍云：）好，好，好！待我买红去。（正旦云：）休买红，我箱子里有一对大红罗。周舍，你争什么哪？你的便是我的，我的便是你的！

这样，就牵着周舍的鼻子，使他按照自己设定的埋伏一步步走下去。等他发现上当时，赵盼儿一面用自有羊酒红罗的事实驳斥了周舍的诬赖，一面不慌不忙地告诉引章："妹子休慌莫怕，咬碎的是假休书！"这一系列的情节，如果不是运用声口逼肖的宾白，只借曲子来表现，在关目处理上必然会受到影响，很难取得如此动人的艺术效果。

由于宾白多是接近生活的散体语言，靠它来安排那些为剧情所必需而又不适合用歌唱来表现的内容，不仅可以更真实、更完满地反映生活，同时可以渲染气氛，强化矛盾，收到更为强烈的戏剧效果。以屈斩韩信为题材揭露封建阶级内部矛盾的《赚蒯通》，后三折均由蒯通独唱。他在被拘捕后，不顾被投入油镬的危险，与萧何展开了激烈的辩论。这场辩论主要是通过宾白来进行的，蒯通先从正面申明，杀韩信是"屈死了盖世英雄"；然后改变话锋，尖刻地讽刺了当时的统治集团：

（正末云：）丞相，我想汉王在南郑之时，雄兵骁将，莫知其数，然没有一个能敌项王者。后来得了韩信，筑起三丈高台，拜他为帅，杀得项王不渡乌江，自刎而死。如今，天下太平，更要韩信做什么？斩便斩了，不为妨害！且韩信负着十罪，丞相可也得知么？

这里的讽刺性的反诘以及为讽刺所做的铺垫，都明显地发挥了宾白语言的特长。接着，他就在满朝臣宰面前，继续用说白缕陈了韩信在灭楚兴刘过程中的所谓十大罪状，并且进一步提出"韩信不只十罪，更有三愚"：

（正末云：）韩信收燕赵、破三齐，有精兵四十万；恁时不反，如今乃反，是一愚也。汉王驾出城皋，韩信在修武，统大将二百余员，雄兵八十万；恁时不反，如今乃反，是二愚也。韩信九里山前大会垓，兵权百万，皆归掌握；恁时不反，如今乃反，是三愚也。韩信负着十罪，又有此三愚，岂不自取其祸？……

几段宾白，讲得洋洋洒洒，酣畅淋漓，有力地痛斥了封建统治者的残苛寡恩，深刻揭示出问题的实质。象这样带有论辩性和陈诉性的语言，如果削足适履地纳入唱词，既会使曲文变得十分冗赘和枯燥，而原来具有说服力的内容又势必得不到充分的表达，当然更无法显示出蒯通的辩才，渲染出当时的气氛，在艺术上就不可能取得现在的成就。

需要进一步指出，曲、白在艺术功能上虽然各有所长，但又有相通一致的地方，因为它们都是戏剧语言。有人认为，元曲的艺术特色集中表现在它的抒情性，"曲文抒情，宾白叙事"故唱词中叙事部分常缺乏浓郁的诗意。这种机械的区分显然不符合元杂剧的实际，需要在这里略加辩明。

出色的曲文都能给人以诗意盎然的感受，但却并非专以抒情为己任。它总是要在具体的矛盾冲突中展示人物的性格，它的语言还必须具有一定的行动性，要具有开展剧情的作用，而且还要承担一部分介绍环境、交待事件的任务。关汉卿的许多名剧以及《西厢记》《汉宫秋》等作品中的唱词，往往包含了明显的叙事成分，然而并未削弱它们的诗的意境。事实上，元杂剧唱词是把抒情因素和叙事因素、诗歌因素和戏剧因素有机融会起来的独立的剧诗形式，这是元剧作家们在我国戏曲史上开创的艺术传统。如果忽视戏剧语言的特点而片面强调唱词的抒情性，那就容易使它成为剧情进展中的"插曲"，成为剧作中的附加部分、游离部分。同样道理，也不能把宾白的作用狭隘地理解为仅在于叙事。《李逵负荆》《赚蒯通》等剧中的宾白片断，就都有十分强烈的抒情色彩，能够表现出人物在特定环境下的情感活动，脱离抒情的宾白，不可能是性格化的宾白、具有艺术生命力的宾白。《窦娥冤》写它的主人公在被绑上法场，面临屈死的时刻，曾以这样惨痛的说白来和婆婆诀别：

我怕连累婆婆，屈招了药死"公公"，今日赴法场典刑。婆婆！此后遇着冬时年节，月一十五，有浆不了的浆水饭，浆半碗儿与我吃；烧不了的纸钱，与窦娥烧一陌儿。则是看你死的孩儿面上！

这些说白，即非彼此问答，又不在于陈述事实，而主要是抒发了窦娥当时悲愤难诉、哀哀无告的苦痛心情。类似这样为刻画人物服务的抒情宾白，正标志着元剧语言艺术的成就，同时也说明"曲文抒情，宾白叙事"的提法是违反元杂剧的创作实际的。

三

明清时代的戏剧理论家曾经强调过宾白在戏曲创作中的重要意义。可是，对元剧宾白的艺术成就却采取了鄙弃和否定的态度。王骥德在《曲律·杂论》第十二则中云：

> 元人诸剧，为曲皆佳，而白则猥鄙俚亵，不似文人口吻。盖由当时教坊乐工先撰成间架说白，却命供奉词臣作曲，谓之"填词"。凡乐工所撰，士流耻为更改，故事款多悖理，辞句多不通，不似今作南戏者尽出一手，要不得为诸君子疵也。

他的话里包含着两层意思：一是元剧宾白的语言粗鄙，而且往往违反生活的真实，与曲文全不相称；二是曲、白出于分撰，宾白根本不是曲作家的手笔。在王骥德稍前，臧懋循已经提出过类似的观点。他说："或谓元人取士有填词科，……主司所定题目外，止曲名及韵耳，其宾白则演剧时优伶自为之，故多鄙俚蹈袭之语。"（《元曲选·序》）他对元剧宾白的看法，与《曲律》一致，所不同者只是或以为先由乐工撰写宾白，或以为后由伶人在演出时增补。尤其值得注意的是，不久后的李渔又继续对元剧宾白的艺术成就做出了否定评价。《闲情偶寄》论宾白时说：

> 元以填词见长，名人所作，北曲多而南曲少。北曲之介白者，每折不过数言，即抹去宾白而止阅填词，亦皆一气呵成，无有断续，似并此数言亦可略而不备者。由此观之，则初时止有填词：其宾白之文，未必不系后来添设。在元人则以当时所重不在于此，是以轻之。

后来之人，又谓元人尚在不重，我辈工此何为？遂不觉日轻一日，而竟置此道于不讲也。

比起臧懋循、王骥德的意见来，李渔又多了一些新的贬词。他感到现有元杂剧中宾白是可有可无的，元剧作家从来就轻视宾白；明代戏曲创作普遍存在着曲工白劣、重曲轻白的严重偏向，正是接受了元人遗留下的消极影响。在我们从宾白角度来探讨元杂剧的语言艺术时，对明清曲论家这些不合实际的评价，有必要附带加以澄清。

从本文所做的具体分析来看，宾白在元杂剧中确实和曲文同居于躯干地位，对形象塑造和关目处理担负着曲文所难以胜任的职能。剧作家提炼语言的卓越本领是从曲、白两个方面及其紧密配合上显示出来的，没有丝毫根据可以认为他们当时就轻视宾白的写作。如果说，明代许多传奇的宾白出现了这样或那样的缺点，那正是因为它们没有很好地继承和发扬元剧的优秀传统，而不能相反地用莫须有的判断归罪于前人。我们当然不否认元人剧作在语言运用上妍媸差等的情况，庸俗和粗糙的宾白是存在的；但若以瑕掩瑜，一概以"猥鄙俚亵""事款悖理""辞句不通"而加以贬斥，则未免以偏概全。至于所谓蹈袭，主要当是指一些程式化的宾白。这种语言，在帮助区分人物类型、树立舞台形象、构成戏曲的民族风格上有一定作用，不能完全抹煞。何况真正标志元剧宾白艺术成就的应是那些饶有机趣、生动活泼的性格化语言，而不是习用的程式化语言。

我们同样也不否认现存元剧的宾白在传写辑刻的过程中有被删减、附益和窜改的地方，有的甚至有较大的变动。根据演出的需要，伶工们也必然会对它们做某些调整加工。但是无论怎样，任何剧作都不可能从开始就出于说唱两张皮的拼凑。曲白相生是元杂剧的根本特色之一，剧本对生活的再现，必须依赖于二者的紧密融合，不容分撰。而同一支曲子里出现的问答和带白，更是唱词本身所具有的筋络。仅摘《陈州粜米》中张懒古所唱（赚煞尾）一曲为例，就足以看出曲白只能同时产生的普遍事实：

做官的要了钱便糊涂；不要钱方清正。多似你这贪污的，枉把皇家禄请。（带云：）你这害民的贼也想一想，差你开仓粜米是为着何来？（唱：）兀的赈济饥荒，你也该自省，怎倒将我一槌儿打坏天灵？（小懒古云：）父亲，我几时告去？（正末唱：）则今日便登程，直到王京。常言道，厮杀无如父子兵：拣一个清耿耿，明朗朗官人每告整，和那害民的贼徒折证！（小懒古云：）父亲，可是那一位大衙门告他去？（正末叹云：）若要与我陈州百姓除了这害呵，（唱：）则除是包龙图那个铁面没人情！

这里的曲白交织成文，浑然一体，夹白直接关系着曲文的内容，决定着曲文的层次，并能在转折中不着痕迹地推进了剧情，因而绝对不容分割。这就有力地说明，认为由"教坊乐工先撰宾白间架"，或说作家预先填词，宾白为演出时所增，都不过是因鄙弃元剧宾白而得出的臆断而已。

明清曲论家之所以对元剧宾白采取否定态度，一方面因为对它们还缺乏深入细致的考察，另一方面则是为自己的审美情趣所决定。王骥德和李渔虽然都主张戏曲语言应当力求朴素浅显，虽然都曾就明人剧作追求典雅骈俪的不良倾向一再提出过批评，但对元剧宾白那种不避俚俗、不嫌粗犷的基本风格又并不完全欣赏，遂不免以疵代醇，做出了一系列为元代作家开脱而事实上却贬低了元剧成就的评断。不过，就在晚明时代，也有和臧懋循、王骥德等持不同观点的戏剧家。《娇红记》的作者孟称舜在他辑刊的《古今名剧酹江集》眉批中说："或云元曲填词，皆出词人手；而宾白则演剧时伶人自为之，故多鄙俚蹈袭之语。予谓元曲固不可及，其宾白妙处更不可及。"这显然是针对臧懋循而提出的反驳。这种随感式的评价固然很不具体，但却说明他对元剧的宾白艺术有比较深刻的体会，在当时可以说是独具慧眼的。

顾贞观柬吴兆骞本事述略

——兼述清词成就

顾贞观寄友人吴兆骞〔金缕曲〕二阕，以词代信，为康熙十五年（1676）所作。当时兆骞被流放于东北边疆宁古塔，居戍地已十八年。二词从一定角度上反映了清初的历史面貌，以其真切的内容和创新的形式成为词史上的名篇，标志着清词特有的成就。

一 吴兆骞遣戍宁古塔本事

1. 吴兆骞事迹

兆骞字汉槎，江苏吴江人，明崇祯四年（1631）生。童年尝作《胆赋》五千言，为时所称。后以诗赋擅名，与长兄兆宽、次兄兆宫并为当时吴中"慎交社"领袖，有闻于江南。兆骞以顺治十四年（1657）成举人，而是年因"科场案"发，被祸。顺治十六年流放宁古塔，居塞外二十三载，备历苦辛。后经友人顾贞观、纳兰性德、徐乾学等营救赎还。入关三年后（1684）即以腹疾卒，年五十四。有《秋笳集》八卷，事详《碑传集》卷一三七。

2. 远戍原因：一为清乾整顿科举，有意兴科场大案。兆骞适参加丁西南闱乡试，主考方猷等被劾作弊，遂于次年三月复试江南举人于北京，复试时兵卫旁逻，兆骞不能终卷。后与另七人皆被笞，籍没家产，家人并遭流徙。孟森《心史丛刊》卷一有《科场案》，考辨甚悉。（关于此次科场案的起因传说颇多，不尽可信，见平步青《霞外捃屑》卷一《江南科场狱》条。）二、以兆骞弟兄为骨干的"慎交社"，与另一文社"同声社"各立门户，相为水火，致成嫌隙（见杜登春《社事始末》、沈彤《震泽志》等），而兆骞才高放诞，招怨尤深。其子吴振臣跋《秋笳集》谓兆骞"为仇家所中，遂遣戍宁古"。按明季以来兴起的文社活动，深为清廷所忌，这实际上是兆骞贾祸的一个重要因素。他被放后的次年，清廷即下诏严禁盟社，见《清史稿》顺治十七年二月十三日。

3. 关于宁古塔

宁古塔旧城即今黑龙江省宁安县。王家祯《研堂见闻杂记》："宁古塔在辽东极北，去京师七八千里，其地重冰积雪，非复世界。"董含《三冈识略》："宁古塔近鱼皮岛，无庐舍，掘地为屋以居。……或曰，此即昔之五国城也。"《秋笳集》卷八有《与计甫草书》云："塞外苦寒，四时冰雪，陶陶孟夏，犹着敝裘。身是南人，何以堪此？每当穹庐夜起，服匿晨持，鸣镝呼风，哀笳带雪，萧条一望，泣下沾衣！"

4. 关于吴兆骞及其遣戍生活，有一些应说明的情况：①兆骞被放时，友人多赋诗送行，著名诗人吴伟业有《季子之歌》，见《梅村家藏稿》卷十。②兆骞远戍后四年，妻葛氏出关省夫，留戍所相随近二十载，至兆骞被赎还时始归。③兆骞身陷绝域，唯以诗文自遣。康熙四年（1665）曾在荒寒不毛之地结七人之会相唱和，说明积习难改。④兆骞妹文柔，字昭质，亦工词，集名《桐听词》，其中〔谒金门〕（寄汉槎兄塞外）一阕，表现了对兆骞的怀念和对清廷用法之严的谴责，可与顾词参读。

二 顾贞观与〔金缕曲〕的写作

1. 顾贞观事迹

贞观字华封（峰），号梁汾，江苏无锡人。明崇祯十年（1637）生，康熙五年顺天举人，擢内阁秘书院典籍，不久南归，十五年再次赴京，馆于相国纳兰明珠家，与明珠子性德交契，寄吴兆骞〔金缕曲〕即其时所作。后返里不出，读书终老。康熙五十三年（1714）卒，年七十七。贞观为清初著名词家，作品不尚雕琢，抒情自然而寄托深远。有《弹指词》三卷及《积书岩集》等。《清史列传》七十、《耆献类征》一四二有传。邹升恒《顾梁汾传》：“先生一生好学，至老手不停披，于经史子集无不遍览。文兼诸体，而尤长于填词。当世以先生词与竹坨、迦陵并称，而先生实更有超迈处。尝谓吾词独不落宋人圈禶，可信必传。”丁绍仪《听秋声馆词话》引《西园琐述》云：“梁汾典籍，弱冠游辇下，寓居萧寺。一日局户出，适龚文毅鼎孳入寺答客，于窗隙中见壁间题诗云云，大惊叹，向寺僧询姓名去，称誉于朝。时纳兰相国明珠方官侍郎，即延为上客。旋举康熙五年京兆第二人，官内阁典籍云。”

2. 顾吴交谊

王士祯《感旧集》卷十六引顾震沧云：“贞观幼有异才，能诗，尤工乐府。少与吴江吴兆骞齐名。”按贞观少兆骞六岁，写〔金缕曲〕时贞观四十岁，兆骞四十六岁。

徐轨《孝廉汉槎吴君墓志铭》：“无锡顾梁汾舍人与汉槎为髫龀交。时在东阁，日诵汉槎平日所著诗赋于纳兰侍卫性德所。”

《无锡县志·文苑》：“贞观美丰仪，才调清丽、文兼众体。填词语业，不讳清狂。为人隽爽笃古谊，初契松陵吴季子兆骞。兆骞以才招谤，戍宁古塔。贞观洒泪要言曰：‘必归季子！’”

邹升恒《顾梁汾传》：“先生于友谊最笃。松陵才子吴汉槎戍宁古塔，先生祖送时有‘半百生还’之约，寄〔金缕曲〕二词。”

吴兆骞《秋笳集》有《戊午二月十日寄顾舍人书》，表现了远戍期间对顾的怀念。戊午为康熙十七年（1678），兆骞在宁古塔已二十年。

3. 〔金缕曲〕二阕（原题云：“寄吴汉槎宁古塔，以词代书。时丙辰冬，寓京师千佛寺冰雪中作”）：

季子平安否？便归来、生平万事，那堪回首？行路悠悠谁慰藉？母老家贫子幼。记不起、从前杯酒。魑魅搏人应见惯，料输他覆雨翻云手。冰与雪，周旋久。泪痕莫滴牛衣透！数天涯、依然骨肉，几家能够？比似红颜多命薄，更不如今还有。只绝塞、苦寒难受。廿载包胥承一诺，盼乌头马角终相救。置此札，兄怀袖。

我亦飘零久。十年来、深恩负尽,死生师友。宿昔齐名非忝窃,试看杜陵穷瘦。曾不减、夜郎屡愁!薄命长辞知己别,问人生到此凄凉否?千万恨,为君剖。兄生辛未我丁丑,共些时、冰霜摧折,早衰蒲柳。词赋从今须少作,留取心魂相守。伋愿得,河清人寿。归日急翻行戍稿,把空名料理传身后。言不尽,现顿首。

三 纳兰性德和他参与营救吴兆骞的过程

性德(1655—1685),原名成德,字容若,满洲正黄旗人,大学士明珠子。康熙十五年进士,授乾清门侍卫。乡试出徐乾学门,遂清受业。性德少有才华,尤善倚声,以词负盛名,风格近李煜。有《通志堂集》二十卷,其中六至九卷为词,另有《纳兰词》多种刻本行于世。

性德虽生长华贵,而赋性纯真,鄙弃世俗,重感情,敦友谊,所交多落拓不羁之士。其《赠顾梁汾》词中有云:"德也狂生耳,偶然间、缁尘京国,乌衣门第。有酒唯浇赵州土,谁会成生此意?"又云:"共君此夜必沉醉。且由他、蛾眉谣诼,古今同意。身世悠悠何足问,冷笑置之而已。"足以推见其情性、品格以及和顾贞观的友谊。

徐乾学《纳兰容若墓志铭》:"君所交游,皆一时俊异,于世所称落落难合者。若无锡严绳孙、顾贞观、秦松龄,宜兴陈维松(崧),慈豀姜宸英,尤所契厚。吴江吴兆骞久徙绝域,君闻其才名,赎而还之。坎坷失职之士走京师,生馆死葬,于赀财无所惜。"

《弹指词》所收〔金缕曲〕后有自注云:"二词容若见之,为泣下数行。曰:'河梁生别之诗,山阳死友之传,得此而三。此事三千六百日中,弟当任之,不俟兄再嘱也。'余曰:'人寿几何?请以五载为期。'恳之太傅,亦蒙允许,而汉槎果以辛酉入关矣。附书志感,兼志痛云。"

《随园诗话》:"一说华峰之救吴季子也,太傅方宴客,手巨觥谓曰:'若饮满,为救汉槎。'华峰素不饮,至是一吸而尽。太傅笑曰:'余直戏耳。即不饮,余岂遂不救汉槎耶?虽然,何其壮也!'呜呼!公子能文,良朋爱友,太傅怜才,真一时佳话。"

《无锡县志·文苑·顾贞观传》:"纳兰成德者,贞观金石交而相国子也。贞观作〔金缕曲〕二阕示成德寄戍，德怆然云云。（贞观）遂悉力措办赎锾。相国高其义，为之地，兆骞卒得生入关，如要言焉。"

四 对《弹指词》及〔金缕曲〕二阕的评价

1. 杜诏《弹指词·序》："《弹指词》极情之至，出入南北两宋而奄有众长，词之集大成者也。"

2. 诸洛《弹指词·序》："昔弥勒弹指，楼阁门开，善才即见百千万亿弥勒化身。先生以斯名集，殆自示其苦心孤诣，出神入化处。"

3. 陈廷焯《白雨斋词话》："华峰（贺新郎）两阕，只如家常说话，而痛快淋漓，宛转反复，两人心迹，一一如见。虽非正声，亦千秋绝调也。"又云："二词纯以性情结撰而成，悲之深，慰之至，丁宁告诫，无一字不从肺腑流出，可以泣鬼神矣。"

4. 谢章铤《赌棋山庄词话》："顾梁汾短调隽永，长调委婉尽致，得周、柳精处。迹其生平，与吴汉槎兆骞最称莫逆。《秋笳》之诗，《弹指》之词，固是骚坛二妙。其寄汉槎宁古塔（贺新凉）云云，浓挚交情，艰难身世，苍茫离思，愈转愈深，一字一泪。吾想汉槎当日得此词于冰天雪窖间，不知何以为情？后来效此体者极多，然平铺直叙，率觉嚼蜡，由无深情真气为之干，而漫云'以词代书'也。"

5. 按〔金缕曲〕二阕构思缜密而写来挥洒自如，在体制、手法上全属创新。词中设想好友的悲酸，倾诉自己的怀念，通篇立足于宽慰丁嘱，并且重申了当初的诺言，情辞恳切。他所写的"浓挚交情、艰难身世，苍茫离思"，既表现出作者的鲜明个性以及和对方的深厚友谊，同时也揭示了当时历史条件下一般正直知识分子带有相当普遍性的境遇和思想感情。作品概括了十分丰富的、富有时代色彩的生活内容，标志着词的境界的扩大。正因为如此，所以它才能感人肺腑，被推为千秋绝唱。

〔金缕曲〕在风格上近于苏、辛，但它并不能代表顾词的全部特色。他也写过不少婉约清丽的作品，如〔临江仙〕咏塞柳云："西风著意做繁华，飘残三月絮，冰合一江花。"又云："永丰西畔即天涯，白头金缕曲，翠黛玉钩斜。"〔浣溪沙〕咏梅云："一片冷香唯有梦，十分清瘦更无诗。

待他移影说相思。"（真珠帘）云："睡起微闻花叹息，剩一缕、相思谁剖？"等，皆玲珑剔透，风神独绝。他认为自己词"不落宋人圈襚"，是符合实际的。

五　关于清词的成就

1. 清代词坛呈现出两宋以后所未有的繁荣景象。清人及今人编纂的清词总集、选集所包括的丰硕成果标志着词的复兴。特别是清初阶段，词人辈出，除顾贞观外，如朱彝尊、陈维崧、曹贞吉、彭孙遹、纳兰性德等，都为词史增添了新的光彩。

2. 词到清代，虽不能被诸管弦，但它广泛吸收、融会了宋词的艺术表现手法，风格多样，技巧圆熟，题材亦更为广阔。一些登临怀古、咏物寄兴之作，大都有深沉的寄托。不少作品抒发了作者的真挚情怀，也反映出当时的时代面貌，有较高的社会现实意义。

3. 清词最有影响的是两大流派：一是以朱彝尊为代表的浙西词派，主南宋；一是以稍晚的张惠言为代表的常州词派，主北宋。王昶《国朝词综》所选，偏于前者；张惠言的《词选》、谭献的《箧中词》则体现了后者的观点。不过清人论词的宗尚虽有南北宋之分，而他们的作品却并不如南北宋之迥异。就是说，除去根据各自的艺术主张可以看出两派的相互对立外，很难从创作实践上区分他们之间的差别。此外，还有不少著名词人尤其是被诗名所掩的词家，并不属于任何一派，因此，研究清词应当了解两大词派的发展而又须摒除流派的观念，不为门户之见所囿，才能做出比较客观的评价。

4. 清代词人在词律（词谱）、词韵的探讨和词集的编选、校勘以及词话的写作方面，都做出了显著的成绩。这说明了词学的进一步发展，为词的创作、评论和研究提供了丰富的资料和依据。

第二辑

冯梦龙与晚明文艺思潮[*]

  明朝中叶以后，由于城市经济的繁荣、社会矛盾的尖锐和哲学上左派王学的兴起，促使文学事业也有了新的发展，文艺思想和文学创作都呈现出新的面貌。

  在晚明文学中，冯梦龙占有十分重要地位。我们这样说，不仅因为他曾编撰"三言"，辑刊民歌，是一位杰出的小说家和通俗文学工作者；更主要的是，他还结合自己纂集与创作实际，就诗歌、小说和戏曲等方面提出过一系列精辟见解。这些看法，具有鲜明的时代特色，标志着当时文学理论方面所取得的崭新成就。

  历来研究明代后期文艺思想的论著，大抵仅以李贽和公安、竟陵两派的诗文作家为代表。事实上，冯梦龙的文学主张，在进步意义和深刻程度上很有些超过他们的地方，所涉及的范围也更广泛。冯梦龙固然深受李贽思想的熏陶，但在文学领域里，他的理论与实践工作却都带有明显的首创意义，并且产生过更为直接、更加深广的影响。因此，他实际是晚明进步文艺思潮的重要代表人物之一。

一

  根据明代俗曲歌谣蓬勃发展的现实和当时文人诗歌日益僵化的风气，

---

* 本文原刊《河北师范学院学报》1979 年第 1 期。

冯梦龙提出了自己的诗歌理论。这些理论，主要保存在他为《山歌》《太霞新奏》以及《步雪初声》等书所写的序言与评语中。

冯梦龙辑刊的民歌集主要有《挂枝儿》和《山歌》。〔挂枝儿〕是当时新兴的俗曲之一，冯辑的全本虽佚，但还有不少作品在明末清初的俗曲选集中保留下来。山歌则是民间诗歌的传统形式，由于它盛行于江南的吴语地区，故亦称"吴歌"。据叶盛《水东日记》卷五："吴人耕作或舟行之劳，多作讴歌以自遣，名唱山歌。"又陆容《菽园杂记》卷一："吴中乡村唱山歌，大率多道男女情致而已。"这说明山歌原是农村歌谣，同时也说明了山歌的作用及其常见题材。从冯梦龙所辑《山歌》十卷的内容来看，基本上是市民阶层的产物，并且还杂有一部分文人的拟作，真正出于劳动人民的作品则很少。这是城市经济进一步发达后，山歌被广大市民所普遍采用的历史情况造成的。但是，三百多年前的封建文人包括冯梦龙在内，却不可能对这种情况作出具体分析。他们思想上往往只有一个笼统的"民间"的概念，并无视于农民创作与市民创作之间的界限。唯其如此，所以冯梦龙在评价以反映市民生活和情感为主的歌谣时，实际也就包含他对劳动人民创作的全部观点。他的《叙山歌》一文，不仅阐明了他对民歌的基本看法，并且还通过民歌与文人诗歌的对比，集中表达了他对诗歌创作问题的进步见解。如说：

> 书契以来，代有歌谣，太史所陈，并称"风""雅"，尚矣。自楚骚唐律，争妍竞畅，而民间性情之响，遂不得列于诗坛，于是别之曰"山歌"，言田夫野竖矢口寄兴之所为，荐绅学士家不道也。……虽然，桑间濮上，《国风》刺之，尼父录焉，以是为情真不可废也。
>
> 山歌虽俚甚矣，独非郑卫之遗欤？且今虽季世，而但有假诗文，无假山歌，则以山歌不与诗文争名，故不屑假。苟其不屑假，而吾借以存真，不亦可乎？……若夫借男女之真情，发名教之伪药，其功与〔挂枝儿〕等，故录〔挂枝儿〕而次及山歌。

这篇序言认为，"山歌"的名称就标志着它本身的性质。所谓"田夫野竖矢口寄兴之所为"，就是说，山歌乃是广大劳动者以口头方式表达思想感情的工具。然而在"荐绅学者"们看来，民歌是不登大雅，不配称作"诗"的。在他们垄断着整个诗坛的情况下，民间歌谣一直处于被轻视、被排斥的地位，而这是极不合理的。这里，冯梦龙鲜明地揭示出民歌与文人"正统"诗歌之间的矛盾对立，指出民歌的源远流长，主张必须承认民间创作在诗歌史上的独立的、重要的地位。

序文着重强调了诗歌必须抒发作者真实的思想感情。民歌的可贵就在于它表现了作者的"真情"，是劳动人民的"性情之响"。唱山歌只是为了"寄兴"而不是为了"争名"。民间作家从来不把自己的创作当做攫取名利的手段。用不着务求典雅、追摹汉唐，更用不着去摆道学面孔，因而也就无须作伪、不屑作伪。"今虽季世，但有假诗文，无假山歌。"一句话准确地概括了民间歌谣与当时复古派文人创作的本质差别。同时也道破了民歌一方面受到轻蔑和压制，一方面却又具有苗壮生命力的根本原因。反对"假诗文"，强调"真情感"，这是有针对性的提法，是对封建正统文学特别是明代诗坛上复古逆流的尖锐批判，也是对诗歌创作中现实主义传统的大力肯定。

冯梦龙在这篇序文里充分估计了民歌的社会教育作用，指出山歌和〔挂枝儿〕是有功的，其功绩就在于它们能"借男女之真情，发名教之伪药"，是冲击封建思想统治的有力武器。他明确表示，自己所进行的辑录和推广工作，也正是从这种"存真发伪"的目的出发。由此可见，他所强调的"真情"，并非如有些人所理解的那样，完全是抽象的、"超阶级"的，而是具有鲜明的政治倾向，有具体的反封建内容的。尽管冯梦龙的阶级意识和欣赏趣味给他的搜集工作带来了很大局限，《山歌》中也有很多极不健康的庸俗内容，并不能一律从反封建的意义上笼统地加以肯定；但他本人，却是从揭发名教虚伪性的角度来理解这些民歌的社会意义，确定自己的编选意图的。他在自己的工作阵地上公开举起反名教的旗帜，表明了他是当时唯一能够从作品的思想性、战斗性对民间诗歌做出高度评价的具有卓见的文艺批评家。

冯梦龙不仅强调民歌与文人作品的矛盾对立，同时也看到它们之间的密切联系，看到歌谣俗曲对各个历史时期诗歌发展的推动作用。史实表明：一切新的诗歌形式源自民间；每一种诗歌形式都有它从形成到衰落的过程，而民间创作则永远是各种诗歌体裁孳生的源泉。这是鲁迅曾经着重阐明过的一个观点（《鲁迅全集》第六卷，七六页；又第十卷，一七四页），是中国古代诗歌发展的一条规律。冯梦龙在《太霞新奏》一书中，也曾接触到这一事实。《太霞新奏》是他编选的一部散曲集，其中也包括他自己的作品。编选这部书，是为了纠正当时散曲创作中的某些缺点，想在"调""韵""词"三方面都做出示范。结合对散曲的论述，他在"序例"中讲到了诗歌形式的新陈代谢问题：

> 文之善达性情者无如诗。"三百篇"之可以兴人者，唯其发于中情，自然而然故也。
>
> 自唐人用以取士而诗入于套，六朝用以见才而诗入于艰，宋人讲学而诗入于腐，而从来性情之郁，不得不变而之词、曲。……今日之曲，又将如昔日之诗，词肤调乱，不足以达人之性情，势必再变而之〔粉红莲〕、〔打枣杆〕矣。

在这段简括的议论中，有两点是值得注意的。一是冯梦龙认为诗歌必须能"达人之性情"，这是诗的要素，诗的特长。从诗三百篇直到当时流行的俗曲〔粉红莲〕〔打枣杆〕，都具有强烈的感人力量，就因为它们做到了这一点。二是讲了诗体变革的规律。为了适应表现新的生活内容的需要，人民群众总是不断创造着新的艺术形式，这些形式就是历史上诗、词、曲各种体裁形成的基础。旧形式在文人作家手中的日益僵化，使他们不得不"变"，不得不另辟蹊径，向民间创作中引进新的成就，从而把诗歌推进到另一个发展阶段。冯梦龙虽然不可能把这种演变从理论上作出十分明确的科学论述，但他毕竟揭示出这样一些客观现象，能够给读者以有益的启发。他在为张野青的散曲集《步雪新声》所写的序文中，也提出过大致相同的见解，说明他对这种变革规律的理解是很深刻的。

明代新兴的俗曲时调，早在冯梦龙出生前就形成了浩大声势。这种情况，引起了某些封建文人的反感，象顾起元（《客座赘语》卷九）、沈德符（《万历野获编》卷二十五）等，虽然也记述过俗曲传播的盛况，但却认为它们粗鄙下流，"非盛世所宜有"。尽管如此，它们还是以自己富有生命力的内容和活泼的艺术形式震撼了当时的诗坛，迫使当时许多流派的文人，包括复古派在内，都不能不对它们加以重视，并且表示热烈的赞许。但应指出，不同派别的作家都可以赞扬民歌，然而大家的文艺观点却并不一致。对一些貌似的理论，应当作具体考察，看到它们不同的思想实质。而冯梦龙对于诗歌的见解，也只有在和它们的比较中才能显示出自己的进步性。

譬如，在冯梦龙出生前已经去世半个世纪的复古派领袖李梦阳、何景明，对民歌俗曲就都表示过激赏和推重。据李开先《词谑》所记，李梦阳在指点旁人写作时曾说过："若似得传唱〔锁南枝〕，则诗文无以加矣。"何景明也认为民间时调"出诸里巷妇女之口者，情词婉曲，自非后世诗人墨客操觚染翰、刻骨流血所能及者，以其'真'也。"（《李开先集》下，九四五页）这些评价，就因为和冯梦龙的诗论有近似之处而曾被人混为一谈。其实李、何等人这样说，不过是主张应当从民歌中领会抒情、构思方法。何景明所标举的"真"，只是说民间作家能够毫不掩饰地表达自己的感情，往往为文人诗歌所不及，并非肯定这种感情本身。所以《词谑》在引述他们的言论后曾指出："若以李何所取时调为鄙俚淫亵，不知作词之法、诗文之妙者也。"意思是说，俗曲固然是"鄙俚淫亵"的作品，但绝不能因此而忽视它们"作词"的高度技巧。这和冯梦龙从反礼教的意义上来表彰民歌，完全是相反的观点。李梦阳晚年曾经接受并且详细阐发过"真诗乃在民间"的理论（《李空同集》卷五十，《诗集自序》），但那只是用民歌的纯朴天然、善用比兴来批判文人的堆砌辞藻，而且归结到作诗要"入风出雅"，实际上还是坚持了封建的正统文学观念。

即使像反复古派的主将袁宏道那样极力推崇新兴俗曲，和冯梦龙的诗论也绝不相同。袁宏道认为当时所有作家的诗文皆不足以传世，只有"闾阎妇人孺子所唱〔擘破玉〕、〔打枣杆〕之类"，才可能垂之久远。因为它们是"不效颦于汉魏，不学步于盛唐，任兴而发"的作品（《锦帆集》卷二，《叙小修诗》）。这样说的目的，显然是为了反对复古派所标榜的口号。他主张吸取和发扬民间俗曲那种不事模拟、任性而发的精神来振兴当时衰颓僵滞的文风，仍然不外乎"礼失而求诸野"的意思，并没有从反名教的高度看到民歌可贵的思想意义。

冯梦龙在文艺思想上虽与公安派有近似之处，对袁宏道的言论风采尤为倾慕，但他们在当时文坛上的地位并不相同，对通俗文学的态度也并不一致。公安派固然也不被目为正统，可是他们毕竟属于诗文作家，而且以转变文风为己任。他们重视民歌俗曲和其他一些通俗作品，还是出于一般的欣赏，或者用它们来做反复古斗争的工具。象冯梦龙那样，把毕生心血都投入到不见重于士林的通俗文学事业中去，他们是不肯的。这也就表现出彼此在文学观上的差异，冯梦龙不以诗名，诗集《七乐斋稿》也不传；他的富有时代特色的诗论，他对民歌的本质以及他与文人诗歌的关系等问题的深刻理解，是在自己长期从事通俗文学工作的实践中逐渐形成的，所以也就为其他文人作家甚至包括袁宏道等所不及。

冯梦龙鄙视正统诗文，推广歌谣俗曲，在当时社会上造成了很大影响，因而也深为封建统治势力所忌恨。清初钮琇《觚賸》续编卷三载：冯梦龙曾因传播（挂枝儿）受到控告和缉捕，幸赖熊廷弼"飞书当路"为他疏通才得以免祸。近人卢前所说"何必挂枝传姓字？熊公巨眼始知人"（《曲雅》附《论曲绝句》），即指此事。熊廷弼在万历时曾督学江南，对封建士子要求很严格，但又十分注意怜才惜士（《江南通志》卷三十八，《名宦》），他和冯梦龙之间可能有过这种关系。《觚賸》一书所记的掌故逸闻，多经作者点缀敷衍，许多具体情节并不可靠。不过，冯梦龙由于刊行俗曲而遭到攻讦和迫害，这一基本事实则是大家以为可信的。我们这里所要说明的是：尽管冯梦龙为此触怒了统治者，可是他却丝毫没有畏惧妥协，没有改变自己对民歌的看法。熊廷弼营救他既然是万历间的事，最迟当在冯梦龙四十七岁（1620年）以前；而到崇祯七年（1634年）他六十一岁时，却又继续刊印《山歌》，并且加上了那样富有战斗性的序言，这说明他到老年时仍旧坚持了自己的工作，坚持了自己的文艺观点，在封建统治者面前表现了不屈的斗争精神。

二

明代后期出现了小说创作的繁荣局面。这是宋代以至明中期通俗小说的进一步发展；而当时广大城市人民要求表现自己的思想感情、充实自己的文化生活的愿望，更直接推动了新的小说作品的产生。另外，日益发达的印刷事业，也为之提供了有利的物质条件，许多书坊都大量刻印群众所喜好的小说读物。据叶盛《水东日记》卷二十一称："今书坊相传，射利之徒，伪为小说杂事，农工商贩，抄写绘画，家畜而人有之。"这种记载，表现了封建士大夫对小说的鄙弃，但却足以推见当时小说创作的热潮和传播的盛况。冯梦龙编撰和推广小说的工作，他对小说的进步见解，就是在这样历史条件下出现的。

李贽和袁宏道都曾对《水浒》等书作过高度评价，甚至把它们提高到与经史相并的地位。李贽评点章回小说，也产生了很大影响。但他们所推崇的还只是具体作品，并未就小说这种逐步成为文学主流的艺术形式做过理论上的阐述，也没有从事过小说创作。正是在这些方面，冯梦龙做出了为他们所不及的卓越贡献。泰昌、天启间（1620—1627），他辑刊了第一部话本与拟话本的合集《古今小说》。这部小说集的序言，明确表达了他对小说的进步观点。如说：

> 大抵唐人选言，入于文心；宋人通俗，谐于里耳。天下之文心少而里耳多，则小说之资于选言者少而资于通俗者多。试令说话人当场描写，可喜可愕，可悲可涕，可歌可舞，再欲捉刀，再欲下拜，再欲决脰，再欲捐金；怯者勇，淫者贞，薄者敦，顽钝者汗下。虽少诵《孝经》《论语》，其感人未必如此之捷且深也。噫！不通俗而能之乎？

这段话的意思是很丰富的。首先是表明了冯梦龙对小说的地位和作用的看法，他把封建阶级一贯鄙视的稗官末技与神圣不可侵犯的《孝经》《论语》等"经典"放到同等地位来看待，而且认为后者的感人力量远不如小说的"捷且深"。这在当时是一种崭新的、可贵的识见，一种敢于"离经叛道"的议论。其次，他认为小说之所以得到广泛传播，是因为它采用了通俗的语言形式，能够"谐于里耳"，为大多数下层群众所喜闻乐见。唐人小说用的是典雅的书面语言，就只能供给士大夫阶层阅读和欣赏；而宋以来起自民间的说话，却以自己通俗晓畅的生动描写，对当时的社会生活发生了重大作用。他把宋人话本的兴起看成是小说演化过程中的一个分界，这种理解是符合中国文学的发展实际的。此外，他还强调小说如要发挥自己的社会教育功能，就必须有效地作用于读者的感情，即通过传神的绘声绘影的形象描绘，产生强烈的感染力量，从而达到预期的教育目的。

当然，这些论述中也明显地包含了通过小说宣扬封建道德的主张。这一点，虽不象凌蒙初的"二拍"和其他拟话本作家表现的那么突出，但总带有"话须通俗方传远，语必关风始动人"（《警世通言》卷十二，《范鳅儿双镜重圆》）的意味。我们知道，"三言"中的一些优秀作品，无论是宋元旧篇或明人拟制，虽也不可避免地搀杂了各种封建糟粕或庸俗趣味，但它们却都有力地鞭笞了残害人民的封建势力，揭露了当时社会的黑暗腐朽，反映出广大下层市民的生活与精神面貌，进步倾向是占主导地位的。即以《范鳅儿》一篇在婚姻问题、妇女问题上所表现的观点而论，就大大突破了封建道德观念的约束。冯梦龙在他的小说理论中表露出宣扬"风化"的意图，这当然说明封建阶级的政治观点和文艺观点给他的限制；不过也应看到，他为了争取这些作品的合法流传，也不可能完全脱离开进行封建说教的角度来立论。如果认为他对小说的社会作用的看法，全部是从维护封建统治、鼓吹封建道德的立场出发，那对冯梦龙的文艺思想，对"三言"的积极内容，无疑是一种违反实际的贬低。

天启七年（1627），《醒世恒言》刊行，冯梦龙又通过它的序言对上述理论做了进一步阐发：

> 六经国史而外，凡著述皆小说也。而尚理或病于艰深，修词或伤于藻绘，则不足以触里耳而振恒心，此《醒世恒言》四十种所以继《明言》《通言》而刻也。"明"者，取其可以导愚也；"通"者，取其可以适俗也；"恒"则习之而不厌，传之而可久。三刻殊名，其义一耳。

他把"六经国史"以外的著述，全都看作小说，显然并非任意扩大小说的范围，混淆小说与其他作品之间的界限，而仍旧是为了驳斥封建阶级轻视小说的观念，提高小说的地位。他主张应当把小说看成是"六经国史之辅"，从社会作用上充分估计它的重要性，认识它的真实价值。他结合自己的编纂目的以及对"三言"名称的解释，重新强调了小说的教育性、群众性、通俗性和它的艺术感染力，这标志着当时在小说理论方面所能够达到的高度。当然，从他对这些问题的理解来看，封建思想和带有民主成分的进步观点还是交织在一起的。

冯梦龙在短篇小说和长篇历史演义小说方面所做的努力，产生了巨大影响。所谓"子犹著作满人间"（张誉《崇祯重刻本新平妖传序》），主要是指他的小说和另外一些通俗作品。在"三言"的带动下，不过三十余年时间，就出现十多部拟话本专集，包括三百余篇作品，形成一个短篇白话小说的创作高潮。明末清初有不少种小说假托他编写或评定的，有的则冠有伪造的"墨憨斋"的序文，足见他的声名之大。他对小说地位的看法，在改变传统观念上起了先导作用。例如，比他晚生三十多年的著名戏曲小说家李渔，就把诗文创作看得很轻而只重视自己的拟话本作品。孙楷第先生在《十二楼序》中曾对这个问题作过论述。李渔认为自己的诗文不过供人作谈笑之资，而对稗官野史，"则实有微长"，能使"当世耳目，为我一新"（《一家言全集》卷三，《与陈学山书》）；并说："吾于诗文非不究心，而得志愉快，终不敢以小说为末技。"（清杜濬《十二楼旧序》引）这是在小说逐渐成为文学主流后才可能出现的见解，正体现了冯梦龙的观点。李渔的品节不高，属于冯梦龙所轻视的"山人""清客"之流，但在文学主张上李渔却显然接受过冯梦龙的影响。

晚清是小说理论得到发展的时代。与资产阶级在政治上的改良运动相适应，出现了文学上的改良运动，所谓"小说界革命"，就在这种客观形势下产生的。当时发表了大批的小说理论，把小说看成是最有效的宣传教育武器，因而对小说的发达和职业小说家队伍的形成，起了很大促进作用。这种情况，是社会变革造成的必然结果，同时也为文学本身发展的趋势所决定。从文学理论的继承关系上说，冯梦龙在小说理论方面的建树，他就小说的社会教育作用所提出的一些看法，应该说是开晚清小说理论的先河。

冯梦龙也是明末著名的戏曲家，著有传奇《双雄记》和《万事足》，并改订过前人和同时代人的剧作多种。祁彪佳《曲品剧品》著录《双雄记》，解题谓"此冯犹龙少年时笔"（黄裳：《远山堂明曲品剧品校录》三十八页）》；《万事足》的写作年代无考。从这两部传奇的思想内容看，冯梦龙在戏剧创作方面的成就并不高，但他关于戏曲的见解在当时却是进步的，有积极影响的。

万历时吕天成的《曲品》和王骥德的《曲律》是两部重要的戏曲理论著作。它们为研究明代的剧曲与散曲提供了可贵的资料，可是对戏曲的思想内容和社会意义却都比较忽视。和这两部曲论不同，冯梦龙十分强调戏曲的思想教育作用。他在改编陆无从、钦虹江两家《酒家佣》剧本的序言中说："传奇之衮钺，何异春秋笔哉？世人勿但以故事阅传奇，直把做一具青铜，朝夕照自家面孔可矣。"《酒家佣》是演汉末李燮一家为权奸所迫害而终得昭雪的故事，冯梦龙结合剧作抨击邪恶、揭露冤狱的主题，提出戏曲作品应该对现实有正确的褒贬，有鲜明的是非爱憎，从而使读者和观众获得有益的启发和借鉴。这和他关于小说的基本观点是一致的。

正象没有把小说创作看作消闲余事一样，冯梦龙反对把戏曲仅仅作为遣兴的工具，反对用游戏笔墨来编写剧本。他在重订李玉《永团圆》的序言中批判了当时一种不良的创作倾向，指出"迩来新剧充栋，率多戏笔，不成佳话"。所谓"佳话"，实际是指富有思想意义的戏剧情节。他精心改定汤显祖的《牡丹亭》以及袁晋的《西楼记》、史磐的《梦磊记》、梅孝巳的《洒雪堂》等作品，就是因为这些剧本在不同程度上揭露了封建社会制度和青年一代在爱情生活上的矛盾，歌颂了它们的主人公为实现婚姻自由而进行的斗争。他以严肃认真的写作态度修改旁人的剧作，是为了使它们更适合于演出，进一步扩大它们的社会影响。他为《洒雪堂》写的落场诗说：

谁将情咏传情人？情到真时事亦真。一自墨憨笔削后，梨园日日斗芳新。

足见他不惮烦劳地修改这些剧本，都是因为它们所表达的真挚情感反映了生活本质的真实，所以希望通过订正原作在音律、文词上的某些疏忽而使它们更加普及。他的润饰工作，是能够为当时以"情"反"理"的进步思潮增添力量的。

明朝中叶，随着社会矛盾的日趋尖锐，封建阶级的意识形态也出现了较大的破绽。以王艮为首的左派王学，就是从他们内部分化出来的思想上的反对派。这些思想家们，发展了王守仁学说中一些有积极意义的观点，对传统的封建信条提出了种种大胆的怀疑。冯梦龙开始成长的时候，正是这个学派风靡天下的时期，因而很自然地接受了他们的影响。他纂辑过《王阳明出身靖难录》一书，盛赞王阳明"一生行事，横来竖去，从心所欲，……都从'良知'挥霍出来"（卷上），这表明他完全是为了反对封建教条的羁绊、主张发展个人性情而尊奉王学的。被统治阶级目为"异端"的李贽，是这种叛逆思潮在万历时代的突出代表，他敢于公开否定圣贤的权威，猛烈地攻击了限制人们思想的程朱道学，成为当时进步的思想家和文学家们的一面旗帜。冯梦龙对李贽也无比钦服，在《谈概》等书中经常征引"卓老"的言论，当时许自昌说冯梦龙"酷爱李氏之学，奉为蓍艾"（《樗斋漫录》卷六），是有事实根据的。

和当时的统治思想相违背，冯梦龙在很多问题的看法上都突破了封建阶级的偏见，对某些历史人物也主张重新给以评价。他在《笑府》的序言中，竟然对全部的封建历史文化、封建道德标准，都表示了轻蔑、怀疑和否定。如说：

> 两仪之混沌开辟，列圣之揖让征诛，见者其谁邪？夫亦话之而已耳。……经书子史，鬼话也，而争传焉；诗赋文章，淡话也，而争工焉；褒讥伸抑，乱话也，而争趋避焉。

怀疑封建阶级历史记载和帝王勋绩的真实性，把钳制人民思想的圣经贤传和伦理标准看成是胡言乱语、鬼话连篇，把那些宣扬封建道德的冠冕堂皇的诗赋文章斥为无聊的淡话，希望人们不要被欺骗、受愚弄，这不能不说是极为激烈和"放肆"的叛逆言论。这种意见，不仅当时的进步思想家和文学家们不曾提出过，在整个封建时代里也是罕见的。从这里，我们可以领会到他在《叙山歌》里所抨击的"假诗文"，绝不单指明代复古派的文章，而是包括了一切毒害和愚弄人民的封建文化典籍。

明朝统治阶级为了维护封建礼教而大力提倡程朱理学，名教伦理成为虐杀人民的严酷的精神绞索，冯梦龙辑录和刊印民歌俗曲，固然如他自己所说,是为了"发名教之伪药",而他付出辛勤的劳动来纂集《谈概》、《情史》、《智囊》和《笑府》等杂著,则更是为了揭露统治者的疮疤,批判某些封建道德观念,特别是用以反对束缚自由、戕害个性、摧残智慧的伪道学。他在《谈概·迂腐部》中,不仅鞭笞了一般腐儒的执拗昏庸、沽名钓誉,甚至还辛辣地嘲笑了程颐的迂阔无知和装腔作势,这就对封建统治阶级所表彰的圣贤偶像起了有利的抨击作用。

从反道学、反礼教的观点出发,冯梦龙从正面强调了必须发扬人的"情"和"智"。在他看来,礼教是扼杀人民情感,斫丧人民智慧的;因而期望着人们能够突破名教观念和一切封建教条的束缚,事事以真情相见,这样就可以发展自己的个性与才能。他在解释《情史》和《智囊》这两部书的编纂目的时说:

> 情史,余志也。……尝欲择取古今情事之美者,各著小传,使人知"情"之可久,于是乎无情化有,私情化公,庶乡国天下蔼然以"情"相与,于浇俗冀有更焉。(《情史》序)
>
> 人有智犹地有水。地无水为焦土,人无智为行尸。……吾忧夫人性之锢于土石,而以纸上言为之畚锸,庶于应世有瘳尔。(《智囊》序)

在万历时代的曲坛上,出现了以汤显祖为代表的临川派和以沈璟为代表的吴江派的对立。大体说来,"临川"重视内容、文采而比较忽视格律;"吴江"则恪遵昆山腔的矩镬而往往不顾文词,甚至由此而束缚了思想。后来评论这种对立的大抵抑沈而扬汤,这当然有充足的理由。不过也应当看到:尽管汤显祖在自己所熟悉的声腔的影响下,对审音配谱自有其个人见解,并不象王骥德在《曲律》中所说的那样,不顾一切地"直是横行";但他由于才思纵横,落笔恣放,往往突破戏曲格律上的一些基本要求,也是不容回护的事实。冯梦龙在这两派的对立中,在内容与形式、文采与格律的矛盾问题上,看法是比较全面的。他衷心推崇汤显祖是"千古逸才",并对《牡丹亭》所歌颂的美好情感和所塑造的鲜明形象给以极高的评价;可是对剧本在音律方面存在的一些缺陷,也认为不当掩饰。经他改定过的

《牡丹亭》，有落场诗云：

> 新词催泪落情肠，情种传来玉茗堂。谁按宫商成雅奏？荔芦深处有龙郎。

这也说明，他之所以要细按宫商，点定原作，就是为了更好地传播剧中"情种"要求摆脱封建礼教束缚的激动人心的感情。他是在重视作品的反封建意义的前提下进一步考究音律、讲求舞台实践效果的。

冯梦龙精通曲律，并且能遵守沈璟所提倡的"填词家法"。但他所重订的戏曲，在思想、文词和曲律三方面却总是兼顾的。这和沈璟的一味强调格律，认为"宁协律而不工，读之不成句而讴之始协，是曲中之工巧"（王骥德《曲律》）的片面性主张，绝不相同。历来论述明代戏曲的著作，往往拘守成说，把冯梦龙完全当作吴江派的附庸，以致抹煞了他在文艺思想上与汤显祖更为接近的事实，忽略了他在内容与格律方面的宏通见解，这是不恰当的。

三

冯梦龙的文艺思想的形成，与他自己的生活道路以及所接受的进步哲学思潮的影响直接有关，他的富有时代特征的文学主张，是被他的反礼教、反道学的战斗精神决定的。

据康熙《苏州府志》卷三十九《选举志》、康熙《寿宁县志》卷四《官守志》记载，冯梦龙在五十七岁时（1630 年）成为岁贡生，六十一岁时（1634 年）才到福建寿宁这个偏僻的"蕞尔小邑"当过一任县令。他一生的绝大部分时间，都是在"潦倒场屋，落魄奔走"的岁月中度过的，所以朋友们把他称作不得志的"畸士"（董斯张《宛转歌序》，见卫泳《冰雪携》上，五十六页）。这样，就使他有可能接触和理解到封建士大夫圈子以外的社会现实，认识到本阶级的腐朽与丑恶。他直接指斥明代政治上的黑暗说："晚世牧民者，知百姓是何物？衡文者，知文章是何物？掌铨者，又知人才是何物？"（《谈概·无术部》按语）这不仅表现了他个人的牢骚愤懑，抒发了一切受压抑的正派知识分子的不平，同时也反映了广大被压迫者对当时封建政权的谴责与抗议。他的同乡后辈褚人获曾记载过他的许多逸事（《坚瓠集》壬集卷四，癸集卷一、卷四，续集卷二），所记的事情虽都无关大体而且不尽可信，但联系起来却足以看出他的恃才傲物的疏狂性格。这种性格，是晚明时代放诞不羁的"士林风气"的产物，而更重要的则决定于他个人的困顿遭遇和对现实的强烈不满。他在《谈概》中极力赞扬一些鄙视名教、放浪形骸而为社会所不容的才士，其中都寄托着他的深厚感情，客观上有为自己写照的意义。他不顾"名检"，不避非议，用毕生精力去搜集整理那些富有民主精神的通俗作品，从而在文学阵地上打开了一个活跃局面，这和他的落拓的生活经历与进步的政治态度当然有密切关系。

这里，他把"情"和"智"都是作为封建思想统治的对立物来提出的。封建伦理道德是扼杀人情的桎梏，隔绝人情的壁障，同时也是禁锢人们头脑、杜塞人们的智慧源泉的土石，所以需要打破，需要铲除。显然，他所说的"浇俗"，与一切卫道派经常慨叹的"世风不古，人心日下"，恰好是相反的含义。它不是指封建道德的日益沦丧，而是指礼教观念的极端冷酷和虚伪。所谓"以情相与，于浇俗冀有更焉"，就是希望讲求"人情"，改变在封建礼教统治下所造成的冷酷、虚伪的社会风气。冯梦龙当然不可能理解"情"和"智"的阶级性，也不可能认识封建礼教有它长期存在的社会政治根源，而且这样抽象地、片面地来夸大"情"的作用，也完全是主观唯心主义的观点。但是，他所提倡的这种与礼教相水火、被礼教所压抑的"人情"，实际上正代表了当时广大被压迫人民的思想感情，并且体现了他们的共同要求。他在自己的诗歌理论中所反复强调的"真情"，也是同样的意义。

冯梦龙的反礼教思想还突出表现在他对待妇女问题的看法上。他反对历来认为妇女智慧普遍低于男子的错误见解，也驳斥了"女子无才便是德"的传统观念。如在《智囊补·闺智部》的小序中说："语有之：'男子有德便是才，妇人无才便是德。'其然，岂其然乎？……夫才者，智而已矣，不智则愚，无才而可以为德，则天下之愚妇人毋乃皆德类也乎？"因此他主张应当改变对妇女的错误看法，应当充分重视妇女的才智，提高她们的社会地位。《情史》，实际也是一部为妇女鸣不平的书。在这部故事集里，他对许多妇女的不幸命运倾注了深切的同情，对她们的反抗精神流露出衷心的赞美。尤其值得注意的是，他还对夫权社会里形成的歧视和诬陷妇女的"女性亡国论"提出了尖锐的批判。如说："桀纣以虐亡，夫差以兵亡，而使妹喜、西施辈受其恶名，无乃枉乎？"（《情史·情化类》"莺莺"条按语）在封建道德观念居于统治地位的古代社会里出现这样深刻的见解，应当说是难能可贵的。此外，他还强烈主张"相悦为婚"的自由结合，指出封建婚姻是一种"临之以父母，诳之以媒妁，敌之以门户，拘之以礼法，婿之以贤不肖"，使广大妇女"盲以听焉"、"随风为沾泥之絮"（《情史·情侠类》"梁夫人"条按语）的极不合理的婚姻制度。这种进步的民主观念，正是冯梦龙能从理论上阐述民间情歌的积极意义，并在"三言"中以大量篇幅热情歌颂自主婚姻和坚贞爱情的思想基础。

对于封建礼教和黑暗现实的轻蔑，决定了冯梦龙十分重视讽刺武器的运用，并且很善于谐谑。这一特点，既表现在他的生平行事中，也表现在他的创作和关于文艺问题的论述中。他的言论主张，有时即以诙谐出之，甚至在所谓正经诗文里也不免杂以嘲戏。所以朱彝尊在编选和评价明代诗歌时，曾说他的作品"善为启颜之辞，间入打油之调"，因而"不得为诗家"（《明诗综》卷七十一，又见《静志居诗话》卷二十）。这种评价，正说明他在一切作品里都经常表露出自己的讽刺才能与幽默风格。明末虽然被称为思想比较解放的时代，不象明初特别是清中叶以前的文网那么严密，然而这却是有限度的。何心隐、李贽的惨遭迫害，冯梦龙本人的被告讦缉捕，便是最好的说明。因此，他对当时社会的攻击，有时就不能不借助于俳谐。鲁迅曾说："社会讽刺家究竟是危险的。……人们谁高兴做文字狱的主角呢？但倘不死绝，肚子里总会存半口闷气，要借着笑的幌子，哈哈的吐他出来。"（《全集》卷五，三十六页）冯梦龙编《笑府》辑《谈概》，在搜集歌谣俗曲时也非常留意于讽世而富有谐趣的作品，正是这种心情。从另一方面看，统治阶级对于讽刺性的俳谐文字，总是既表示菲薄，又流露出恐惧。冯梦龙所辑的《智囊》和《谈概》等书，到了清代修《四库全书》时，就是以"儇薄""纤佻"而遭到鄙弃，受到恶评的（《四库全书总目提要》卷一百三十二，《子部·杂家类》存目九）。封建阶级惯于使用给叛逆者鼻子上涂抹白灰的手段来维持自己的"庄严"，因此，对于他们所嫌恶的"儇薄"与"纤佻"，我们应当有正确的分析和评价。

狂放不羁的生活和诙谐幽默的性格，绝不说明冯梦龙是个玩世不恭的人。他对待生活和创作的态度是严肃的。所谓严肃，不表现在他曾经编著过《春秋衡库》《四书指月》之类的经解，也不表现在他曾经主持重修过《寿宁县志》（据毕九皋康熙《寿宁县志序》），而是表现在他始终以严肃认真的态度去从事通俗文学工作，表现在他满怀热情地去辑录那些富有战斗性的杂纂和讽刺小品。《春秋衡库》有天启五年（1625）刻本传世，从内容看，不过是一部为举子业服务的陋书，是作者在当时社会制度下谋生的工具，实在不足以言经学。有人认为冯梦龙同时也是个经学家，这是一种误解。他本人从没有把编著经解看作什么堂皇的事业，相反倒是通过那些不登大雅的作品表达了自己的政治见解和文学主张，并且充分证明了他是一个肯于正视现实和富有斗争性的人物。他确实也搜集过一些庸俗的俳谐文字和无谓的"小摆设"，但从主导方面看，他的戏谑却绝不同于文坛丑角的嬉皮笑脸，豪门清客的插科打诨。鲁迅论明末小品时曾指出，它们"并非全是吟风弄月，其中有讽刺，有攻击，有破坏"；在评价袁宏道时，也主张"看他趋向之大体"，要知道他虽然空疏颓放，其实"正是一个关心世道，佩服'方巾气'人物的人"（《全集》卷四，四四二页；又卷五，一八二页）。我们对冯梦龙的看法，也是如此。

当然，冯梦龙的出身、教养和社会地位，使他的整个思想体系没有可能超出封建主义的范畴。传统的封建观念和在一定程度上反映市民与农民利益的民主主义思想，使他对许多问题经常存在着矛盾的看法。在他编撰的作品里，一方面反映了广大群众特别是市民阶层的生活和理想，反映了他对当时封建统治的不满和对被侮辱、被损害者的深刻同情；一方面则又表露出他的种种封建意识和腐朽情感。他反对以暴力手段进行抗争，对被压迫者当中某些忠于封建道德的人物也时常加以热烈的赞扬。在他晚年，即农民大起义的年代里，他所表现的政治立场是反动的。他在崇祯十七年（1644）编纂印行的《中兴实录》和《甲申纪事》就是最有力的证明。这两部史料集里，虽然也有一些同情百姓疾苦、痛恨官兵虐民的文字，但绝大部分内容却表现了对农民起义军的敌视。这对他的政治思想和文艺思想是一种最根本的局限。

他的妇女观也是复杂的。他反对轻视和迫害妇女，但在自己的创作和言论中，却又时时表现出对待妇女的封建主义观点。他曾说过："女德之凶，无大于淫妒；然妒以为淫地也。"（《谈概·闺诫部》小序）这完全是一种卑视和侮辱妇女的议论。他的剧本《万事足》主要宣扬了封建的嗣绪观念，并在纳妾问题上通过对比的方式赞颂了一位"贤妻"，批判了一个"妒妇"。凡此种种，都说明他虽然对封建道德表示过大胆的否定，但实际上却没有可能完全摆脱自己的阶级偏见。他并不是反对封建制度本身，而只是反对苛酷地压榨人民，反对道学家利用名教来摧残人们的意志，束缚人们的自由。

作为士大夫阶级的成员，冯梦龙具有浓厚的封建意识并不足怪，而他的反对封建道学、主张解放性情的民主观点，对当时的反动思想统治却是具有冲击作用的。正是基于这一点，才能使他认真注意到人民群众反礼教的强烈愿望，并被他们的动人的艺术创作所吸引；才能使他充分认识到作为当时文学主流的各种通俗文学的重要地位和社会作用，从而形成自己的具有时代特色的文学理论，成为晚明进步文艺思潮的一个重要代表人物。

跋冯梦龙《寿宁待志》

《寿宁待志》二卷，明崇祯间冯梦龙官福建寿宁知县时撰。原书国内久佚，陈煜奎据日本上野图书馆藏明刊本所摄胶片校点，由福建人民出版社列入"福建古典文库"，于一九八三年六月排印出版。案，近人董康《书舶庸谭》卷一下载日本《内阁书目》所收李贽、冯梦龙两家撰述略备，而梦龙名下亦无此书，说明它在东瀛也可能已成孤本。因此，这部书在今天能够得到流布，对从事闽东地方史研究特别是冯梦龙研究的学者来说，有相当重要的意义。兹就浅学所见，缕陈数端：

（一）《待志》校点本的问世，首先纠正了三百余年来著录和称引本书名称时普遍存在的讹误。

徐𤊾《红雨楼书目》卷二《史部·分省地志》载，"《寿宁县志》二卷，冯梦龙。"徐氏为明末闽中著名藏书家和诗人，是梦龙官寿宁时的好友。《红雨楼书目》是以往文献中最先著录本书的，目前据以排印的底本即为徐氏家藏，但已误《待志》为《县志》，最晚出的是三十年代曹允源等新修的《吴县志》，其书卷五十六《艺文考》亦著录"冯梦龙《寿宁县志》二卷"，显系转录成文，沿袭了相承已久的误称。不仅如此，国内现存康熙二十五年题为赵廷玑所修的《寿宁志》八卷，在说明县志的编纂历程时，亦未指出梦龙所撰者为"待志"。如卷首所载毕九皋《寿宁县志序》云："邑乘始修于明嘉靖戊申张公鹤年，继修于万历乙未戴公镗，复修于崇祯十年冯公梦龙。"又王锡卣《续修寿宁县志序》亦云："前志之辑，始于张公，继以戴公，终于冯公。"毕九皋是赵廷玑的前任知县，王锡卣是原儒学教谕，康熙《寿宁志》实际是在他们的任期内成书的。然而按照这种笼统记述，只能理解为冯梦龙在任时曾经重修过县志或完成了县志的纂修工作，无法看出他所撰写的是一部独特的《待志》。

书名的差误，直接关系到本书的性质和它应当得到的学术评价。梦龙本人并不认为自己是在编修正式的"县志"。他在卷端《小引》中强调声明，所谓"待志"，"犹云未成乎志也"。又说："不敢志，不敢不志，'待'之为言，欲成之而未能也。"这就是说，"待志"不同于正规的或完整的县志，而只是根据"略旧所存，详旧所阙"的原则为编写县志所提供的分门别类的参考资料。如果从这个意义上要求它，那它就是一部应当受到高度评价的著作。因为全书二十八目都来自作者的实地考查或切身感受，材料翔实，敢于独抒己见，并在许多具体问题上订正了旧志的阙失，为后来编写或研究寿宁以及闽东地方史做出了有益的贡献。相反，如果把它当成一部正式的县志，则从根本上违反了方志所必须遵守的体例。因为全书主要内容都是结合作者个人居官的生活经历，用第一人称记叙的，在很大程度上近乎自传性质。尽管它所收的材料都非常真实可贵，足供修志采择，尽管一切旧有的方志在今天都只能起到资料作用，但象这种以个人为中心、把一个地方的历史与本人自传糅合为一体的写法，却是任何正式方志所不应采取的。因此，我们也不能而且也无须用体制上的"创新"或"突破"来为作者回护。事实上，梦龙自己也明说这是一部"未成乎志"的撰述，题为"待志"是完全确切的。

（二）《待志》不仅统一了以往关于梦龙籍贯的分歧记载，同时也使我们明确了产生这种分歧的根源。

自梦龙生前迄今，关于他的籍贯向有长洲、吴县两种不同的记载。现代学者自鲁迅先生以来多主前说，而实际上皆出乎推断，并无确证。梦龙在个人撰述上署名，每自称"吴人"，或则泛署"姑苏""吴郡""吴门""古吴""吴国""东吴"，从未标明县籍。《待志》大题下亦但题"知县吴国冯梦龙述"。唯书中《官司》一目列举万历庚寅以下知县名籍时详书自己为"直隶苏州府吴县籍长洲县人"，这是当时修志体例上的需要。这一条记载，不但为"长洲说"提供了确凿依据，而且也说明了许多史料所以称他为吴县人的原因。

明时苏州府为南直首府，共辖八县，吴县和长洲均在府城，为府治所在，亦均得称"苏州"。从《待志》可知，梦龙的原籍本是长洲，但其户籍与庠籍则在吴县，故称"吴县籍长洲县人"。根据这种情况，他可以按照本籍，自称"茂苑野史"（见《古今小说序》，茂苑为长洲别称），而应试、选官的籍贯却只能写为"吴县"。吕天成《曲品》卷上称："子犹，吴县人。"吕书有万历三十八年自序，是称梦龙为吴县人的最早记载，纂修年代距他最近的康熙《苏州府志》（卷五十四《人物》八）和康熙《寿宁县志》（卷四《官志·宦绩》）也都记他为吴县人。吕天成是他的好友，苏州是他的本乡，寿宁是他曾任县令的地方，但均如此记载，这都并非失误而是按照他的"吴县籍"直书的。

由于吴县和长洲均为苏州府治，所以人们对二县往往不加分辨。日本盐谷温氏虽曾根据梦龙别号"茂苑野史"判断他为长洲人，但随即又说"长洲为吴县，即今之苏州"（《中国文学概论讲话》五一三页），可见长、吴两县的界限很容易被人忽略。历来史料上对梦龙的籍贯或称吴县，或称长洲，都并非知其所以然，不过因袭成文，各有所本而已。现在《待志》为我们明确了以往记载上造成分歧的原因，对于"冯学"研究者来说，是解决了一个长期感到困惑的重要问题。

（三）《待志》明载梦龙莅任时期，可以推断他得宰寿宁当出于福宁知州沈儿的援引。

《待志·祥瑞》云："余于崇祯七年甲戌八月十一日到任。"又《官司》记万历十八年以下知县名次云："冯梦龙……由岁贡生于崇祯七年任。"这比后来一些志书的记载更加可靠而且具体，寿宁虽然是偏远贫瘠的山区小县，但以梦龙的资历在当时能实授邑宰，如果没有提携力量，几乎很难设想。据《明会要》卷四十八《选举》二称，明代任官，"资格独重进士。举、贡之在太学者，循资待选，年老始博一官（按指县学教职之类），而又积久不迁"。何况梦龙连举人的身份也未能取得，这就是他经常为"资格限人"感到强烈愤懑的原因。

从《待志》的明确记载来看，梦龙得宰寿宁，当与他的同乡好友沈儿的提掖有关。沈儿，字去疑，长洲人，天启七年乡试解元，崇祯四年与吴伟业、张溥同榜进士，官福建省福宁州知州，系复社成员，事见康熙《苏州府志》卷三十、三十一《选举》及吴山嘉《复社姓名传略》。他不仅是梦龙的同乡和社友，而且还曾为梦龙所辑《智囊》撰序，后来又是《智囊补》的参阅人。通行本《智囊补》卷首，均明题"金沙张明弼公亮，长洲沈几去疑、张我城德仲同阅"。《智囊》和《智囊补》后来虽经《四库全书》收入《子部·杂家类》存目，但《提要》仍以"佻薄"轻之，这两部书主要是反对封建礼法教条对人们的聪明才智的束缚与摧残，因而一直受到明清两代正统派学者文人的排斥。这时沈几既已通显，而能不避指摘，或亲为撰写序文，或公开署名参阅，说明他和梦龙的交谊非同泛泛，而且思想见解有相一致的地方。他以崇祯四年进士官至福宁知州，时当在崇祯七年初，即梦龙任寿宁令的前半年，因而有援引梦龙的能力与条件。

元至元二十三年始设福宁州，明洪武二年改县，成化九年升为直隶州，直迄明末，至清雍正十二年正式改府，见《嘉庆一统志》卷四三六。寿宁与福安接壤，后即为福宁属县，故乾隆《福宁府志》卷十七《循吏》亦收有梦龙小传。

（四）由《待志》所记梦龙到职年月，可以确定《智囊补》一书脱稿与付梓的时间。

梦龙的《智囊》是天启六年编成的。他在《智囊补》的自序中曾说："忆丙寅岁余坐蒋氏三径斋小楼，近两月，辑成《智囊》二十七卷。"所云"丙寅"即天启六年。《智囊补》辑成的时间向无记载，唯自序中有云："书成，值余将赴闽中，而社友德仲氏（按即长洲张我城）以送余故同至松陵。德仲氏先行余《指月》《衡库》诸书，盖嗜痂之尤者，因述是语为序而界之"。序末署"吴门冯梦龙题于松陵之舟中"。这就说明：一、《智囊补》是梦龙即将首途赴寿宁时刚刚完成的；二、书前自序写于已经离开苏州、途经吴江的船上（松陵是镇名，属吴江，在苏州迤南）；三、书稿在行前交付张我城代为梓行。《待志》记梦龙于崇祯七年八月十一日到任，与"自序"互证，可知《智囊补》的写定当在是年七月，上距《智囊》辑成的时间已八年。梦龙赴寿宁任时已经是六十一岁的老翁，故《智囊补》的序言中还说"余菰芦中老儒耳"，和他以往自称"菰芦龙郎"（改本《风流梦》落场诗）时口气已经不同。这些情况都是相吻合的。

梦龙赴寿宁前的著述已经很多，除当时被认为不登大雅的通俗文学外，仅就有关举止的经解而论，也还有《春秋衡库》《春秋定旨参新》等，均已刊行。而康熙《寿宁志·官守志》记他的著作时只说："所著有《四书指月》《春秋指月》《智囊补》等，为世脍炙。"这样著录，似乎不伦不类，但却有一定道理。因为他在寿宁期间曾为本县儒童立月课，即以所著《四书指月》为教材，亲为讲解（《待志·风俗》），而《智囊补》则是他在寿宁任期内刚刚刻成的新书，可能有人了解。其他著作均不为当地士人所知，所以县志中就只列举了这样三种。

（五）《待志》记述了梦龙来寿宁前任丹徒训导时的事迹，是研究其生平的珍贵传记资料。

梦龙是由镇江府丹徒县学训导升任福建寿宁知县的，以往史料上对此有明确记载。如光绪《丹徒县志》卷二十一《官师表·明训导》："冯梦龙，吴县人，天启中任，升寿宁知县。"据当栏自注，这个《官师表》是据康熙《丹徒志》排列的。所云"天启中任"有误，因为梦龙是崇祯三年的岁贡生，不可能先在天启中任训导。但记他由丹徒教职升任到寿宁则是事实。《待志》校点本前言中认为梦龙曾任丹徒的经历以往未见记载，这一点是不确的。

在这个问题上，《待志》的重要不在于提到梦龙曾任丹徒训导，而在于具体记载了他当时的事迹。《升科》一目叙他在丹徒时，曾为改革因沙岸摊长而造成人民破产偿官的问题。苦口吁请县令条陈解决。训导是个卑微的教官，在县学中也是副职。但他能不计一切，认真提出利民的合理建白，是可贵的。虽然当时的县令对此实亦无能为力，然而由此可以看出梦龙关心民间疾苦的进步思想，同时也说明他在寿宁期间力争薄赋、反对聚敛的主张是有一贯性的。

（六）《待志》证实了梦龙所撰《万事足》传奇是他在寿宁任期内的创作。

在《墨憨斋定本传奇》中，属于梦龙自撰的有《双雄记》和《万事足》二种。前者是他的早期作品，已有记载可征。如他在天启五年为王骥德《曲律》所写的序文中说："余早岁曾以《双雄》戏笔，售知于词隐先生。"又祁彪佳《远山堂曲品》在《能品》中著录《双雄》时亦云："此冯犹龙少年时笔也。"唯《万事足》的创作时代则迄难推断。考剧作第三十六折的落场诗中有云："山城公署喜清闲，戏把新词信手编。"梦龙一生驻过的"公署"，只有丹徒儒学和寿宁县衙两处，丹徒是沿江的城邑，虽有金、焦、北固，但不得称为山城。而寿宁"囿万山之中，形如釜底"（《待志·城隘》），至于凿石为田（《土田》），梦龙的住宅则"在镇武山上，……三峰如髻，俱从堂脊窥人"（《县治》），官衙私邸，处处是山居特色。他在寿宁虽然做了不少事情，唯以"政平讼理"，总的说来时间是宽裕的，所以才能观雨赏花、构亭咏梅（《县治》），并亲为儒童授月课（《风俗》）。这一阶段的生活，用"山城公署喜清闲"来形容应属纪实。《万事足》的创作环境在《待志》中得到了很好的说明。

徐𤊹《寿宁冯父母诗序》说梦龙"退食之暇，不丹铅著书，则拈须吟咏"，亦可作为他能在公余从事写作的旁证。梦龙撰述宏富，而徐氏《红雨楼书目》仅仅著录了两种：一是前引的《寿宁县志》，另一种则是卷三《子部·传奇类》中的《万事足记》。事实上也只有这二者是梦龙在寿宁时完成的，为徐氏所有，遂收入家藏书目。现在流传的影印《新曲十种》本的《墨憨斋订定万事足传奇》，题为"姑苏龙子犹新编，同邑袁幔亭乐句"，是梦龙离开寿宁后经友人袁于令为他在乐律上进行修订后刻行的。

（七）《待志》从多方面反映了梦龙的社会政治思想，并以充分事实证明了有关史料对他在寿宁期间政绩的表彰。

《待志》通过梦龙的各种施政活动与感慨，反映出他一系列的进步政治观点，也揭示了他思想上的重重矛盾与局限，这在校点本《前言》中已有所表述。当时朋友们对他在寿宁的政绩是有所了解并给予肯定的。如钱谦益《冯二丈犹龙七十寿诗》即以"晋人风度汉循良"称之（《初学集》卷二十下）。所云"晋人风度"是指平生倜傥放达，才情跌宕，颇有林下遗风的一面，"汉循良"则指他在寿宁任职时勤劳从政、关心民瘼，足以与史迁《循吏传》中人物相比并的一面。从《待志》的内容来看，他反对弊政、谴责贪官、同情人民疾苦，并曾为此付出过很大努力，在自己的职权范围内采取过一些措施，是可以无愧于"循良"的。这一方面说明钱诗对他的赞许确有现实根据，不同于一套酬酢性的揄扬；另一方面，也可以由钱诗对他的评价进一步证明《待志》纪事的真实性，并非自我吹嘘。钱谦益后来虽然降清，但这时却够得上是士林领袖、文苑班头，他对梦龙政绩的称颂，是很有代表性的。

康熙《寿宁县志》以梦龙宦绩入《官守志》，对他的概括评价是"政简刑清，首尚文学，遇民有恩，待士有礼"，这些都可以与《待志》的具体内容相印证。当然，《待志》也透露了梦龙对当时农民起义的敌视情绪，表现出他矢忠于明朝封建统治的政治态度，这和他在明朝被推翻后辑录的《甲申纪事》、《绅志略》以及《中兴伟略》等书所持的立场也是完全一致的。

（八）据《待志》考察梦龙在任时间，有助于进一步了解他和著名戏曲评论家祁彪佳的交谊。

祁彪佳是浙江著名藏书家祁承㸁之子，是清兵南掠时从容殉节的名臣。他于天启二年成进士，崇祯四年擢御史，后曾两度巡按江南，驻苏州，都和梦龙有交往。第一次是梦龙以岁贡居乡，并曾任丹徒训导的阶段。据《待志》所载，梦龙以崇祯七年八月十一日抵寿宁，而祁彪佳《巡吴省录》则于当年六月记云："广文冯梦龙以升令进谒。"说明梦龙在即将启程赴闽之前，曾面见彪佳"禀辞"。梦龙原曾司训丹徒，故彪佳称之为"广文"，并说"升令"。不过，两人的关系并不象《巡吴省录》用官场语言所记的那样淡漠。沈自晋在《重定南词全谱·凡例续记》中说："祁公前来巡按时，托子犹编索先词隐传奇及余拙刻，并吾家诸弟侄辈诸词殆尽。向以知音，特善子犹。"可见他们由于对戏曲事业的共同爱好，曾经打破官阶悬殊的限制，建立过比较深厚的感情。前引祁氏《曲品》对《双雄记》的评价，也证明了这一点。

《待志·劝诫》载梦龙任期内所举耆民凡六人，止于崇祯十年春；《待志小引》所署年月亦为"崇祯十年春孟"，时梦龙在寿宁将及两年半时间。据康熙《寿宁志》，他的后任区怀素是崇祯十一年到职的，可知梦龙离任回籍不当晚于是年初。其时彪佳早因被谗告归。南明政权成立后，彪佳再次抚吴，仍与梦龙保持着交往。《祁忠敏公日记》甲申十二月十五日记他被迫去职时的心情，其中有云："及舟，令书吏别去。……乡绅文中台、严子章、冯犹龙，金君邦述来送，冯赠以家刻"。时梦龙七十一岁，卸寿宁任已逾六年，故彪佳称之为"乡绅"。又十二月十七日："舟中无事，阅冯犹龙所制《列国传》。"所云"赠以家刻"，即梦龙改编的《新列国志》。

以往人们记梦龙官寿宁以及甲申、乙酉间事多误，如吴梅《顾曲麈谈》说他"崇祯时官寿宁知县，未几即归，归而值乙酉之变"云云，证以《待志》及其他史料，可知淹雅如吴氏，所记梦龙在寿宁的时间与情况也是与事实不符的。

（九）《待志》还为辑录梦龙的逸诗提供了可贵的资料。

梦龙不以诗名，但亦雅好吟咏，参与诗社唱和，并尝有诗集行世。黄虞稷《千顷堂书目》卷二十八，朱彝尊《明诗综》卷七十一均明载梦龙有《七乐斋稿》。虽皆未标卷数，但黄、朱两家并矜慎赅博，自非妄录，然后来未见传本。民国《吴县志·艺文考》著录为《七乐斋集》，实系转抄旧目，未睹原书。

梦龙的逸诗最先见于毛晋的《和友人诗卷》（收入《隐湖遗稿》），《诗卷》中附载了梦龙的原作，与后来《明诗综》所选的作品相同。今天我们要辑录他的诗作，比较集中的有三个来源：一是《情史类略》，书中不少故事缀有咏叹的诗篇，其中有些是明题为"龙子犹"所作的；二是《甲申纪事》，其中保存了梦龙在明亡后所写的一些感事诗；三即新校印的《待志》。此外还有若干零散篇章，尚有待于进一步证实。

《待志》所收梦龙的诗作有《石门隘》（《疆域》）、《戴清亭》（《县治》）、《催征》（《赋税》）、《纪云》（《祥瑞》；下同）及《竹米》、《瑞禾》各二首，共计八首。就以上比较集中的三个来源相比，当以《待志》所保存者价值最高，这些作品数量虽然不多，但却从多方面反映了梦龙在寿宁时期的生活，写出了当地人民的苦难，也抒发了他渴望澄清吏治、拯民于水火的真挚感情，在目前所能见到的梦龙的逸诗中，无疑是最富有社会内容和思想意义的。

冯梦龙事迹考

　　冯梦龙，字犹龙，根据《史记》中"老子真犹龙邪"，老子名李耳的说法（《老庄申韩列传》），亦字子犹或耳犹，并以龙为氏，别署龙子犹。所居名墨憨斋，因称墨憨斋主人。此外，他的别号还很多，是古代著名作家中使用笔名最多的一个，他在自己编著的作品上署名是有原则的：凡认为可以列入著述之林的，如《春秋衡库》《甲申纪事》等，皆署本名；凡传奇剧作，为一般封建士大夫所不讳言的，多署龙子犹；凡认为鄙俚卑琐、难登大雅的，如民歌、俗曲、笑话、小说等，则仅署墨憨斋或使用多种多样的化名。这种情况，为我们考定他的著述增加了不少困难，但他的喜用托名，却不能解释为文人的故作狡狯，而是反映了当时通俗文学处于被轻视、被排斥地位的历史现实。

　　关于他的生年，历史上没有记载。研究者或云无考，或说生于明万历三年，但绝大多数人已经公认为他生于万历二年（1574）甲戌。最后一说是确切的，证据有三：一、他在崇祯十七年编著的《甲申纪事》十三卷，序文题"七一老人草莽臣冯梦龙述"，卷一《甲申纪闻》又题"七一老臣冯梦龙识"，卷十三所收《中兴实录叙》亦题"七一老臣"。据此上推，他当生于万历二年。二、乙酉年，即清顺治元年，南明弘光二年（1645），他又辑《中兴伟略》，引言则题"七十二老臣冯梦龙撰"，与甲申所记年龄相应。三、钱谦益《初学集》卷二十下《东山诗集四》，收有《冯二丈冯犹龙七十寿诗》，从钱集的编次看，此诗为崇祯十六年癸未春所作，上溯七十载，亦可知冯当生于万历二年春。以上三证，均相符合。

　　冯梦龙是苏州府（当时南直隶首府，今苏州市）人，但县籍则有吴县、长洲两说，吕天成《曲品》卷上于梦龙名下注云："子犹，吴县人。"吕书有万历三十八年（1610）庚戌的自序，是以他为吴县籍的最早记载。纂修年代距梦龙最近的方志，如康熙《苏州府志》（卷五十四《人物》八）、康熙《寿宁县志》（卷四《官守志·宦绩》）皆以他为吴县人。此后《四库提要》（经部春秋类存目"春秋衡库"条）、各晚出府县志及有关曲目，大抵沿袭此说。称梦龙为长洲人的，最初为王骥德。《曲律》卷四评他的剧作云："长洲体裁轻俊，快于登场。"《曲律》亦有万历三十八年自序，与吕书同时。稍后则朱彝尊《明诗综》（卷七十一）亦谓梦龙籍长洲。这两种记载相比，当以长洲为确。现代学者自鲁迅先生以来，多主此说。因为《明诗综》的编纂，意在于借诗存人，所附小传，记事较为可信。曹溶所辑《明人小传》即全据《明诗综》。特别是梦龙在开始编纂"三言"时，曾托名"茂苑野史氏"（《古今小说序》），而"茂苑"正是长洲的别称。《汉书·枚乘传》云："汉修治上林，不如长洲之苑。"唐初始置长洲县，即取长洲茂苑之名。又，徐沁《明画求》（卷八）等书记梦龙之兄梦桂的籍贯，均作长洲，亦可做为旁证。

　　明时苏州府辖八县，吴县、长洲均在府域内，为府治所在，人们对二县往往不加分辨。所以吕天成、王骥德虽皆梦龙友人，记载上也有分歧。日本盐谷温氏虽据左思《吴都赋》"佩长洲之茂苑"句（按见《文选》卷四），指出梦龙既然别号"茂苑野史"，自当为长洲籍；但又说："长洲为吴县，即今之苏洲。"（《中国文学概论讲话》五一三页）可见长、吴两县的界限是很容易被忽略的。梦龙在文章著述上署名，从未想注明县籍，而仅自称"吴人"，或则泛署"吴门""东吴""吴国""古吴""姑苏"等，这些都是苏州的别称，长、吴两县均可使用。和冯梦龙关系极密切的沈自晋，在《南词新谱》卷首列参阅人姓氏时，于梦龙的籍贯仅称"苏州"；又入谱"词曲总目"中，仅称他为"吴郡"即苏州府人，这是有一定道理的。

　　此外，鲁迅论"三言"涉及冯梦龙的籍贯时，曾谓"《顽潭诗话》作常熟人"（《中国小说史略》第二十一篇），今人亦时转述其说。按《顽潭诗话》有《峭帆楼丛书》本，其书上下两卷、补遗一卷、附录一卷，均未涉及梦龙，盖出鲁迅偶然误记。《顽潭诗话》作者为陈瑚，太仓人，与梦龙同属苏州府籍，且与梦龙挚友王挺等交善（《太仓州志》卷十九《人物》三），倘记梦龙籍贯，亦不当有此差误。

冯梦龙的家世无考。这说明他的家庭并非名门望族，并非出身于科第仕宦之家。现在我们仅知道其有兄弟三人，梦龙为仲，故后来钱谦益呼为"二丈"。其兄梦桂，善画，《明画录》卷八仅谓"字丹芬，长洲人"，别无说明。丹芬或作丹荼，见彭蕴灿《历代画史汇传》卷二、日本大野政右卫门《画史汇传元明清人名谱·秋集》。然而梦桂却终非什么著名的画家，也未见有作品传世。《画史会要》在他名下引宋谋垔云："真迹罕见，未敢置评，"所以《明画录》把他列入最后的"汇记"类，并在这一部分的序言中说："至若能绘而莫悉所长，不敢臆断强为排当，故皆汇记于后。"我们了解这些是有必要的，因为梦龙也能够作画，南京博物院藏有他所绘的一幅扇面，论者以为"着墨不多，颇有秀逸之致"（范烟桥：《冯梦龙的〈春秋衡库〉及其遗文逸诗》，《江海学刊》一九六二年九期），说明他们兄弟都有一定的绘画艺术才能，梦龙当受其兄的熏陶。又梦龙之弟梦熊，字杜陵，亦字非熊，太学生，见佚名所辑《苏州诗抄》，然诗作亦无可取。因此，当时在苏州人中虽有"吴下三冯"之说，实际上却并未为士林所重。即使梦龙本人，也没有任何一篇较为完整的传记资料，当时的名人或一般文集中亦未见有和他的书札往还。他在明末曲坛上确有较高的名望，但关于他的生平事迹能够有一点零星而重复的记载保存下来，却还是因为他年老后任过一个短时期的基层官吏，编过一些与举业有关的书籍。至于他在通俗文学各个方面所做出的卓越贡献，在封建时代只能遭到士大夫阶层的轻蔑而不会被推重。

由于这种情况，他的事迹也常被后人和明末另外一个不甚知名的冯梦龙混淆起来。这个人不仅和他同名，而且同处万历时代，同属苏州府籍，同是岁贡身份，同样做过学官，因而容易误被牵合。不过另一个冯梦龙是苏州昆山人，字翔甫，年龄较大，万历四年（1576）即已出贡，官至吉州学正（康熙《苏州府志》卷三十二《选举四》），他的父亲冯琨是刘瑾当政时著名的法官。这个问题是需要在此附带稍加辨明的。

在古人对冯梦龙的事迹没有提供多少资料的情况下，他自己写的一支带有自叙性质的曲子，对于了解他的生活、思想和性格是有重要参考价值的。他在改订《杀狗记》的第一出"家门大意"中，加上了一段调寄〔满江红〕的自白：

> 铁砚毛锥，几年向文场驰逐。任雕龙手段，俯头屈足。浪迹浑如萍逐水，虚名好似声传谷。笑半生梦里鬓添霜，空碌碌。
>
> 酒人中，聊托宿；诗社中，聊容足。价嘲风异月，品红评绿。点染新词别样锦，推敲旧谱无瑕玉。管风流领袖播千秋，英雄独。

以上引文据梦龙友人毛晋所刊《六十种曲》本《杀狗记》。原作传为明初徐畛撰，语言粗糙，韵律失调，后来曾有多种修改本出现。《六十种曲》所收即冯梦龙改本，卷首题"徐畛著，龙子犹订定"。从我们所引曲词内容来看，完全符合梦龙的身世；且明言"点染新词别样锦，推敲旧谱无瑕玉"，显系修订者的口吻，其非徐本原文可知。梦龙在重看旁人的剧作时，往往于"家门大意"中另冠序曲，抒发个人情怀，声修改目的。《杀狗记》也是如此。

梦龙师友录

一　姚希孟

姚希孟，字孟长，一字现闻，江苏长洲人。万历四十七年进士，官翰林院检讨，以忤魏忠贤削籍。崇祯初起复，曾掌南翰林院。事见《明史》卷二一六、《东林列传》卷二三。他和文震孟都是天、崇时代冯梦龙同乡中极有威望的人物，在苏州市民奋起抗击阉党时，曾共同发起合葬颜佩韦等五义士于虎丘山塘，见张溥《五人墓碑记》。

冯梦龙曾师事姚希孟。在为姚母文氏所撰的祭文中，梦龙追述说："余辈二三子夙从孟长游，以旁饫太夫人之教者，各联翩起，以须眉显之。"（顾沅《吴郡文编》）这虽是旨在称颂的文章，但也说明他和希孟的关系非同泛泛，因而能自称在平时受到姚氏的母教余泽。

希孟子宗典，字文初，崇祯十五年举人；次子宗昌，字瑞初，长洲县学生员，累试不遇，后绝意进取，有《鸣蜇草》。事迹皆附同治《苏州府志》卷八一《姚希孟传》。宗典和宗昌都是复社成员（《复社姓氏传略》卷二），亦均与梦龙有交。崇祯十一年八月，顾杲（顾宪成从孙）、吴应箕等为《留都防乱公揭》，声讨蓄谋报复的阉党余孽阮大铖，在《公揭》上署名的凡百四十余人（《公揭》及其人名见《贵池先正遗书》）。其中属于东林后裔且又兄弟同时签署者数家，宗典兄弟即是其一，足见他们嫉恶如仇的精神。

希孟的著述有《姚现闻清閟十二种》，共八十九卷（即陈乃乾《禁书总录》所列《清閟全集》），有崇祯间大隐堂、绛蚨堂刊本。

二　侯震旸　附：子峒曾、岐曾

侯震旸，字得一，号启东，江苏嘉定人。天启时任吏科给事中，以谏阻再召客氏入宫，并屡劾阁臣交结中贵为朋党，忤魏忠贤，被谪。事迹详《明史》卷二四六、《东林列传》卷二十。峒曾是他的长子，字豫瞻，天启五年进士，官至通政，清兵南下时与同邑黄淳耀共起义军守嘉定，城破挈二子赴水死，《明史》卷二七七有传。岐曾字雍瞻，是峒曾的少弟，太学生，明亡后以掩护爱国将领陈子龙被逮，壮烈牺牲。黄宗羲《海外恸哭记》曾记载他们兄弟先后就义的事实。

侯氏父子兄弟共有文名，且均与冯梦龙交厚。梦龙为歧曾的文集《西堂初稿》撰序（收入顾沅《吴郡文编》），曾回顾自己从少壮时代就和他们意气相投、时共起居，并有密切文字交往的情况。如云："疁城（按即嘉定）名士，卷帙过从，固无虚日。即黄门（震旸）犹未谒选，时共卧起一堂。……极一时父子兄弟朋友文章之乐。"侯氏一门都是刚正不阿的封建知识分子，后来在抗清斗争中受害也极烈。这篇序言对我们了解梦龙的生活、品格以及晚年所表现出来的民族气节很有关系。

梦龙对年轻的侯岐曾尤为喜爱和钦敬。《西堂初稿》的序言中说："往余与'三瞻'读书西堂，豫瞻及梁瞻（震旸次子，名岷曾，早夭）俱弱冠。……而雍瞻则雪跨霜悬，总角片语，夺尽前辈名家扇簟。虽予当年剑气弓声，不敢略割韩、彭右地，实有孙伯符英雄忌人之顾。"这段记述，不仅使人看到岐曾自幼的卓荦不群，同时亦可见梦龙青年时代意气风发、长于雄辩的神概。吴山嘉《复社姓氏传略》卷二记岐曾云："年十一，与兄峒曾、岷曾同补诸生。及长，博览工文，重气节，敦行谊，吴门、娄东、云间坛坫角立，岐曾调剂其间。"说明他后来成为复社中很有影响的人物。崇祯十一年，复社诸生发表《留都防乱公揭》声讨阉党余孽时，有一百四十余人签名，岐曾亦在其中。作为复社成员，梦龙对他的一贯心折是有根据的。

侯氏父子的节概在清代一直为人所推重。汪琬《尧峰文集》卷三九《跋拟〈明史·侯岐曾传〉后》："余昔任纂修，尝作侯氏三传上之史馆，未知其得入《明史》否也?"所称"侯氏三传"即指岐曾及其父震旸、兄峒曾的传记。今《明史》惟其父兄有传,岐曾无传,当与个人科名禄位有关,而《尧峰文集》中亦仅有跋语,未收拟传。关于岐曾的事迹,主要保存在《南疆逸史》(卷二)、《小腆纪传》(卷四六)及前引《复社姓氏传略》中。

震旸的著述有《天垣疏略》,是他任谏官和阉宦斗争的奏疏,清代曾以"有违碍字面"而被禁(《禁毁书目·补遗》一)。峒曾有《二有堂文集》四十卷(《千顷堂书目》卷二七),岐曾有《雍瞻集》三十卷及《丙丁杂志》(康熙《苏州府志》卷四五《艺文》),两家的文集《明史·艺文志四》亦著录,但均未见传世。

三 丘坦

丘坦,字垣之,号长孺,湖北麻城人,丘齐云子。齐云字谦之,嘉靖四十四年进士,官湖州知府,著有《吾兼亭集》《粤中稿》等,《黄州府志》卷十九《人物志·文苑·丘齐云传》云:"子坦,字长孺,万历丙午武举(按丙午为万历三十四年),同书卷十七《选举志·武举》作"丙子",并注云:"进士。"皆误,官至海州参将,旋弃官归。与梅之焕、李长庚、刘侗时相唱和,著有《南北游草》《楚丘集》《度辽集》诸稿。同书卷三十五《艺文志》著录了他这几部诗集,并在卷三十七选收的诗篇中录存了他的《度辽留别京邑诸知己》三绝。

丘坦是冯梦龙旅寓麻城时的好友,亦曾屡游吴下。《情史》卷六《情爱类》有《丘长孺》条,记丘与吴姬白氏情好事,称其出身世家,"尤工诗字"。文后附"子犹氏"按语说:"余昔年游楚,与刘金吾、丘长孺俱有交。刘浮慕豪华,然中怀鳞介,使人不测。长孺文试不偶,乃投笔为游击将军,然雅歌赋诗,实未能执戈前驱也。身躯伟岸,袁中郎呼为丘胖,而恂恂雅饬,如文弱书生。……长孺夫人即金吾女弟,亦有文,所著有《集古诗》及《花园牌谱》行于世。"这些记述,说明了冯、丘交谊,并足以补有关丘坦的传记资料之阙。

正如冯梦龙所说,丘坦虽然因为科场不利,愤而弃文就武,实际上却还是个诗人。他和公安三袁的交往极为密切，特别是在袁宏道的全集中，有很多地方涉及他，可以考见他们之间的深厚友谊与共同的文学主张。万历二十四年，袁宗道为丘坦的诗集《北游稿》作序，曾评价他的作品说："其诗非汉魏人诗，非六朝人诗，亦非唐初盛中晚诗，而丘长孺氏之诗也。非丘长孺之诗，丘长孺也。"（《白苏斋类集》卷十）足见他的诗不事模拟，寓有个性，属于"独抒性灵，不拘格套"的一派。同年，袁宏道也在通信中称赞他的诗歌说："大抵物真则贵。真则我面不能同君面，而况古人之面貌乎？……古何必高，今何必卑哉？不知此者，决不可观丘郎诗，丘郎亦不须与观之。"（《锦帆集》卷四《尺牍·丘长孺》）由此可见，丘坦确是公安派的重要诗人之一。冯梦龙对他的推重以及他们之间的交往，也说明了冯梦龙与公安派之间的关系。

丘坦不仅如《黄州府志》及其他史料所载，是梅国桢叔侄和李长庚等人的契友，同时亦与李贽交厚。《焚书》和《续焚书》中都有和丘坦的通信或赠答的诗篇。李贽在麻城讲学，曾受到丘坦的支持。《野获编》卷二十七《二大教主》条云："李卓吾……流寓麻城，与余友丘长孺一见莫逆，因与彼中士女谈道，刻有《观音问》等书。"可见丘坦也是李贽的热情拥护者。丘的生卒无考，但从支持李贽在麻城讲学以及袁宏道为他的诗稿作序的时间看，自当长于冯梦龙。与李贽相比，丘坦当然还是晚辈，所以《焚书》卷六《丘长孺生日》诗中有"似君初度日，不敢少年看"之句。从李、丘的亲密交往中，亦可窥见冯梦龙在思想上与李贽的联系。

四 沈德符

沈德符（1578—1642），字景倩，一字虎臣，浙江秀水人，万历四十六年（1618）顺天乡试举人。《列朝诗集小传》丁集下云："沈先辈德符，……与同时钟、谭之流声气歙合，而格调回别，不为苟同。年四十始上春官，累举不得第而死。"

德符与沈璟、袁宏道兄弟、冯梦龙、钱谦益等均有交往。（金鹤冲《钱牧斋先生年谱》载天启元年钱为浙江乡试正考官时，沈曾串通奸人对钱施加诬陷，系不根之谈。）所撰《万历野获编》卷二十五《金瓶梅》条曾记载他劝阻冯梦龙"怂恿书访以重价购刻"《金瓶梅》的经过。又同卷《时尚小令》条曾对〔打枣杆〕、〔挂枝儿〕等俗曲的"刊布成帙,举世传诵"表示过不满,而梦龙恰是这类俗曲的热情提倡者。看来他和梦龙虽有交谊,但对文艺方面若干具体问题的看法,是有分歧的。

然而德符并非顽固保守的正统派文人。他和梦龙在思想倾向上有很多相同之处,不是从根本上相左。首先,他对李贽的叛逆精神也是持赞扬态度的。《野获编》卷二十七《二大教主》条:"温陵李卓吾聪明盖代,议论间有过奇,然快谈雄辩,益人意智不少。秣陵焦弱侯、泌水刘晋川皆推为圣人。"又说李贽在麻城聚士女讲学。"忌者遂以帏箔疑之,然此老狷性如铁,不足污也。"这类记载可以看出他对李贽的敬佩、信任和同情。其次,他和冯梦龙一样,在诗文创作方面是反对拟古派而倾向于公安、竟陵的。他在邸中与袁宏道论诗,袁曾赞为"赏音"(《野获编》卷六十五,诗见宏道《破研斋集》卷一《邺城道》第三首)。钱谦益说他和钟、谭声气歙合;朱彝尊也说其诗"宁取公安、竟陵,欲尽反历下、琅琊(按指李攀龙和王世贞)之弊"(《明诗综》卷六十一、《静志居诗话》卷十七);陈田《明诗纪事》庚签卷二十三录其诗说晚明文人把他的作品称做"著色竟陵体"。另外,他也是一位通俗文学的关心者和爱好者。所著《顾曲杂言》,是很有价值的曲论,即在《野获编》中。而冯梦龙第一次读到的《金瓶梅》全本,也正是他从袁中道手中借抄的。又李日华《味水轩日记》万历四十五年二十二日有云:"从沈景倩借得《灯花婆婆》小说阅之。"《灯花婆婆》是我们所知最早的宋人词话之一,《宝文堂书目·子杂类》、《述古堂书目》卷十、《也是园书目》卷十均著录,冯梦龙《新平妖传》第一回即演其事。由此可见德符也是十分注意网罗收藏通俗小说的。以上这些事实,都说明他和冯梦龙在文艺思想上有许多相通相近之处。

沈德符的祖、父均以进士官京师,他随居都下,自幼习闻掌故,所以后来南还后撰写的《野获编》保存了十分丰富的社会历史资料。朱彝尊称他"禀生异资,日读一寸书。所撰《万历野获编》,事有佐证,语无偏党,明代野史未过焉者"(同上)。这种评价大体上是符合实际的。他另外还撰有《敝帚轩剩语》(《学海类编》本)、《敝帚轩余谈》(《砚云乙编》本)等,惟诗文集《清权堂集》罕见。

五 梅之焜

梅之<ruby>焜<rt>huàn</rt></ruby>，字惠连，国桢子，之焕从弟。康熙《麻城县志》卷八《人才志下·逸行》、光绪《黄州府志》卷二五《人物·隐逸》均有传。《湖北通志》卷一三二《人物志十》记梅国桢时，也涉及他。

据上述资料记载，之焜持身方正，博涉群书，以工于制艺著称，是个不肯靠父亲"恩荫"袭职的人。《黄州志》小传中还特别强调了他的民族气节，说他在明之后隐居囊山，自号槁木，唯以著述自娱，"晚且祝发披缁，粗衣粝食，以终其身"云云。可知他在入清后还经历了一段很清苦的遗民生活。

冯梦龙《古今谭概》有梅之焜序文，对这部讽刺性很强的谐谈集给予很高评价。序中有云："士君子得志则见诸行事，不得志则托诸空言。老氏云：'谈言微中，可以解纷。'然则谈何容易？不有学也，不足谈；不有识也，不能谈；不有胆也，不敢谈；不有牢骚郁积于中而无路发摅也，亦不欲谈。夫罗古今于掌上，寄春秋于笔端，……此诚士君子不得志于时者之快事也。"这种分析，表明了他对梦龙及其《谭概》的赞赏推重和深刻理解。

梅之焜是复社在湖广地区的重要代表，见《复社姓氏传略》卷八。《黄州志》亦谓"之焜与三吴复社诸子主盟文坛，驰声海内"。然而他能对《谭概》一书作出中肯的评价，却不仅因为和梦龙有社友关系，而是由于两人的夙交，由于他们在生活经历和思想见解上的一致。之焜虽以隐逸终身，但并非不求闻达、不慕荣利的人物。《谭概·序》署名下所用的印章是"臣焜"和"司马世家"，可见他对禄位声名绝无轻视的意思。梅国桢以武功荫锦衣卫百户，之焜久不袭职，原是想从科甲出身，他所作的时文，在士子中颇有影响，可是自己却困顿场屋，毕生未博一第。为此他是十分抑郁和愤慨的。《冰雪携》卷四有陈弘绪《答梅惠连书》，开端即云："捧读翰示……（以为）江汉豫章之文，世之窃其词句者，皆得以取荣名，掇上第；而江汉豫章能文之士，大半偃蹇屈抑于泥涂之中。仁兄引刘安以为喻，至谓安之鸡犬，皆得升天，而安反久滞于地上。其言曲而中，凄然足以感人。"可以看出，之烜的坎坷际遇和牢骚心情与梦龙十分相似，这是他们能成为知交的根本原因。

之烜撰有《春秋因是》三十卷，《四库》列入《经部·春秋类》存目。《提要》认为它是一部能反映明季时文之弊的陋书，"故附存其目为学《春秋》者戒焉。"这也和梦龙一样，虽曾研治《春秋》，有所撰述，但却不过应举业之需，不足以言经学。据《黄州志》小传及同书卷三二《艺文志》著录，之烜还有《萍庐史论》《萍庐偶集》《芥舟续集》等书，均不传。

六　梅之焕

梅之焕，字彬父，号长公，别署信天居士，麻城人，万历三十二年进士。天启时他曾巡抚南赣，因遭魏阉构陷，削籍。崇祯初召抚甘肃，以平定侵扰，颇著声誉。后又为首辅温体仁所忌，被劾罢归。崇祯十三年起复原官，遂卒。据说他去世的时候，里人皆巷哭失声。事见《明史》卷二四八、《东林列传》卷二十、《明名臣言行录》卷八十八。

冯梦龙的《麟经指月》有梅之焕所作的序文，说明了他们之间存在着交谊，也说明了梦龙壮年时旅居麻城的原因，因而是一篇有价值的史料。他的另外撰述无考，光绪《黄州府志》卷三十二《艺文·集部》著录他的《中丞遗文》《中丞遗诗》，无卷数，注云据《麻城县志》，亦未见传世。

梅之焕的叔父梅国桢是李贽的好友，曾巡抚大同，官至兵部侍郎。国桢与之焕先后贵显，叔侄齐名，曾被合称为"西陵（黄州古称）二梅"。冯梦龙与之焕以及国桢之子之烜均有交往，是否与国桢本人有过接触，则殊难确证。不过梦龙在自己的著作中确曾多次记述过国桢的言行，如《智囊补》卷十四《术智·谬数》有"梅衡香"条，同书卷十八《胆智·经务》"分将"条按语中曾引"梅少司马客生"语等等。所称"衡香""客生"即梅国桢，可以看出国桢是他熟悉和景仰的人物。

梅国桢的思想、见解有和李贽一致的地方，《焚书》卷二《与焦弱侯》曾提到这种情况。万历二十五年李贽由沁水至大同，即寓梅国桢处。他在国桢的巡抚官署中写成《孙子参同》一书，并修订了所著《藏书》中的《世纪》八卷、《列传》六十卷（见《续焚书》卷二《老人行叙》），说明他们的关系十分密切。冯梦龙接受了李贽的思想影响，听到过李贽的一些言论，当与麻城梅氏有一定关系。

梅之焕和李长庚是同邑知友。他们都是一生不肯向邪佞势力低头的，在乡里间也同负众望。《黄州府志》卷四十《杂志·摭闻》："西陵梅长公慷慨好任事，能急人之难，不避祸福。"并说他和李长庚以及另一个方正的长者，在晚年退居时被敬称为"西陵三老"。梅、李二人先后为《麟经指月》和《春秋衡库》撰序，足见梦龙在一些正直的封建士大夫中是受到尊重的。

七 钱谦益

钱谦益（1582—1664），字受之，号牧斋，常熟人。他是冯梦龙好友中极负盛名的人士之一，万历三十八年殿试一甲第三，授翰林院编修，南明福王时任礼部尚书。清兵下江南，迎降，官礼部侍郎。顺治五年以文辞触清廷忌讳获罪，释归，卒于家。他的著述在清代曾被严格禁毁，诗文除《初学》《有学》二集外，佚作尚多。近人潘景郑《著砚楼书跋》云有《牧斋外集》，收散逸诗文三百余篇，然仅抄本，未见刊行。

钱也属于复社中的领袖人物，崇祯十四年他六十岁时，曾被劾以"复社党魁，遥执朝政，党同伐异"，为此他被指定写过"遵旨回话疏"（见《钱牧斋先生年谱》）。前引他的《冯犹龙二丈七十寿诗》，说明他和冯梦龙是复社中关系密切的社友，并为推断梦龙的生年提供了有力的佐证。

冯梦龙和钱谦益在文学事业上虽然各有专擅，但他们的文艺观点却有某些相通之处。钱不仅在清初诗歌中占有重要地位，实际他在明末早已执诗坛牛耳，是虞山诗派的主要代表。他早年作诗，原步王世贞后尘；壮年后受公安派影响甚大，转而反对七子，对拟古派的诗文作了很多切中要害的批评。他强调作诗要言之有物，要能抒发真性情；诗歌应表现作者的"独至之性"，应当是"陶冶性灵，各言其所欲言"（《初学集》卷三十一《范玺卿诗集序》），可见他后来在文艺思想上有与冯梦龙相近似的地方，这是他们能成为知交的一个重要因素。

明亡后冯梦龙虽然并未"殉难"，但他是关心民族危亡、有坚定民族气节的，在品格上和钱谦益有根本不同。钱是明末东林中很有声望的人物，而且在文坛上有重大影响，所以他的变节求荣，极为士林所不齿。他晚年曾步杜甫《秋兴》写成《投笔集》，叠韵达十三遍，加上"吟罢自题"，得诗一〇八首，表现了他的愧悔心情和对故国的怀念。很多人认为这不过是他想借此掩盖腼颜事敌的耻辱，当时顾炎武就曾揭穿过这类行为（《日知录》卷十九"文辞欺人"条）。不过也有人据此而对他加以谅解，并说他确曾参与秘密的抗清活动。是否如此，尚待考辨，以与冯梦龙无涉，于此不具论。

钱谦益所辑《列朝诗集》，题下各系小传，于考史颇有裨益。其中也有一部分为考察与冯梦龙有关的人物提供了资料。

八　张瘦郎

张瘦郎，字野青，湖广石阳（今湖北汉阳西）人，事迹无考。所撰有散曲集《步雪新声》，梦龙为之作序，说明了他们之间的关系以及梦龙对诗歌词曲的一些见解。《步雪初声》不分卷，有明刊本、《饮虹簃丛书》本，题"石阳张瘦郎野青撰，古吴袁令照幔亭歌者校"。可知张瘦郎和袁于令之间也有交往。

梦龙的序文题"古吴词奴龙子犹述"。其中曾说："野青氏年少负隽才，所步《花间集》韵，既已夺宋人之席，复染指南北调，感咏成帙，浪仙子从而和之，斯道其不孤矣。"足见瘦郎在词曲方面还只是晚辈新手。所称"浪仙子"，即席浪仙，是短篇小说集《石点头》的作者。《石点头》收拟话本十四篇，有明末金阊叶敬池刊本，署"天然痴叟著"。但梦龙为《石点头》所作的序言中则说："浪仙氏撰小说十四种，以此（按指高僧道生在虎邱说法，能使顽石点头的佛教传说）名编。"是天然痴叟即席浪仙托名，他不仅从事小说创作，并曾和过张瘦郎的散曲。

瘦郎的曲作虽尚细腻，而实平平。梦龙在序《步雪初声》时对他加以鼓励说："夫楚人素不辨冰青，得此开山，尤为可幸。白雪故郢调，今其再振于黄乎？因名之曰《步雪初声》。野青史其勉旃，词隐先生衣钵，余且悬以俟子矣。"这说明瘦郎的曲集是由梦龙命名的。含义深刻的名称，劝勉有加的弁言，反映了梦龙对新一代作手殷切关怀、热情援引的一贯态度。

九 毕魏

毕魏，字晋卿，号万后，所居曰滑稽馆，并自称"姑苏第二狂"。按春秋时晋大夫毕万，为西周初毕公高之后，曾事晋献公，以功封于魏，故毕魏取字晋卿，以万后为号。有些曲目上常误"后"为"候"，非是。

毕氏事迹不详，仅知为吴县人。冯梦龙为他的《三报恩》传奇作序，署"崇祯壬午季夏"，而序文中又说当时"万后氏年甫弱冠"，则毕当生于天启二年壬戌（一六二二）或稍后，少于梦龙者约五十岁。梦龙以七十高龄，亲自为一个年青作者的剧本订谱、撰序，成为文字上的忘年交，说明了他对戏曲事业的不倦努力和对后辈成长的殷切关怀。

《三报恩》演鲜于同老年及第，报恩于座师蒯通时祖孙三代事，本事出《警世通言》第十八卷《老门生三世报恩》，但另加入了陈名易负恩的情节，与鲜于同良莠老少相形，更有力地突出了"少不足矜而老未可慢"的主题。冯梦龙在序言中盛称毕魏以弱冠之年而"有此奇才异识，将来岂可量哉"，这不仅因为毕能向自己的小说取材，与自己的思想合拍，而且更因为剧本确实激愤地揭露了当时科场中的锢弊，反映了社会现实，显示出作者对生活的卓越见识。《三报恩》后来还经常被搬演，清代的《传奇汇考标目》及《笠阁批评旧戏目》等均著录。

毕魏的剧作共六种，今存者除《三报恩》外，尚有《竹叶舟》一种。《竹叶舟》的情节与元范康《陈季卿误上竹叶舟》杂剧相同，惟易去主人公名字。范剧本事原出于唐薛昭蕴《幻影传》所记陈季卿得神人度化仙隐终南山事，毕作仍然沿袭这一内容，但却加入了对现实的更多愤懑。《新传奇品》称毕魏的曲作如"白璧南金，精彩耀目"当是就文词而言。事实上，从他现存的两部传奇来看，他在艺术风格上更接近于当时的讽刺剧作家孙仁儒一派，这也是他能够受到冯梦龙高度赞赏的一个重要原因。

此外，毕魏后来还和朱素臣、叶雉斐一起参加了以李玉为主笔的名剧《清忠谱》的共同创作。

十 蒋之翘

蒋之翘，字楚稚，秀水（今浙江嘉兴）人，布衣。事迹见《明诗综》卷八十一上、《小腆纪传》卷五十八、《明诗纪事》辛集卷三十一。

他出身寒素，然好搜罗故籍，庋藏颇富。冯梦龙纂集《智囊》时，主要依靠了他的藏书。《智囊补·自叙》云："忆丙寅岁，余坐蒋氏三径斋小楼，近两月，辑成《智囊》二十七卷。"所称蒋氏即蒋之翘，丙寅岁是指天启六年。《智囊》虽只是采录成文，分别部居，但仅用近两个月的时间就能完成，一方面说明了梦龙的勤奋与敏捷，一方面也由于蒋氏在图书资料方面为他提供了充足的条件。这种贡献是不应泯没的。

蒋之翘在整理、研究古代文献和乡邦文献方面曾付出过很大精力。他所辑注的韩、柳全集特别是柳集，在清代曾是十分通行的版本（《邵亭知见传本书目》卷十二、《书目答问》卷四）。朱彝尊是他的同乡后辈，少年时可能和他有所接触，说他辑有"《携李诗集》四十卷，搜录乡党先正诗无遗，兼能备举轶事，使听者忘倦"（《静志居诗话》卷二十二）。可惜这部丰富的文学史料和嘉兴地方史料未得保存下来。

蒋氏虽以布衣终老，但于时政亦颇为究心。所撰《天启宫词》有诗有注，具有一定史料价值，其乡人曹溶曾收入所辑《学海汇编》中。明亡以后，他曾搜集当时名人遗集数十种，辑为《甲申前后集》。这种关心时事，注意及时网罗当代文献资料的精神，和冯梦龙也有相近似的地方。

十一 卫泳

卫泳，字永叔，别号吴下懒仙，苏州人。他出身世家，家富藏书，兄弟皆小有文名。冯梦龙和他的父亲卫翼明交好，自称"通家弟"，见为卫泳《枕中秘》所撰的跋语。《枕中秘》是天启七年卫泳所辑的一部杂纂，据梦龙跋，时泳亦不过二十岁。其书不分卷，自《闲赏》以下区为二十五门，皆选录时人小品杂说，间亦附卫泳的题识或按语。所收内容很庞杂，涉及生活的各个方面，而要以明末文人放达闲适的情趣为主，书名则取义于唐人小说《枕中记》。卷首有陈组绶的引言，从引、跋的内容和署名来看，梦龙亦当与陈组绶相识。

梦龙为卫泳书作跋，固然由于和卫氏凤有通家之谊，更重要的则是这类杂纂在有些方面适合了自己的观点和兴趣。他在跋语中指出："永叔所纂，皆逸士之雅谭，文人之清课。俗肠不能作，亦未许俗眼看也。"唯其如此，从封建正统学者看来，这部书当然应该在排斥之列。《四库提要》卷一三二《子部·杂家类存目》九，认为《枕中秘》一书，"皆隆、万以来纤巧轻佻之辞"，并指出它的《凡例》二十五则竟然以"致语"为名，极为荒诞。《提要》说："考宋代教访乃有'致语'，泳取以自名，尤可异之甚矣。""致语"一词是否可用，这里姑不置论，总之封建阶级是把梦龙所赞赏的这部杂著当成乖谬作品来看待的。

《枕中秘》的跋语，还借编者的杂学旁收，表述了自己与封建道学观念相对立的关于"读书"和"育人"的见解，因而是研究梦龙社会思想的一篇重要资料。

卫泳后来还纂辑过《冰雪携》正续编十二卷，选录了自万历以迄崇祯的短篇文章共五一五篇。其中主要是公安、竟陵或与之风格相近的各体散文与骈文，文后均附有卫泳的简单评语。卷首有金俊明序，署年为"崇祯昭阳协洽"，知其书约于崇祯十六年癸未编定。又有叶襄序，自称"同里社盟弟"，是卫泳亦当为复社社友。这部选集里保存了已佚的《智囊叙》以及其他一些与梦龙有关的文章，因而对我们有比较重要的参考价值。

十二　李长庚

李长庚，字孟白，号酉卿，湖北麻城人。自万历后期开始，历官要职，颇有政声。崇祯时任吏部尚书，为九卿长。因上疏极言内官不当轻议朝政，引起崇祯反感；且与为人阴鸷的首辅温体仁不合，遂被斥为民。明亡后卒于家。《明史》卷二五六、《小腆纪传》卷五十六有传。

冯梦龙的《春秋衡库》有长庚序，文末署"天启五年九月楚黄友人李长庚撰"。梦龙二十二岁时，长庚即已通籍出仕；后来梦龙寄寓麻城，长庚则早膺重任，不在乡里，所以他们的相识当在长庚贵显之后。从作序的年月看，长庚时已任户部和工部尚书，但却肯为一个穷老诸生、县学训导的著作撰序，而且措辞极为谦挚，足见他为人平易，能以礼待士。序言中赞扬了梦龙的《麟经指月》和《春秋衡库》，并说："犹龙氏才十倍于余，是二书出，为习《春秋》者百世之利也。"如此揄扬，倒不在于这两部有关举业的书当真有多高价值，而是可以看出长庚的虚心、热忱以及他对梦龙才华的推重。

一些契重梦龙的大吏如熊廷弼、梅之焕等，均与长庚相知。然而长庚与梦龙的交好，却并不一定由于他人的廷誉。康熙《麻城县志》卷七《人才志上》记长庚"为人温蔼，有雅量。居官居里，未尝一言失色。宦囊萧然，惟集书一小楼，好学，手不释卷。喜作小行草书，殊工。兼精花鸟绘事，博通释道占纬诸家言"。由此可见，长庚一生虽然显赫，但实际却仍是个温文淡泊、勤学多才艺的文人。又光绪《黄州府志》卷四十《杂记·摭闻》记他的乡居生活云："李孟白与人油油然不立崖岸，众寡小大，莫不敬礼之。"此外，《摭闻》中还记载了他一些轶事，都说明他是个宽厚洒脱、非常有风趣的人。这些，正是冯梦龙和他社会地位虽然悬殊，但却能建立起友谊、受到他爱重的根本原因。

十三　沈几　附　张我城

沈几，字去疑，江苏长洲人，生卒不详。据康熙《苏州府志》卷三十《选举二》、卷三十一《选举三》，他是天启七年（1627）丁卯科乡试的解元，崇祯四年（1631）辛未科进士。他和同郡太仓吴伟业、张溥是同榜中式的。伟业殿试一甲第二，授翰林院编修；张溥选庶吉士；他则放外任，历官福建省福宁州知州。他也是复社重要成员，《复社姓名传略》曾据《苏州府志》载其略历。

他和冯梦龙的关系不仅是同乡和社友，而且他还是冯在崇祯七年所辑《智囊补》的参阅人之一。通行本《智囊补》卷首，除有纂辑者姓名外，均题"金沙张明弼公亮，长洲沈几去疑、张我城德仲同阅"。《智囊》和《智囊补》后来虽经《四库全书》列入《子部·杂家类》存目，梦龙当时也认为可以作为正式著作而公开题上自己的名字，但从封建正统派看来，仍是一些佻薄无聊、不足齿数的稗说。这时沈几既已通显，而能不避指摘，署名参阅，说明他思想上的放达，在提倡发扬才智、反对禁锢人们头脑的问题上，有和梦龙见解一致的地方。

沈几于崇祯四年成进士，数年后始能官福宁。按福宁自明成化时起由县升为直隶州（州治在今福建省霞浦县），与府同级，有属县。梦龙曾官知县的寿宁，正是福宁州辖地（清雍正十二年改福宁为府，故乾隆《福宁府志》卷十七《循吏》有梦龙略传）。梦龙是崇祯三年的贡生，又经过四年时间始由丹徒训导升寿宁知县，沈几官福宁知州即在此时。看来梦龙能以岁贡选授寿宁县职，当与沈几的援引有关。在梦龙晚年的历史上，沈几是一个有重要关系的人物。

这里须对张我城作一些附带的说明。他的事迹虽无考，但从梦龙的有关记述中可以看出两人关系的密切，以及他在梦龙著述流传上的重要作用。他不但和沈几同是《智囊补》的参阅者，而且早在天启五年刻行的《春秋衡库》上，亦题"张我城参"。梦龙在《智囊补》的序言中说自己书既辑成，从家乡出发赴建福时，"社友德仲氏以送余故，同至松陵"。足见他们之间感情的深厚，并可证明张也是复社中人。序文还说："德仲氏先行余《指月》《衡库》诸书，盖嗜痂之尤者，因述是语为叙而畀之。"可见《麟经指月》《春秋衡库》以及《智囊补》等书，都是张我城代为梓行的。

十四　毛晋

毛晋（1599—1659），初名凤苞，字子晋，号隐湖，江苏常熟人，明末著名的藏书家和刻书家。他一生隐居不仕，壮年后惟以访书刻书为务。宋元佳椠、精本名抄，皆云集于门，尝构汲古阁、目耕楼以庋之。他以汲古阁名义梓行的《津逮秘书》以及其他经史巨帙、历代诗词等，流布海内，极负盛名。他曾师钱谦益，事迹见钱所撰《隐湖毛君墓志铭》（《隐湖题跋》卷首）、陈继儒等人的《隐湖题跋序》以及徐鼒《小腆纪传》卷五十八《逸民传》。

毛晋《隐湖遗稿》中收《和友人诗卷》一册，不分卷，其中有和冯梦龙《冬日湖村即事》一首，并冠以冯的原作（即《明诗综》卷七十一所选七律）。毛氏在《诗卷》的弁言中说："余自丁巳岁治诗叔子魏师之门，得尚友诸君子，辄以诗篇见赠。或遥寄邮简，或分题即席，不揣矢和，迄今癸未，纸墨遂多。"展卷再读，半属古人，不胜今者之感也。文中"叔子魏师"是指常熟魏冲。所称"丁巳"即万历四十五年，时梦龙四十四岁，毛晋二十岁，两人成忘年之交当不早于其时。又《诗卷》所收作品止于癸未，即崇祯十六年，时梦龙已七十岁。

从《和友人诗卷》看，原诗作者许多人与梦龙亦有交往。又《隐湖遗稿》中收《明介编》一册，辑录了顺治十六年毛晋六十寿辰时友人为他祝贺的作品。时梦龙早下世，但其中存有沈自南、王挺、姚宗典等人的赠诗，他们都是梦龙生前的知交，因而也可以推见冯、毛之间的关系。

钱谦益在《隐湖毛君墓志铭》中说："子晋……壮从余游，益深知学问之指。意谓经术之学原本汉唐，儒者远祖新安，近考余姚，不复知古人先河后海之义。"这揭示了毛晋大力刊布古书的思想根源，同时也说明他在学术观点上和复社人物是一致的。冯梦龙晚年加入复社，除去因为在政治上倾向东林之外，显然在学术问题上也有了和毛晋相同的认识。

由于明代戏曲创作的繁荣，毛晋在戏曲的搜集、校理和出版方面也做出了很大贡献。他所辑刊的《六十种曲》，使许多重要剧作得以保存和流通，对后来的戏曲创作与演出都产生过深远的影响，其中也选收了冯梦龙所修改勘定的作品。

十五　董斯张

董斯张（1586—1628），原名嗣章，字遐周。浙江乌程（今吴兴）人，国子监生，未仕。祖董份，字用均，曾官礼部尚书，有《泌园集》。子董说，字若雨，明亡隐居，后祝发为僧，是著名的遗民，撰有《七国考》、《西游补》和《丰草庵全集》。斯张出身豪富而勤勉好学，擅诗词，与吴江周永年、同邑茅维（茅坤少子）、臧懋循等为词友。《明诗综》卷六十五、《明词综》卷五、《明诗纪事》庚签卷八录了他的作品。《列朝诗集小传》丁集下称斯张"少负隽才，……善病，药碗不去口，喀喀作血，犹伏床枕书，年未四十而卒"。

《太霞新奏》卷七有龙子犹《代董遐周赠薛彦升》散套，序谓"苕溪董遐周来游吴下"云云，可以看出斯张和冯梦龙之间的某些交往。梦龙对斯张的学识与创作才能都是很钦佩的，同书卷十选录了斯张的《赠王小史》套曲，注云："遐周绝世聪明，其所著《广博物志》《静啸斋集》俱为文人珍诵。惜词不多作。"在此之前，斯张曾为梦龙的散曲集《宛转歌》撰序，并代为梓行，序文见卫泳所辑《冰雪携》卷三。又《新奏》卷七录龙子犹《怨离词》套数，篇末附"静啸斋评"，即斯张对套曲所作的说明及评价（"静啸斋"是乌程董氏书室，明崇祯刊本董说《西游补》亦题"静啸斋主人著"）。这些，对了解梦龙的生活和曲作都有参考价值。

董斯张也是一位民歌爱好者。冯梦龙《童痴一弄》卷三收《喷嚏》一首，是〔挂枝儿〕中的名篇，实即斯张模拟民歌的作品。梦龙在按语中说："此篇乃董遐周所作。遐周旷世才人，亦千古情人，诗赋文词，靡所不工，其才语不能测之，而其情则津津笔舌下矣。"同书卷四《送别》后附有梦龙及其他文人的拟作五首，也引录了斯张的评语。从对民歌俗曲的重视来看，董、冯在文艺思想上有相一致的地方。

斯张的学识也较渊博，朱彝尊曾推为"洽闻周见"，并以之与《野获编》的作者沈德符相比（《静志居诗话》卷十八）。他的著述有冯梦龙提到的《广博物志》四十卷（《四库总目·子部·类书类》存目、《明史》卷九十八《艺文志三》作五十卷）、《静啸斋存草》十二卷附《遗文》四卷（清代列入《全毁书目》，传世者有崇祯二年刊本，《遗文》另有清末刊本）。此外还撰有《吹景集》十四卷（《千顷堂书目》卷十二《子部·小说类》）、《吴兴艺文补》七十卷（《明史》卷九十九《艺文志四》）及《吴兴备志》三十二卷等。

第三辑

吴敬梓的用世思想与《儒林外史》的主题[*]

吴敬梓在《儒林外史》中尖锐讽刺了封建士子沉溺科名、苟求富贵的卑污行径，也衷心赞扬了一些有真才实学的正派文人不慕荣利的情操。他自己一生没有做官，而且从中年时代就彻底摆脱了举业的羁绊。这样，人们就很容易只看到他襟怀淡泊、志行高洁的一面，而忽略了他的积极的用世思想，忽略了他对变革现实的深情关注的态度。事实上，他如果是一个完全超脱或者淡漠的人，他的作品就不可能反映出社会生活中的重大问题，就不可能表达出人民的心声、揭露封建末世的黑暗，从而肩负起当时进步文学所应承担的历史任务。因此，对吴敬梓的用世精神做一些必要的探讨，对我们全面了解他的思想，准确把握《儒林外史》的主题和现实主义成就，是有重要意义的。

一

把吴敬梓当成一个鄙弃功名的孤高隐逸之士而加以渲染，并不从近人开始。在他生前，许多崇慕他的诗人学者，就已经对他的政治态度和思想面貌做过若干不切实际的记载与描绘。涂逢豫赠他的诗作中有云："曾见鹤书飞陇畔，谁知豹隐隔山中。"（杨钟羲《雪桥诗话》三集卷七）就是赞美他逃避征聘的遁世行为。金兆燕在《寄吴文木先生》（《棕亭诗抄》三）中称颂他辞谢征辟的情况时也说：

———————
* 本文原刊《河北师范学院学报》1981 年第 1 期。

> 昔岁鹤版下纶扉，严徐车马纷焱驰。蒲轮觅径过蓬户，凿坏
> （péi）而遁人不知。

诗篇在这里用了鲁君欲相颜阖，颜阖在聘使到门时凿穿后墙而逸去的典故，借以形容吴敬梓的旷达清高，拒绝了乾隆元年安徽巡抚赵国麟对他的荐举。接着，长诗又写了此后十五年乾隆首次南巡时他不肯随众"迎銮"的节概：

> 昨闻天子坐明堂，欲祭衡霍巡南方。……负薪老子露印绶，妻孥稚息趋路旁。先生何为独深藏？企脚高卧向棚床。

不少研究者认为，从金兆燕的赠诗中，很可以看出吴敬梓对这次"南巡盛典"的反感，看出他的孤傲性格，说明他对当时最高封建统治者采取了极端轻蔑的态度。金兆燕是吴敬梓一生中最亲密的戚友之一，同时又是《儒林外史》的第一个刊行者，他对吴敬梓的为人和事迹的描述，应当十分可信。大家以他的话为论据是完全有理由的。

然而事实却绝非如此。吴敬梓对待功名禄仕和封建皇帝的态度，并不象金兆燕所形容的那样。这里我们只举一件事实来说明：吴敬梓的长子吴烺在乾隆这次南巡时，曾以"迎驾献赋"受到赏识，"诏赐举人，授内阁中书"（《安徽通志》二二九《人物·文苑》）。根据清朝对官吏"封赠先世"的规定，凡四至七品官，均依本身的官称封赠其父母。品级愈高，封赠愈远，这就是做官可以"光宗耀祖"的具体体现。按照吴烺的实际官职，所以吴敬梓也在两年后被"敕封"为"文林郎内阁中书"（"文林郎"在清代是七品封阶）。《吴敬梓集外诗》中所收的《金陵景物图诗》二十三首，首页就明题"乾隆丙辰荐举博学鸿辞、癸酉敕封文林郎内阁中书、秦淮寓客吴敬梓撰"。这样的署名，把过去曾被征辟的事实和本年内皇帝授予他的封号一起写了上去，显然是引为荣耀。《集外诗》的编者认为，署名虽然有可能出于诗篇抄录者樊明征之手，但既盖了吴敬梓的名章，说明他是同意这样写的。我们感到尤其值得注意的是，他在署名下面还另加了一方为受封而新镌的"中翰之章"的图章，这就更足以证明他对晚年得

来的官阶封号十分珍视，是怀着十分欣慰的心情接受下来的。

这件事情虽然很简单，但除去可以证明他头脑中并没有所谓反清的民族意识之外，还有力地说明了以下两个问题：一，吴敬梓是以自己在中年被荐、晚年受封为荣的。乾隆南巡时，他固然没有随从趋迎，但也绝不是用"企脚高卧向栩床"的态度来表示对最高封建统治者的轻蔑。二，他在思想上、行动上一直有清高淡泊的一面，可是直到他去世前不久，也还有不能忘情于功名禄位的另一面。他的思想其实是复杂的、充满矛盾的。涂逢豫、金兆燕等人的赠诗，不过就他一生不肯苟求利达的操守加以渲染夸张，着重赞美他的狷洁品格罢了。

如果明确了以上的问题，就会清楚地看到：吴敬梓既不同于清初顾、黄一辈"义不仕清"的处士，更不是许由、巢父一类的隐者。小说中庄征君应荐赴京时曾对他的娘子说："我们与山林隐逸不同，既然奉旨召我，君臣之礼是傲不得的。"（三十四回）这代表了吴敬梓的观点，他认为承认君臣大伦并无损于他笔下正面形象的高洁。必须看到吴敬梓和"山林隐逸"之间的根本差别，才能准确、全面地了解他的思想行事以及《儒林外史》的创作意图。

在私有制社会里，知识分子经纶济世的事业心，总是和功名富贵观念融合在一起的。只想徜徉山林，也就谈不到兼济天下。事实表明：吴敬梓不仅在他放弃举业前的诗赋中时时表露出对功名仕宦的向往，而且后来也依然有一种沉埋草野的强烈苦闷。他在经过征辟之后写的《投金濑》一诗（《文木山房集》三），是咏伍子胥乞食投金的故事。诗篇写了浣纱女"女儿三十无夫家，日日临流汻游绕"的寂寞生活，写了她葬身溪水，取信于人的悲壮行动，然后深有感慨地说：

　　人生遇合会有期，倾城颜色无人知。若教身入吴王苑，尊荣宁得让西施！

吴敬梓以这样新奇的构思来刻画浣纱女的美好形象，正是借题发挥，托古言志，抒写自己渴望脱颖而出，见用于世的真挚感情。

《雪桥诗话》余集四载有吴敬梓的一首逸诗《老伶行》，是为一个年青时受过康熙宠遇的老伶工王宁仲写的，据我们考察，当是吴敬梓四十至四十五岁间的作品。王又曾在《书文木山房诗集后》中所说的"一首《老伶》吴祭酒，几篇乐府白尚书"（《丁辛老屋集》十二），就包括了对这首著名歌行的称道。诗篇在写到王宁仲的晚景萧条时说：

> 一声歌罢群称善，都缘曾侍瑶池宴。似从天上谪人间，屈指流年若飞电。我语老伶声勿吞，曾受君王赐予恩。才人多少凌云赋，白首何曾献至尊？

这是对一位穷愁潦倒的老艺人的深情慰藉，同时也表露了诗人自己苦无遇合、徒伤老大的愤懑与牢骚。

吴敬梓不仅希望自己能有所建树，而且也切盼自己所敬佩的人物能够得到重用。譬如被他在小说中取做虞博士原型的吴培源，考中进士后却仅仅得了一个县学教谕的卑微职务（《江宁府志》二十二《秩官》），就使他感到十分惋惜和不平。他在《赠家广文蒙泉先生》一诗中为对方解嘲说："清才堪禁近，课士且卑栖。"又说："岂合甘肖散？应难得久稽。声称盈玉殿，依旧赴金闺！"（《文木山房集》三）这时吴敬梓个人虽已放弃举业，但仍祝愿自己所爱戴的贤者能够尽快地受知于清王朝，做一番有益的事业。这也从另一个角度上反映出他的积极的用世热忱。

二

吴敬梓一直怀着济世的愿望，然而他却始终未能在政治上有所表现。这除去际遇所限，客观上没有为他提供机会外，他自己身上就存在着两种不可克服的矛盾。

首先，他虽然有热情，有抱负，但实际上却并无政治方面的才能。他所能设想到的，无非是靠封建礼乐一类的"政教"、靠被他理想化了的生活秩序去刷新当时的政治和社会。这当然只能是一种幻想，而且自己也深知难以实施。小说从侧面写道，杜少卿的父亲在太守任上极力倡导"敦孝弟，劝农桑"之类的教养措施，终以不合时宜而被免职。庄征君受到皇帝

"悉心为朕筹画"的嘱托，"把教养的事，细细作了十策"，结果是石沉大海，杳无下文（均三十四回）。此外，吴敬梓也考虑过一套有利于人民生活和生产的计划，象肖云仙在青枫城那样，用几年时间实行生聚教训，发动群众去垦田、修渠、植树、兴学，因而出现了一时的太平景象。但这在社会制度没有变革的情况下，根本不可能成为现实。肖云仙的功业是以破产偿官而告终的。由此可见，吴敬梓虽有济世之心，而除去一些自认为不可能实现的设想之外，并无另外有效的匡济之策。他毕竟只是个文学家而并非政治家。

在政治才能不足这一点上，吴敬梓是有自知之明的。所以他平时在功业方面虽然相当自诩，而真正遇到机会则又缺乏自信。顾云《盋山志四》记他自述不就征辟的理由时说：

> 吾既生值明盛，即出，其有补斯世耶，否耶？与徒持词赋博一官，虽若枚、马，曷足贵耶？

这种记载基本上符合吴敬梓的思想实际。因为他虽有雄心，可是在改革政治上并拿不出什么有效的办法。出仕的结果，很可能是只充当个粉饰太平的词臣，而这又不是他的夙愿。《儒林外史》三十三回写迟衡山鼓励杜少卿说："此番征辟了去，替朝廷做些正经事，方不愧我辈所学。"而杜少卿的回答却是：

> 这征辟的事，小弟已是辞了。正为走出去做不出什么事业，徒惹高人一笑，所以宁可不出去的好。

这是很诚恳的话，与《盋山志》所记大体相似。虽然杜少卿的形象并不等于吴敬梓本人，但总可以供我们了解他的思想时参考。

其实吴敬梓最终没去参加博学鸿词的廷试，究竟是因为大病不能就道，还是借小病不肯就道，并非什么本质性问题。主要的倒是应当看清，他在应考出仕的问题上，始终存在着严重的思想冲突：他希望有所作为，而又感到自己并无可为，客观上也难有所为。因此他才会在辞聘的当时和以后，常常患得患失，出现了有时认为值得庆幸、有时又不免深感遗憾的复杂微妙的心理，并且反映在他的诗词作品当中。如果我们只摘取一个方面，就无法说明他的真实思想情况。至于对征辟本身，他绝无鄙视的意思。小说中写肖柏泉奉承庄征君"不屑这征辟"，庄征君笑着驳斥他说："征辟大典，怎么说是不屑？"（三十五回）这也就是吴敬梓虽未应征，赵国麟也终于没把他的名字上报（据《词科掌录》及《鹤征后录》），而他却一直把"与荐鸿博"引为荣耀的原因。

其次，吴敬梓身上还有另外一重矛盾，那就是他虽有功名观念，济世热情，却又不肯结交冠盖，与世俯仰，降低个人的尊严。这种耿介的性格，也注定了他一生的落拓不偶。

他并非鄙夷所有的显宦，也不是和他们绝无交往，不过他有自己的取舍标准，就是看他们是否懂得礼贤爱士。他称颂嵇曾筠为"贤相"，主要是因为嵇以阁臣出任河督时，曾把吴培源招至幕府，加以礼遇（《赠家广文蒙泉先生》）。他始终尊敬在上江督学任内举荐过自己的郑江，这不仅出于个人知遇之感，而且因为郑在升迁之后一直肯于奖掖后进，重视斯文（《耆献类征》一二五）。卢见曾两任两淮盐运使，以热情延揽人才著称。故宫博物馆所藏反映卢见曾遣戍生活《雅雨山人出塞图》，上面有吴敬梓的题诗，说明他们之间存在着一定友谊。然而尽管如此，吴敬梓也不肯依人作客，赖人揄扬。《扬州画舫录》十·三八备载卢见曾所罗致宾客名氏，先后计数十人。大学者如戴震、惠栋，著名诗人如厉鹗，负有盛誉的画家如郑燮等，均在其内，可是绝未提及经常旅寓扬州的吴敬梓。这很能说明问题。"一事差堪喜，侯门未曳裾"（《春兴八首》之三），他为自己从未攀援显贵而感到自慰和自豪。这当然是一种可贵的品格，可是却不能不承认和他的兼济愿望是相抵触的。他的挚友程廷祚为《文木山房集》写的序言中说：

> 以敏轩之才，必见用于世。而山林之间，不能不与予以离群之感，为可跐踏也。

程廷祚完全理解吴敬梓的用世热忱，认为他可以有所作为，给了他一定鼓励。但同时也看出他的落落寡合的"弱点"，感到他的狷介性格终将成为他能够"见用于世"的障碍。可见朋友之间对他主观方面存在的这种矛盾也是看得很清楚的。

三

吴敬梓始终是一个社会和人生的深情关注者。"不为世用"并未使他仅仅去独善其身,并未熄灭他的济世热情,而是把这种热情转移到《儒林外史》的创作方面来。

他在开始迁居南京时就说过:"千户之侯,百工之技,天不与梓也;而独文梓焉。"(《移家赋·序》)说明他后来虽常自嗟不遇,实际上则深知个人的短长,早就意识到自己终于要走一个文学家的道路。不过朋友们一向把他看成一个才富学赡的诗人,而他却按照自己的进步文学观念,选择了被一般士大夫所轻视的"稗说"为武器。他写小说,不是为了自遣,更不是为了出名。在那个时代环境里,写小说并不能取得社会地位,根本不是求名的途径。他的创作动机是明确的,那就是通过自己的作品来针砭现实,促进变革,做到他所说的"有补斯世"。

作为一个束身于名教之内而又接受了反封建进步思潮影响的知识分子,吴敬梓的用世思想固然具有维护封建制度,挽救封建社会的明显意图,同时也包含了与封建主义相对立的带有民主主义性质的变革要求。他所处的康乾时代,有政权相对稳固、经济发展繁荣的一面,也有僵化腐朽、危机重重、趋向衰落的一面。从封建观念出发,他在自己的诗文中虽也称道过当时的承平表象,但具体的生活经历和进步的时代思潮却又使他深切认识到封建末世的窳败与可憎。特别是八股科举对广大士子灵魂的腐蚀、对整个社会的严重危害,使他感受尤深,痛恨尤烈。为了掊击时弊,纠弹世风。他的小说正是以揭露八股取士的罪恶实质和封建士子的精神堕落为中心,多方面批判了清王朝统治下的黑暗社会,表达了他关注现实、渴望变革的热忱。这就是《儒林外史》的具有深远历史意义的主题。确定这一主题,正是他的用世精神的一种深刻表现。

旧刊本《儒林外史》卷首都冠有一篇托名"闲斋老人"的序言。其中有些话，对我们了解吴敬梓以创作济世的意愿和小说的现实主义成就，很有启发。如说：

> 夫曰"外史"，原不自居于正史之列也；曰"儒林"，迥异于玄虚荒渺之谈也。……篇中所载之人，不可枚举，而其人之性情、心术，一一活现纸上。读之者无论是何人品，无不可取以自镜。传云："善者，感发人之善心；恶者，惩创人之逸志。"是书有焉。

序言作者所说的劝善惩恶，当然还带有封建主义色彩。但他在这里概括说明了小说的创作意图和教育作用，把它看做我们常说的"现实生活的一面镜子"，讲得很好。这些话的意思是说：《儒林外史》是社会生活的真实再现，它塑造了大量性格鲜明的生动典型，对读者有广泛的借鉴意义；作家要以他笔下的正面形象和美好品德激发人们向上，也要对那些反面人物和丑恶现象加以鞭挞，使人们知所戒惧，以期有助于促进社会风气的变革。从《儒林外史》的实际内容和社会效果来看，序言所作的简括评价，无疑是正确的。这部讽刺巨著的意图，就在于帮助人们分别美丑，深刻认识当时的现实，并且希望这种认识能够反过来作用于现实，而这也正是我国古代批判现实主义文学的优良传统。

《儒林外史》不以消极暴露为目的，还表现在它通过自己的艺术描写反映了作者的一些正面主张和理想：

第一，吴敬梓在讽刺种种黑暗社会现象的同时，还歌颂了一些不同类型的人物特别是下层人民的美好情操，从而使小说中出现了许多感人的情节和形象。这不仅是为了反衬丑恶，形成对比，而且也说明他在找不到改革出路的情况下，把希望寄托于整个社会对品德的重视，寄托于知识分子的知耻自励和精神境界的提高。基于这种幻想，小说所提倡的道德标准，内容是十分复杂的。其中有下层人民的诚笃善良和不慕显贵的淳朴本色；有正派文人的廉隅自重和旷达襟怀；但也包括了封建阶级极力宣扬的孝悌之道以及名分思想、门望观念之类的消极内容。从我们看来，这些封建意识显然属于作者世界观中的落后因素。可是他本人却把这些也都看做足以纠正当时浇薄的社会风俗、抵制"势力见识"侵蚀的有力精神武器。这种认识，对一个封建士大夫来说，是完全可以理解的。

第二，小说还热情赞扬了反礼教的叛逆精神，表达了出现在封建末世的初步民主主义思想。很多研究者十分注意杜少卿和沈琼枝这两个不同性质的艺术典型，就是因为他们的一些敢于背离传统观念的言行，都表现出向封建礼教和理学统治的勇敢挑战，显示了作品的时代特征。此外，小说对于封建礼教的虚伪性和残酷性的无情抨击，也都蕴含着作者的正面理想，体现了他要求冲破封建主义束缚的民主主张。因此我们才会认为，吴敬梓的济世热情，不仅是为了维护封建制度，实际也包括着对这个腐朽社会制度的破坏与冲击。后面一点，是他终于不可能见用于世的另一个重要原因，但却构成了小说的最有进步意义的内容。

第三，《儒林外史》在对人物的具体刻画中，也提倡过立功求仕甚至"报效朝廷"之类的思想。第三十九回写郭孝子和肖昊轩就曾先后对肖云仙进行过这种劝告。这一部分情节在思想上、艺术上虽然并不高明，而我们却没有理由怀疑这段文字，认为他不代表作者的观点、不出于作者的手笔。事实上，这也是作者的用世思想中不可忽视的一个方面。后来肖云仙在青枫城的一番业绩，也正由于上述的鼓励对他产生了作用。不但如此，小说还塑造了一些身在江湖、心怀魏阙的正面人物。象在古礼制研究方面有真才实学的迟衡山，虽然不求禄仕，对八股科举也抱着强烈反感，可是一直关心"政教"，讲究经纶，时时为转变不良的社会风习着想。他实际也是个用世派，并在作品中受到充分的肯定。这都说明，吴敬梓虽处草野而不忘兼济的心情，在小说中是有所表露的。

从以上几点可以看出，尽管吴敬梓的正面主张不一定全有积极意义，但他绝不仅是当时社会病态的一个冷峻暴露者，而且是一个如何涤荡这些病态的热情探索者。这正是由他的用世精神、他对现实生活的密切关注态度所决定的。

应当说明，吴敬梓虽然接受并宣传了当时初步民主主义思想，可是他对历史发展趋势的认识却十分渺茫。小说赞美了一些下层人物的可贵品质或新的思想，并把四个所谓市井奇人作为全书的收束，很难说就是把社会的未来寄托于市民阶层的意思。沈琼枝的反抗行动诚然带有新的内容，不过还不能从她的斗争中看出任何胜利的前景。结尾四个人物的突出特点是恬淡豁达，自食其力，向往无拘无管的自在生活。但是小说所肯定的某些正派文人身上，也往往具有同样的特色。因为按照作者的理解，卖画卖文为生，也都是自食其力，所以琴棋书画见长的"四客"，虽然隐身市井，不入儒林，本质上也还是封建知识分子，并不属于市民阶层。从小说的具体描写来看，无法说明这些所谓市井细民有哪些地方代表了历史发展的方向，实际情况是，吴敬梓在探索社会和人生道路的问题上，并未得出哪怕是十分朦胧的结论，并未看出什么是新的趋势、新的萌芽，谈不到寄希望于某个阶层。正因如此，才会在作品接近收束的部分流露出一种寂寞怅惘、无所依归的空虚心情。

四

鲁迅在评价《儒林外史》的成就时，曾说它能够"秉持公心，指摘时弊"；并且称它为"以公心讽世之书"（《中国小说史略》第二十三篇）。这所谓"公心"，就是一个进步作家的善善恶恶之心，就是吴敬梓关心社会、同情人民的民主思想和用世精神。正是基于这样的公心，他的杰出作品才会以揭露八股取士对整个社会的危害为中心，从多方面批判了封建末世的黑暗，表达出他关注现实、渴望变革的热忱。对于《儒林外史》的这一深刻主题，大家的认识可以说基本一致，但也存在一些显著不同的看法。根据对主题的不同理解来论证全书，在评价上就会出现较大分歧。譬如认为长篇主要表达了作者"轻视功名富贵"的思想，或说全书是通过对八股科举的批判来"否定功名富贵"，或则把反对功名富贵作为小说思想内容的一个主要方面等等，和我们所看到的吴敬梓的用世精神以及长篇的创作意图，就是有差别的。

上文的论述表明，吴敬梓从来没有一般地否定过功名富贵。他不仅在辞聘之后仍然常有"难求富贵""羞梦公卿"（《内家娇·生日作》）之类的慨叹，而且最终也对它未能完全忘怀。因为这和他关心社会的热情是紧密联系在一起的。他所反对的绝不是功名富贵本身，而是醉心名利，不顾文行，通过可悲可耻的途径去营求禄位或欺世盗名。小说中匡超人之所以为人憎恶，绝非因为他究心举业、应考做官，而是因为他在科举制度的腐蚀下堕落成一个利欲熏心的负义之徒，一个厚颜无耻、到处造谣的骗子。相反，对匡超人极力提携的李给谏，虽然纯乎是功名富贵场中的人物，可是由于他能够怜才惜士，对匡的感情十分真切，所以留给读者很好的印象。小说写他一度被参时，百姓鸣锣罢市，聚众挽留，就是对他有意的表彰。从作品对于人物的褒贬爱憎中，可以看出吴敬梓所批判的并非"功名富贵"本身。

有些人认为吴敬梓是鄙弃做官的，所以小说中对大小官吏都做了无情的鞭挞与辛辣的讽刺。这恐怕不是事实。其他且毋论，蘧佑和王惠是前后任南昌太守，但后者是贪官酷吏的典型，前者则是作者以喜爱心情塑造的正面形象。小说写蘧佑在任期内务在"与民休息"，做到"讼简刑清"，连请来的"幕宾先生，在衙门里都也吟啸自若"，这与王惠的贪酷形成了鲜明对照，显然是寄托了作者政治理想的人物。蘧佑对出仕也有过后悔情绪，感到自己"不曾做得一些事业，不如退休了好"，甚至连独子亡故也说是自己"做官的报应"（均第八回）。这绝不能用来证实作者反对以至诅咒做官，而是表明在当时的历史条件下，做官也难以有作为、难有好收场，实际是对封建政治的一种尖锐批判。吴敬梓为了抨击以功名富贵为诱饵的取士政策，所以常把知识分子对于科甲禄位的淡泊与热衷作为区分他们品格高下的标准，这是事实。但从他的全部生活实践和创作实践来看，没有任何地方可以说明他对出仕者的一概厌恶与否定。

对吴敬梓的思想和《儒林外史》的主题存在着分歧理解，重要原因之一是大家对全书的楔子一直有不同的体会。

小说在第一回里以朱彝尊的《王冕传》（《曝书亭集》六十四）的某些记载为间架，精心塑造了王冕这样一个品识高超的知识分子形象。把这个人物放在开端，一是为了树立一个敦品矫俗的典范，作为评价全书人物的尺度；二是为了通过描写他的卓识来指出，八股取士是使士人丧失廉耻、不顾"文行出处"的罪恶根源。这就是借他来"敷陈大义""隐括全文"的全部意义。不过，作者自己并没有把王冕当成一个刻板的模式，当然也不是让人按照他的一切行事来机械地衡量全部人物的高下贤愚。

王冕洁身自好，隐居避世，平生以泄柳、段干木自况，是只有"处"而不肯"出"的。这一点，丝毫不影响蘧太守、肖云仙以至向道台等等的官吏是小说里的正面形象。虞博士是书中第一位"大贤",可是一生坚持应考,直到半百之年才中式、授职,后来又选到浙江去做官。他把科名禄仕当做嗷饭谋生的途径,与王冕迥然不同,而作者并没认为这是白圭之玷,仍旧把他尊为伯夷、柳下惠式的人物。庄征君拒绝权臣笼络,并且在赴召之前就对娘子声明:"我就回来,断不为老莱子之妻所笑。"然而他毕竟愉快地接受了皇帝将玄武湖赠与他"著书立说,鼓吹休明"的"恩旨",回家后就"作速搬到湖上去受用"(三十五回)。这种描写,也绝不说明他是个"敕封"隐士,御用文人。和这些人物相反,杨执中是安贫守拙、辞官不就的,虽然家里还挂着"报贴",却并未借此招摇标榜,与权勿用之流的假名士、假道学还有所不同,可他仍旧是小说中被讽刺的对象,没有因为辞官而使人感到他的清高。

这些具体情节,从正反两方面说明了把王冕作为理想中最完美、最高尚的知识分子典型,绝非为了否定功名富贵,教人遁世逃名,而是要求一个封建士大夫能够注意敦品励行,讲求道德学问,无论出仕或退隐都要保持高洁的操守。这样就叫做看重"文行出处",就是小说正面提倡的作人的准则和处世的依据。

认为《儒林外史》主要是表现对功名富贵的否定,还由于受了闲斋老人序言中某些评断的影响。这篇序言曾说:

> 其书以功名富贵为一篇之骨:有心艳功名富贵而媚人下人者;有倚仗功名富贵而骄人傲人者;有假托无意功名富贵自以为高,被人看破耻笑者;终乃以辞却功名富贵,品地最上一层,为中流砥柱。

有的同志虽然对《儒林外史》的思想和艺术提出过不少精辟见解,但仍认为闲斋老人这些话能够全面概括地阐明全书的主题。其实,所谓"以功名富贵为一篇之骨"的说法,意思是很不明确的。如果他是说:小说的特点之一,就是围绕对待功名富贵的态度问题,批判了种种卑劣表现,而把重视品节、淡于荣利的人当作改变不良社会风气的中坚,那当然没有什么不妥。如果他所谓"一篇之骨"就相当我们现在所说的主题,那么他所做的概括就是不全面、不确切的,不能用来代替我们的论断。因为从吴敬梓的生活道路和全部创作实践来看，无视于他的积极的用世精神，笼统地认为他反对功名富贵，并不符合实际；而且长篇的中心也绝不在于专门表彰退隐，提倡避世。因此，也就不能仅仅以对功名富贵的轻视来总括全书丰富深刻的思想内容。

（本文是作者为纪念吴敬梓诞生二百八十周年作）

吴敬梓对清代文化专制政策的批判[*]

　　吴敬梓生活在清朝封建专制统治极为严酷的时代。这一阶段内的几个封建帝王，有的虽然在历史上做出过某种贡献，但他们为了巩固自己的统治秩序，使广大臣民慑服于自己的声威，对思想、文化的控制比以往任何时候都更为严密，手段也更加苛酷、阴鸷和多样。鲁迅曾说："清初的康熙、雍正和乾隆三个，尤其是后两个皇帝，对于'文艺政策'或说得较大一点的'文化统治'，却真尽了很大的努力的。"同时还指出，如果把反映出他们那些手段的资料加以钩稽和排比，"我们不但可以看见那策略的博大和恶辣，并且还能够明白……遗留至今的奴性的由来"（《且介亭杂文·买〈小学大全〉记》）。所以认真研究封建文化专制政策的一些特点，对后来消除长期遭受这种统治的影响，很有意义。

　　《儒林外史》的杰出成就之一，就是从暴露愚民政策的八股取士制度入手，比较全面地批判了清王朝所推行的文化专制政策，揭示出这种思想统治对社会人心的危害与摧残。单就这一富有历史特征的内容来说，已经足以使这部卓越的讽刺小说永远闪烁着进步的思想光芒。当然，吴敬梓没有可能掌握更强有力的思想武器，他的批判还表现出很大的局限性和不彻底性。但他对当时文化专制政策所能做出的揭露与抨击，仍然具有十分重要的认识作用；同时，对我们今天深入批判封建主义，肃清封建流毒，在某些方面也是有启发的。

---

　　[*]　本文原刊《河北大学学报》（哲社版）1980 年第 2 期。

一

以八股文为考试内容的科举制度，从明朝初年确立之日起，就不断引起一些眼光比较敏锐的封建知识分子的不满和反对。明亡以后，以顾炎武、黄宗羲等为代表的先进思想家们，也曾对它的历史罪恶进行过愤怒的声讨与清算。吴敬梓生活的时代，是清王朝的统治处于相对巩固的时代，也是它所采取的一系列文化统治政策已经造成显著恶果的时代。他发扬了以往的进步思想传统，尖锐地提出过"如何父师训，专储制举材"的激愤谴责与质问（王又曾《丁辛老屋集》卷十二《书〈文木山房诗集〉后》自注引），并且通过自己的小说，就八股取士制度本身以及它对当时整个社会的严重腐蚀和危害，做了深刻有力的暴露。其中最值得注意的，则是揭示了这种考试制度作为一项文化专制政策的反动本质。

文化专制政策实质上是思想专制主义的产物。《儒林外史》以生动的艺术形象表明，八股文完全是用来钳制士人思想、推行愚民政策的工具。因为写这种应试文字的首要条件必须"代圣贤立言"，必须符合法定的内容，并非仅仅在结构层次上有刻板的程式。这就是说，全篇文章只许阐发孔孟程朱的议论，不准"有碍于圣贤口气"，不准改变既定的文风，当然也就不可能有丝毫个人的独立见解。小说在第四十三回里，曾由著名的八股选家马二先生强调说：

> 古人说得好："作文之心如人目。"凡人目中，尘土屑固不可有，即金玉屑又是着得的么？

这是一个非常贴切而形象的比喻，说明八股文在内容和词句上都要求纯而又纯，绝不许搀杂半点脱离或违背经、注的杂质。否则，就会如马二先生所说，使人"坏了心术"。这说明八股取士的根本目的就是把人们的思想、观点完全纳入既定的模式。不过马二先生的体会虽然很深，要真正做到却并不容易。他自己"补廪二十四年，就还是一领青衿"，且被高翰林讥为只会讲"门面话"。高翰林在夸耀他个人考中第一名举人的经验时说："小弟乡试的那三篇拙作，没有一句是杜撰，字字是有来历的，所以才得侥幸。"（第四十九回）这些话的意思并不象前人所考证出来的那样，是作者有意影射某某解元剽袭旁人试卷的丑闻（平步青《霞外捃屑》卷九），而是辛辣地讽刺了这样的现实：只有在实践中绝对做到了"代圣贤立言"，没有个人的一点见解，才是最合标准的全优文章。

八股文也叫"四书文"，要根据"四书"来命题和答卷。在写作中，凡是"四书"和朱熹《集注》中有的，必须恪遵；凡是稍不符合《四书》和《集注》的，不得阑入。这是清朝的"功令"，也就是高翰林们要大家终身揣摩的"举业金针"。著名史学家章学诚曾说，当时的风气是"士不工四书文不得为通"（《章氏遗书》卷四《答沈枫墀论学书》）。可见清朝统治者所要求的"通"的标准，就是失去独立思考能力，善于而且只会写这种"无一字无来历"的八股。

在《儒林外史》里，蘧公孙并不是什么高明人物。但他原来却有一个优点，即不肯重视"举业"，比较珍惜自己的思想自由。他的新婚妻子假借他岳父鲁编修的名义，请他写篇八股作业，他竟说："我于此事不甚在行。""这样俗事还不耐烦做。"结果惹得妻子"愁眉泪眼"，慨叹"误我终身"。后来勉强完成两篇，"编修公看了，都是些诗词上的话，又有两句象《离骚》，又有两句'子书'，不是正经文字。因此心里也闷。"（第十一回）蘧公孙所以碰这种钉子，就是因为他的文章打破了教条的约束，搀入了"尘屑"，存在着"坏了心术"的危险。

上述的情节都表明：以八股取士，并不是单纯为了使人无知无识的消极措施，而是一种积极的、用来划一和禁锢读书人思想的专制手段，是迫使人们头脑日益僵化、认识必须定型的精神枷锁。这就是它的愚民政策的反动实质。至于大家常常提到的一些情节，象范进官居学政，竟而不知苏轼为何人；汤奉是进士出身，居然把张乡绅的信口胡云当成"本朝确切典故"之类的话柄，不过是士子们只会念高头讲章所造成的必然结果。我们不应该仅从这类表面事实上来理解八股取士的愚民政策性质，因为吴敬梓对它的罪恶的揭露，实际要比这些更加深刻，更能鞭辟入里、击中要害，使人看到封建统治者的险恶用心。

《儒林外史》还着意描写了八股考试在推行文化专制方面的多种职能。

它不但是用来束缚士人头脑的愚民政策，同时也是对他们的一种羁縻政策、收买政策。读者们所熟悉的周进和范进，都是白发盈头的"童生"，生活上饱经冻馁，人格上受尽侮弄，整天要有多少辛酸泪咽在肚子里，但却一直陷身于举业而不能自拔。这两个人物的遭遇其实并不值得悲悯，因为他们毕竟在暮年走通了这条道路。事实上，倒是成千上万和他们一样苦熬岁月的士子，在难堪的折磨与羞辱中葬送了一生。究竟他们为什么陷入了这种圈套？作者又让迂直的马二先生毫无矫饰地揭示了其中的奥秘：

> 到本朝，用文章取士，这是极好的法则。就是夫子在而今，也要念文章，做举业，断不讲那"言寡尤，行寡悔"的话。何也？就日日讲究"言寡尤，行寡悔"，哪个给你官做？

这真是一语破的，赤裸裸地说穿了施受双方的心理：读书人为了要攀上可能使自己平步登云的阶梯，就必须俯首就范，钻研八股，放弃自己的意志自由；统治者正是靠功名利禄做钓饵，才能使读书人"入吾彀中"，长期用这种羁縻政策来实行严格的思想控制。

八股文对封建政治也是有腐蚀作用的，早在明代就已充分暴露出来。然而清朝统治者却一定要变本加厉地推行这种科考制度，显然看中了它是牢笼士子、维护封建统治的一件极为有效的法宝。根据《清实录》的记载，从康熙初年到乾隆中期，统治阶级内部在是否继续采用这种考试内容和方法的问题上，发生过多次争执。因为八股取士只能造就出吴敬梓所刻画的那些无学、无用而且无耻的文人和官吏，对封建政权也有不利的一面。但是，这种争议的最后结论总还是认为"其术莫善于此"，照旧顽固地推行下去。可见只要能桎梏人们的思想，只要有利于眼前的专制统治，他们是宁要不学无术的蠢材而绝不放心有真知灼见的人才的。正是针对这一情况，吴敬梓以他的严峻犀利的笔锋，对清王朝这种阴鸷而卑劣的文化专制手段，进行了有力的揭发与鞭笞。

二

大力加强封建礼教教育，充分利用名教观念对广大人民直接进行前所未有的控制，是清朝封建思想统治的一个突出特点。纲常名教所包括的内容，也就是八股制义所要阐发的内容。两者的精神完全统一，而且都是以宋代的程朱学说作为理论基础的。因此，吴敬梓对清朝思想、文化专制政策的批判，不仅表现在深刻揭露了八股取士的罪恶，同时还进一步抨击了封建礼教的残酷统治以及当时作为官方统治哲学的程朱理学。

虽然吴敬梓基本上还是束身于名教之内的知识分子，但从他的全部生活和创作来看，他对封建纲常伦理诸如父子、夫妇关系的看法，显然都突破了世俗的因袭观点。《儒林外史》中关于杜少卿的倜傥作风和沈琼枝的斗争性格的描写，也表现出向封建理学和礼教的勇敢挑战精神。小说曾以生动的细节描绘，辛辣地讽刺了封建礼教主义者的虚伪，给读者留下了鲜明印象。特别是写王玉辉的女儿活活饿死来"殉夫"的悲惨事件，更充分暴露了宋儒所鼓吹的节烈观的凶残本质，使我们从被害者的愚昧中看清了这种思想统治的可怖。后来戴震提出的道学家"以理杀人"罪更甚于酷吏"以法杀人"的著名观点（《戴东原集》卷九《与某书》），在吴敬梓的作品中先已得到了形象的体现。

小说所写的烈女殉夫的惨痛事件，是以真人真事为基础的。但这并不是什么偶然的、罕见的奇闻，而是当时社会生活中不断出现的实况。在清代新修或重修的府州县志里，"烈女"的事迹在"人物志"中总要占去极大篇幅。清人的诗文集中，表彰节妇烈女的作品也触目皆是。如果翻检一下吴敬梓在世期间的《清实录》，就会发现经常有各地督、抚学政奏请礼部旌表的成批的烈妇名单。这就可以看出小说所摄取的故事情节的社会背景以及人物形象的典型意义。吴敬梓的姨甥金兆燕曾用同一题材写过一首很带感情的长篇叙事诗（《棕亭诗抄》卷四《古诗为新安烈妇汪氏作》）。但那种感情却完全是封建主义者的感情，对"殉节"采取了衷心歌颂的态度，认为是广大妇女的表率。相形之下，更加显示出吴敬梓的思想的先进与可贵，说明他确是这种吃人的"精神文明"的激烈反对者，称得起是近代以至五四时期反礼教思潮的先驱。

清朝入关以后，就根据自己的政治需要，竭力表彰完全符合封建政权利益的程朱学说。当吴敬梓还在童年时期，朱熹已经被康熙捧为继孔孟之后的最高封建权威。他的理论和著作，被尊奉为不容置疑的封建法典；他所注释的经书，被规定为科场中不可逾越的神圣信条。不过，吴敬梓读书的范围一向很广，从来不肯受举业的羁绊。这是他思想开阔、见识宏通的一个重要原因。他迁居南京后所结识的一些朋友，多数是不满时弊、比较有真才实学的知识分子。比他年长十岁的程廷祚，是当时反对程朱最坚决的颜李学派在江南的主要代表人物，更曾对他的政治态度和学术观点产生过有力的启迪作用。这就使他有可能接受清初以来许多进步思想家的影响，从而形成自己对官方统治哲学所持的批判态度。

吴敬梓不是哲学思想家，但和程廷祚在学术见解上有许多共同点，都是既憎恶八股制义，又反对程朱理学的。从他们看来，八股文无非是推行程朱学说的一种工具，而程朱理学则是士人遵照"功令"读书应试的指导思想，二者有着不可分割的关系。吴敬梓为友人江昱《尚书私学》一书所写的序言（见焦循《扬州足征录》卷十三），就曾把八股和理学联系在一起提出过尖锐的批判。这篇文章指出了沉溺于举业的人总是要依傍理学"以自便其固陋"的事实，并且盛赞江昱注经能有自己的独立见解，说他"不在宋儒下盘旋，亦非汉晋诸贤所能笼络也"。针对当时令人窒息的学术空气，首先强调不受宋儒的约束，实际就是对清朝"功令"的否定。这篇序言的真正价值，不象有些同志所说的那样，可以看出吴敬梓对古文《尚书》的意见，而是在于他明确提出了"不在宋儒下盘旋"的主张，对封建文化专制主义的理论基础表示了公开的反对。

吴敬梓写过一部探讨《诗经》题旨的《诗说》，是和他鄙弃程朱的学术主张相配合的。乾嘉时代的著名学者如沈大成、章学诚等都曾提到过这部著作，但后来却一直未见传本。幸而《儒林外史》中有几个地方提到了杜少卿的《诗说》，还能使我们推见这部佚著的特点和它在当时的进步意义。如第三十四回说：

> 杜少卿道："朱文公解经，自立一说，也是要后人与诸儒参看。而今丢了诸儒，只依朱注，这是后人固陋，与朱子不相干。小弟遍览诸儒之说，也有一二私见请教……"

又如第四十九回：

武正字道:"提起《毛诗》两个字,越发可笑了。近来这些做举业的,泥定了朱注,越讲越不明白,四五年前,天长杜少卿先生纂了一部《诗说》,引了些汉儒的说话,朋友们就都当做新闻。可见'学问'两个字,如今是不必讲的了!"

这些话说明了两个问题:一是吴敬梓反对把朱熹的经注奉为金科玉律,当成千古不变的教条。所谓"只依朱注,这是后人固陋",这是对清朝政府的直接批判。二是这部《诗说》的最大特点即敢于突破朱熹《诗集传》的束缚,是吴敬梓自己坚决"不在宋儒下盘旋"的具体表现,但也因此而引起很多人的惊诧和不满。武正字的愤慨,也就是作者自己的愤慨。象这样一部与"功令"精神抵触的著作,得不到刻印机会而失传,可以说是必然的。王又曾《书〈文木山房诗集〉后》的组诗中有云:"《诗说》纷纶妙注笺,好凭枣木急流传。"处于当时文化专制统治淫威下,这也只能是一种良好的祝愿而已。

三

清朝统治者总结了历代封建王朝的专制经验,在实行文化、思想控制方面,有一整套怀柔与镇压两手并用的策略。尊奉理学,崇尚礼教,八股取士,开馆编书等,都属于麻痹和笼络性质的软刀子;接连不断的文字狱,大规模地查禁和销毁图书,以及明令纂改大量古籍等,都属于暴力手段。软硬兼施,践踏文化,目的全在于控制思想。禁毁和纂改图书都是吴敬梓去世以后的事情,而大兴文字狱的恐怖现实则在《儒林外史》中有着明显的反映。尽管作者不可能在这个问题上做十分公开的揭露,但他的含蓄描写,仍然构成了小说批判清代文化专制主义的一个方面的内容,有着不容忽视的意义。

文字狱亦称"书案",是当时血腥的文化恐怖政策的产物。康、雍、乾三朝文字狱之多,是人所共知的,特别是雍正,一生都在猜忌中过日子。在他统治下的十三年,即吴敬梓二十三岁至三十五岁之间,年年都有很多人因文字而罹祸。比较著名的,如雍正三年汪景祺以《西征随笔》枭斩；四年，查嗣庭因出八股试题及所作日记"犯上"，死在狱中后戮尸枭示；七年，陆生楠以《通鉴论》处死，又吕留良以生前著作"悖逆"被戮尸，家属和亲友均治罪；八年，徐骏以诗狱及奏疏笔误论斩，等等。特别是吕留良案，牵连最广，杀戮最惨。这些事实，会使广大知识分子包括吴敬梓在内受到极大震动，而这也正是封建专制主义者所要达到的目的。

在这种形势下，吴敬梓当然不敢直接去描写一个大狱，可是也绝未放过这一方面的问题。他以比较委婉的方式，从一个侧面揭露了当时清王朝在文化上采取的高压手段和所造成的恐怖气氛。那就是《儒林外史》第三十五回中所写的，卢信侯因保存《高青邱文集》而以"私藏禁书"罪被讦入狱的故事。如果我们把作品的艺术描写和它所依据的素材对照起来稍加考察，就会清楚地看到清代文字狱的残酷性和苛刻性，同时也可以领会吴敬梓只能对事件做简括描写的苦心。

卢信侯的案情，实际取材于雍正后期刘著因收藏顾祖禹《读史方舆纪要》而惨遭迫害的冤狱。刘著即清代著名的历算学家刘湘煃，章学诚《遗书》卷十六及《湖北通志》卷一百五十二均有传。他因为爱好切于实用的史学和舆地学，曾付出很大精力抄校过一部《方舆纪要》，不想在南京被人指控为"私藏禁书"，自雍正七年（1729）被诬陷，直到乾隆元年（1736）才出狱。程廷祚《青溪文集续编》卷三《纪〈方舆纪要〉始末》一文，追述这件事的经过甚详。其中有些细节虽和《儒林外史》的描写相同，但基本事实则比小说所反映的情况复杂而且严重得多。所以程廷祚激愤地说，刘著为此被祸前后达七年之久，弄得"父死家破，几至刑戮。而卒丧其书，人皆怜之"。刘著最终能够保住残生，而且没有牵连旁人，比起当时一些震惊全国的案件来，并不觉得骇人听闻。但是，仅仅为了收藏一部书稿就招来如此惨重的不幸，却更可以看出清代的文化恐怖政策达到多么苛酷的程度。

值得注意的是，刘著所收藏的《方舆纪要》，却根本不是什么"禁书"，也毫未干涉政治。这部书在雍正时虽未刻行，但已有许多学者在传抄，而且苏、常等地的书肆中也偶有抄本公开出售。不过，在当时的恐怖统治下，只要有人告发以文字进行"讪谤"或干犯禁例的事件，无论罪证怎样不足，总要先行究办。因而有的人也就敢于挟嫌诬陷，大告黑状。地方上的某些大吏，根据清王朝的文化专制政策精神，也常常借此兴狱邀功，并且有意扩大案情，拖延时间，借以巩固自己的禄位，实际上是在鼓励诬告。程廷祚说，刘著的案件发生时，江浙一带"告讦之风大盛，词所连及，即收入。人重足而立，有死亡之戚"，足见冤狱之多，株连之广。即便最终能够查明真象，当事人也常被搞得奄奄一息，家破人亡。刘著的悲惨遭遇也正如此。

据戴望《颜氏学记》卷十《颜李弟子录》记载，刘著原是颜李学派中的人物，所以早和程廷祚交厚，客居南京时总住在程家。后来吴敬梓的儿子吴烺，因为向刘著学习历算，才成为有名的数学家（阮元《畴人传》卷四十二）。这都说明吴敬梓和刘著之间有着比较密切的关系，对他所遭受的迫害会是十分了解而且同情的。只是在小说中描写这一案件的过程时，限于环境，不可能如实揭露而已。

《儒林外史》写庄征君早就担心卢信侯因为收藏"禁书"而招祸，曾劝阻他说：

> 象先生如此读书好古，岂不是个讲求学问的？但国家禁令所在，也不可不知避忌。青邱文字，虽其中并无毁谤朝廷的言语，既然太祖恶其为人，且现在又是禁书，先生就不看他的著作也罢！

庄征君这几句话，反映了当时广大知识分子的普遍心情，当然也代表了作者的观点，"不可不知避忌"，只能说明清代文网的严密、文化恐怖统治的凶残，而不能说明作者什么"软弱性""局限性"。吴敬梓一生中，曾经目睹过江南多少无辜文人的鲜血，主张要有所"避忌"是完全可以理解的；相反，在今天来指摘他提倡"明哲保身"倒是不可理解的。吴敬梓处于清王朝的高压政策下，敢于通过自己的小说来表示对当时思想、文化专制的不满；敢于在解《诗》的著作中否定朱熹这样圣贤偶像的意见，如果没有一个真正艺术家的勇气，是做不到的。

这里还必须提到另外一件史实：刘著开始遭祸时，正是吕留良被戮尸、陆生楠被处斩的一年。就在这一年里，还发生了谢济世的文字狱。谢是以耿直著名的御史，因为他在注释《大学》时反驳了朱熹的主张，竟以

"毁谤程朱"获罪,被刑部判处死刑。后来由于雍正故示宽大,才得苟全性命。

有了这样的先例,吴敬梓后来还敢撰写《诗说》,菲薄朱传,并说"只依朱注,这是后人固陋","泥定朱注,越讲越不明白",事实上已经构成了极大的"不敬"。他自己没有成为文字狱的主角,只能说是幸免。他要根据自己所熟悉的和感到激愤的事实,在小说里写出当时的文化恐怖统治,但又不得不把刘著的案情尽量加以缩小和冲淡。这种避忌,不是掩盖了清代文字狱的残酷,而恰恰是透露出它的可畏。

文化专制是封建专制的一个重要组成部分,对于中国社会的发展和科学技术的进步起过极大的阻碍作用。它的毒害,在清王朝统治下表现得尤其明显,尤其严重。比吴敬梓晚生将近一个世纪的杰出思想家和诗人龚自珍,曾经讽刺过嘉、道时代学术界"避席畏闻文字狱,著书都为稻粱谋"(《咏史》)的萎靡风气,并且一再呼吁要冲破当时那种"万籁无言帝座灵"(《夜坐》)"万马齐喑究可哀"(《己亥杂诗》)的沉寂局面。龚自珍所看到和痛恨的,正是吴敬梓早已揭露和抨击过的一切所造成的严重恶果。

作为封建士大夫阶层的成员,吴敬梓当然没有想去动摇那个社会的根本。但他对于清代文化专制统治的愤怒鞭挞,确实表现出强烈的正义感和敏锐的洞察力;也确实触及到很多实质性问题,打到了封建统治者的痛处。这样,就使他的创作不仅深刻反映了自己的时代,同时也为后人认识和批判封建专制特别是文化专制的罪恶,提供了有益的借鉴。

《儒林外史》对清代鸿博考试的讽刺描写[*]

  《儒林外史》以描写士林人物为中心，展现了封建末世广阔的生活图景。它不仅如人们所熟知的那样，深刻暴露了八股取士的弊害，同时对清代以鼓励实学著称的博学鸿词考试也进行过冷隽的嘲讽，从而揭开了当时封建阶级所标榜的广开贤路、破格选才的虚假帷幕。这是吴敬梓以过人的鉴识对康乾时代的统治权术提出讥弹的一个重要方面，是从小说问世以来一直被忽略的一个富有思想深度的问题。

一

  以"博学弘词"作为取士的科目之一始于唐开元间，南宋绍兴时起亦曾屡置博学弘词科，均为简拔淹贯宏通的文人而设。清沿明制，选士唯用八股，是把科举完全当成了驱策儒生、钳制思想的手段。康熙十八年（1679）曾于例行的举士制度外专门召试过博学鸿词（清人改"弘"为"鸿"），目的是在网罗明季遗民，并且吸引一批不甘受举业牢笼的才士。乾隆元年（1736），又在辟门吁俊、崇尚实学的名义下援照康熙成规举行了一次同样的盛典，史称"后鸿博"。这两度带有征辟性、荣誉性的考试，一向被清朝统治者自诩为擢用贤能的旷举，而事实上却是一种假象。吴敬梓从冷静的观察和体验中把握了问题的实质，因而能通过虚构的前朝故事

---

 * 本文原刊《河北师范学院学报》1987 年第 3 期。

和深刻的讽刺描写，真实地再现了当时的历史面貌。

后鸿博考试是雍正十一年（1733）做过部署，到乾隆即位后正式举行的。其时吴敬梓被荐而未赴，他的从兄吴檠和一些朋友虽曾应征就试，可是都没有考取。《外史》中杜少卿托病辞谢征聘的情节，是概括了作者自己的生活经历；而下文所写庄尚志入京引见终被放归的过程，则取材于他的好友程廷祚膺荐落选的基本事实。正如小说所描绘的那样，清代的鸿博考试，也是先经部院或地方大僚访求甄选，然后推荐到京师遴取的。但据专门记述后鸿博故实的《词科掌录》《鹤征后录》等书所载，当时全国应荐者共二六七人，而结果仅录取十五人；次年补试虽又增取四人，合计亦不过占与试者的百分之七，为数甚少。在大批被黜的士子里，实际上有很多杰出的人物，除博通群经的程廷祚外，如精熟宋辽掌故的史学家兼词人厉鹗、舆地学家兼骈文巨擘胡天游、早负盛誉的古文名家刘大櫆，以及当时已崭露头角的历算学家万光泰、诗人袁枚等等，皆未中式。相反，在先后录取的十九人当中，确有真才实学的却不过杭世骏和齐召南二人。可是杭世骏在数年后即以上疏触犯忌讳被斥归，直到他死前乾隆还对之衔恨不已（详龚自珍《定庵文集补编》四《杭大宗逸事状》）。齐召南虽累官至礼部侍郎，后来终因受到其从兄遭祸的株连而落职。这就说明，当时所宣称的广揽英才其实并无多少诚意，用人的根本途径始终要凭科第。所以，鸿博考试的声势虽然很大但实际得人极少，只是封建朝廷由此博取了崇文爱士的名声，在一定程度上起到了笼络人心的作用，而这也正是清政府所要达到的真实目的。

《外史》以庄尚志的被荐和放归作为典型事件，描绘了明代的一次有名无实、空走过场的"征辟大典"。这些情节容易使我们理解到的是两个问题：一是庄尚志本人的恬淡超脱，不求功名富贵。他的远道应征，只是因为自己不同于山林隐逸，不能不遵守"君臣大礼"，根本就没有出山的打算。这是小说把正面人物理想化的表现，事实上反映了吴敬梓本人的观点和襟怀，并非人物原型程廷祚的真实情况。二是庄尚志的未被录用，出于大学士太保公的借端报复，因为这位大僚曾想把庄尚志招致门下而未得如愿。这有一定的事实依据，主持后鸿博考试的宰辅张廷玉确曾示意程廷祚投靠自己，但为程所谢绝（事见《青溪文集》九《上宫保某公书》）。小说采用这一素材，进一步表现出理想形象的耿介品格，同时也暴露了权臣借征辟来扩充个人势力的行为。但是，以上这两个方面都不足以说明情节的根本意义，不能充分显示出作者的思想高度和对清朝政治批判的深刻性。

吴敬梓是把讽刺的锋芒直接指向封建天子和这种所谓征辟大典本身的。当嘉靖皇帝提出可否重用庄尚志的问题征询太保公的意见时，小说作了这样的描写：

> 天子坐便殿，问太保道："庄尚志所上的十策朕细看，学问渊深。这人可用为辅弼么？"太保奏道："庄尚志果系出群之才。蒙皇上旷典殊恩，朝野胥悦。但不由进士出身，骤跻卿贰，我朝祖宗无此法度；且开天下以幸进之心。伏候圣裁。"天子叹息了一回，随教大学士传旨：庄尚志允令还山。（第三十五回）

这当然可以看出太保公的有意阻挠。然而皇帝如果确有起用庄尚志的诚意，就会感到太保公的理由根本无法成立。因为征辟的目的就是要在正规的科甲制度以外，破格选拔人才，而且只要唯贤是举，也绝不会带来"开天下以幸进之心"的后果。假定必须恪守常规，当初又何必确定举行这样的"旷典"？皇帝之所以叹息，也正是因为科举的"法度"不可逾越，惋惜庄尚志的"不由进士出身"。这和原来要公开进行征辟的意图是完全矛盾的。况且，即使不宜"骤跻卿贰"，也还可以另加任用，不应随即把庄尚志放归田里，让他去"著书立说，鼓吹休明"，反而成为永不参政的奉旨隐士。小说写皇帝宣召庄尚志时，明知他是在野布衣，明说是"特将先生起自田间"，然而事情的结局却恰好成为对自己原来那些美好宣言、开明举动的尖刻嘲弄。

考察吴敬梓对当时鸿博考试的态度，不应只着眼于他个人辞聘的高洁风操，不应纠缠于他辞聘时病情的真假轻重。最重要的是，应当看到他站在批判清朝统治权术和取士政策的高度，在小说里揭露了这种以征辟形式出现的考试的虚伪性。《外史》写杜少卿向迟衡山谈起自己辞聘的心情时说："正为走出去做不出什么事业，徒惹高人一笑，所以宁可不出去的好。"（第三十三回）这里除表现出人物的淡泊和某些顾虑之外，思想深处还包含了对朝廷所说的选贤任能并不信任。这和通过庄尚志应征过程所反映出来的问题是一致的。小说的内容表明，作者是把自己目击的事实和亲友们接受征召的切身感受加以提炼和开掘，使人们看到所谓广开才路的鸿博考试不过是一种装点门面、虚应故事的过场而已。

小说把庄尚志应征报罢的情节题为"备弓旌天子招贤""圣天子求贤问道"，但和它所写的实际内容相对照，回目本身就成为一种含蓄的讥嘲。作者以他独擅的客观描绘手法，把征辟的过程、场面写得非常肃穆，皇帝和太保公的吐属气派也表现得十分雍容，确实"无一贬词"。然而正是这种不加评断的如实刻画，却把当时"弓旌招贤"的欺骗性质揭露无余，从而取得强烈的讽刺效果。

二

《外史》在涉及征辟事件的描写中，还通过对另一些反面人物的讽刺，揭示了清代鸿博考试在封建士大夫中间所引起的深刻的矛盾。矛盾的突出表现是"科甲派"即八股考试既得利益者对于征辟的抵制。太保公认为，庄尚志未登显科，不能大用，这固然是他个人挟嫌报复的借口，同时也完全代表了当时的廷臣的舆论，反映了绝大部分以八股起家的官吏们的共同心理。这些人自恃"正途出身"，而且在取得科名上往往经历了很多坎坷，所以对于以才学知名受到征聘的士子既轻视，又嫉妒，怀有一种本能的敌对情绪。第三十四回写高翰林在背后肆意诬蔑杜少卿，引起正直人士的不满，于是出现了这样的争论：

> 高老先生道："我们天长、六合是接壤之地，我怎么不知道？诸公莫怪学生说，这少卿是他杜家第一个败类！……"迟衡山听罢，红了脸道："近日朝廷征辟他，他都不就！"高老先生冷笑道："先生，你这话又错了。他果然肚里通，就该中了去！"又笑道："征辟，难道是正途出身么？"

这里的争辩，不止涉及对杜少卿个人的毁誉，值得注意的是还写出了在如何看待征辟上的原则分歧。迟衡山敦品励学，一向鄙弃举业，对于实行征辟的方式和辞聘不就的清操，都是肯定的。而业已登龙的高翰林则极力强调八股考试的合理性与合法性，认为"不中"就证明"不通"；征辟也只能算是异路功名，根本不足为训、不足为荣。和他沆瀣一气的施御史，也在另外的场合趾高气扬地宣称："有操守的，到底要从科甲出身！"（第四十九回）作者多次写到他们菲薄征聘的言论，说明这确是一股顽固的社会势力。太保公排挤人才，维护科甲制度的主张，正代表这些既得利益者的意愿。

高翰林早年高发，身居清要，一方面对荐举贤能的做法深抱反感，一方面当然更看不起马纯上、迟衡山和武正字等屡试不售的生员。来自外地的万青云听见人们议论迟、武两人的情况时曾问："那二位先生的学问想必也还是好的？"高翰林立刻鄙夷地说："那里有什么学问！有了学问倒不做老秀才了。"（第四十九回）在他看来，八股是世间的全部学问，而科名则是衡量学问的唯一标尺。但是，受过皇帝征召在当时又毕竟是一种荣耀，所以他虽然轻诋征辟，并在背后诽谤庄尚志对《周易》的解释"可笑之极"，可是当庄晋京引见，载誉归来时，他却主动拉拢，第一个登门拜会。小说以前后相形、言行对照的手法，使这位翰苑名流暴露了他自己的两面行径和卑污灵魂。

由于封建朝廷对通过征辟来选拔人才并无诚意，靠八股登仕的官吏们又全力维护科甲道路的尊荣，因而使广大士子仍然一味地醉心举业，企望科名。当高翰林散布为科甲争正统的言论时，名利熏心的青年儒生萧柏泉连忙附和："老先生说的是！"接着又以告诫旁人的方式阿谀高翰林说："我们后生晚辈，都该以老先生之言为法！"（第三十四回）此后，庄尚志赴召还里，途经扬州，萧柏泉到船上问候，作者又一次在他们的谈话中揭示了这种矛盾：

> 萧柏泉道："晚生知道老先生的意思。老先生抱负大才，要从正途出身，不屑这征辟，今日回来，留待下科抢元。皇上既然知道，将来鼎甲可望。"庄征君笑道："征辟大典，怎么说'不屑'？若说抢元，来科一定是长兄！小弟坚卧烟霞，静听好音。"（第三十五回）

萧柏泉是玉堂金马的渴望者，自称"平生最喜修补纱帽"，对已故的鲁编修和眼前的高翰林仰慕万分，所以才时时为科甲派捧场。他按照自己的想法来揣度庄尚志的行动和心理，赞扬对方不屑于屈就征辟，其用意本在于逢迎讨好，不料却受到了驳斥和奚落。当然，萧柏泉是十分浅薄和无足轻重的，然而他的庸俗意识却正说明了科甲观念的深入人心，说明了高翰林之流以"异路功名"来排斥征辟的观点有着极其广泛的社会影响。

《外史》写征辟贤才在从科举进身的官吏中遭到非难，是反映了当时实际情况的。尽管后鸿博取士极少，但有关的廷臣还是在皇帝面前力加抵制。这里举官书所载反对派的议论为例：

> 乾隆二年，吏部议准御史程盛修奏言："翰林地居清切，所以备顾问，司记载，任綦重也。然欲得通才，务端始进，自保举之例行，而呈身识面，广开请托之门；额手弹冠，最便空疏之辈。臣愚以为丞宜停止。"（《清朝文献通考》五十《选举四》）

程盛修的建议，是经职掌铨叙的权力机构议准，并且载入典册的。停止鸿博考试的主张当时已经取得了胜利。这段奏疏强调翰苑的重要，是为反对由鸿博取中的士子进入这最有前途的清贵机关。另外它特别提出了"欲得通才，务端始进"的理论，认为只有正规的科举才是培养和选拔有用人才的根本途径，只有经过这样的途径才有资格进入翰林。而保荐征召上来的人则尽是没有学问的"空疏之辈"，因此必须杜绝这条选士的道路。这在八股考试的维护者当中是很有代表性的观点，和《外史》里科甲派的言论如出一辙，而高翰林的典型意义也正好从这里得到了有力的说明。

清代鸿博考试在臣僚和士子中所引起的矛盾，还表现在试官的徇私以及由此而造成的争执和纷扰方面。《外史》里太保公在招贤取士问题上完全处以私心，也是因为具有普遍意义才被写进来的。仅就这个官僚形象的原型张廷玉一人而言，在主持考试时就另有其他一些不公正、不光彩的行为。如福格《听雨丛谈》四关于清代词科的记述中说：

丙辰一科，刘纶荐自张廷璐。而拟试题出于其兄张廷玉之手，刘又年甫弱冠，一时未录、未荐之士，乃谓出于宿构，造作歌诗。要之，公道具在，凡应荐之士，无论取落，皆非村儒俗士侥幸得名者所可比也。

文中所说的刘纶，是后鸿博取中的一等第一名。在这次考试中，另一位主考的阁臣鄂尔泰原拟定刘大櫆为冠军，但是张廷玉与鄂素有嫌隙，又坚持偏袒刘纶，大櫆反而落选。后来刘纶虽然官至文渊阁大学士，但一生碌碌，在政事和学问上均无建树，与当时未得取中的许多人才相比，是不足道的。在应试者当中为他的问题议论哗然，怀疑他和张廷玉兄弟的私人关系，证之他书，并非捕风捉影之谈。吴敬梓对这类引人瞩目的事端当然颇有所闻，他为宽慰吴檠被黜而写的诗篇中曾云："鸣鸠飞戾天，诗人独长叹"（《文木山房集》三《酬青然兄》），正是指鸿博考试中存在着拙鸟高飞、贤愚颠倒的现象。福格在记述刘纶的事件以后，又说了一些模棱两可、掩饰调停的话，反而更使人感到欲盖弥彰了。

当时张廷玉弄权谋私的事实非止一端，而荐官、试官中利用词科援引私人的情况又不止张廷玉一人，程盛修在奏疏中指摘这种荐举性考试中出现了"呈身识面，广开请托之门"的问题，倒并非没有根据。因此，《外史》对于太保公的讽刺描写，固然不是对张廷玉个人的攻讦，也不是专为影射他笼络而后排挤程廷祚的具体事件，而是有着更为广泛的揭露和批判意义，使人们体会到就在这"求贤佐治"的抡才大典中实际隐藏着严重的弊窦和纠葛。

三

《外史》假托为嘉靖弓旌招贤的讽刺故事，概括了清朝鼎盛时期在驾驭士子手段上的一些本质特征，不止揭示了后鸿博一时一事的真象。小说脱稿以后，乾隆又下诏举行过一次以"经明行修"为科目的推荐性考试，时在吴敬梓去世前三年（1751）。这一次，全国所荐共六十八人，而最后实被录用者只有二人，比后鸿博取士更少。刘大櫆、程廷祚、胡天游等都曾再度被荐应考，但仍旧落选。这一场虚张声势的征召，和《外史》所讥弹的情况没什么两样。程廷祚为此曾向秉政的阁臣陈世倌提出过尖锐的意见，认为在用人问题上的狭隘保守态度对"国体与人才士气"都是不利的，只能使人感到"历年愈久，而人才愈不逮往日"，希望陈世倌能对此有所建白（《青溪文集》九《南归留上海宁陈相国书》）。其实这不过是书生之见，也不会起到任何作用。程廷祚虽然有了两次被黜的教训，仍然不能象吴敬梓那样看清问题的实质：所谓征辟求贤，不过是清代朝政上的一种点缀。

从表面上看，康熙时代的第一次鸿博考试似乎与此有所不同。当时内外大臣所荐绩学之士凡一四三人，录取五十人，达三分之一以上，俱授职入翰林，充明史馆纂修（《清实录》康熙十八年三月丙申·甲子）。在这五十人当中，确有不少人才。如一等中的朱彝尊、陈维崧、彭孙遹、李因笃、倪灿、汪琬等，二等中的潘耒、施闰章、徐釚、尤侗、毛奇龄、吴任臣、严绳孙等，都是卓有成就的学者或著名的文学家。不过实际情况还是复杂和微妙的。后来的事实证明：很多人被录取之后，不过几年即因故被放或自动乞归。特别是那些原来没有科名而由布衣取中的，更难安于其位。其中潘耒、朱彝尊、李因笃和严绳孙因为尤负盛名，曾被合称"鸿博四布衣"；但潘耒数年内竟以"浮躁轻率"被斥，其他三人也以各种不同原因先后去职。邓之诚《清诗纪事初编》三评潘耒时说："鸿博之试，诸生以布衣入选者，未几皆降黜，或假归。始则招之唯恐不来，继则挥之唯恐不去矣。"这种判断是符合事实的。康熙召试鸿博，用意即在于收罗明代遗民，当然希望他们出山；可是实际上又不会对他们真正信任。这些人不肯投身举业，不想从科甲中求仕进，本身就说明了和新朝的距离。纵使后来不被降调罢职，最终也只能走上象《外史》中庄尚志那样知难而退、"辞爵还家"的道路。因此，第一次鸿博考试取士虽多，人才虽众，但其中仍然包含着许多假象。

清人的许多记载还说明，前鸿博中原来没有科名或科名很低的人，处境也和后来《外史》里所写的受过征辟的杜少卿、庄尚志一样，遭到妒宠争荣的科甲派人士的歧视。一些由八股登科的词臣，把这类新由鸿博入翰苑的编修、检讨等一律轻蔑地呼为"野翰林"，给他们施加压力，反对他们参与修史，甚至对选拔他们的试官如李霨、冯溥、杜立德、叶方霭等，也一并加以攻击。潘耒被指为浮躁轻率，朱彝尊不得不称病请归，就都出于内阁学士、礼部侍郎牛钮等人的排陷。象牛钮这类代表人物维护科甲利益的观点和诋毁中伤旁人的品格，在小说中的高翰林身上也得到了明显的体现。可以看出，吴敬梓讽刺了清代征辟求贤的有名无实，揭示了由此而在封建阶级内部引起的深刻矛盾，虽然是以他所熟悉的后鸿博考试为背景，但同时也反映了康熙时代的历史面貌，展示了更为广阔的社会现实。

清朝自乾隆以后，一直没有在正规的八股科举之外，另举行过其他带有征辟性质的考试。嘉庆四年，侍读学士法式善曾疏请开设贤良方正、博学鸿词等制科，被嘉庆认为事近沽名，未予采纳。后来道光、咸丰即位时也都有过这样的动议，但均未成为事实。平步青《霞外捃屑》（一）对这些情况曾有所考证。清王朝对举行鸿博考试的态度有了显著变化是不难理解的。因为从康熙到乾隆是清朝的繁荣时期，需要用右文敬士、征召求贤表示开明，装点盛世，进一步巩固自己的政权。而此后危机日显，开始走向下坡路，一些粉饰性的虚文已经没有多大意义，所以嘉庆才肯赤裸裸地说出这种做法近于沽名。这无异于拆穿了康乾时代所玩弄的把戏。吴敬梓生在鸿博考试正被清廷大吹大擂、夸为盛典的时代，不仅自己最终谢绝了这种征聘，而且还在小说里写出它不过是徒鹜虚声，全无诚意，有力地抨击了当时统治阶级沽名钓誉的行为。这使我们看到，盗名欺世的首先不是小说里那些卑劣的士子，而是封建帝王自己。

鲁迅在《中国小说史略》中称赞《外史》蕴藉而犀利的讽刺艺术是"诚微词之妙选，亦狙击之辣手"，或非专就刻画士林人物的伪妄而言。事实上，小说对清王朝的政治包括其统治权术的鞭辟入里的揭露，是更适合于这样来评价的。

吴敬梓与程廷祚[*]

　　吴敬梓的挚友程廷祚是康、乾时代敢于批判官方统治哲学的唯物主义思想家，是当时颜李学派在南方的代表人物，在清代反对程朱理学的进步思潮中具有继往开来的重要地位。他和吴敬梓创作《儒林外史》时期的生活有着十分密切的关联，对吴敬梓的政治态度和学术观点也产生过很大影响。考察他们两人之间的关系，对了解吴敬梓的思想和《儒林外史》的成就，是有重要意义的。

一

　　程廷祚（1691~1767），号绵庄，原籍安徽歙县，从他祖父时起，开始在江宁（南京）定居。他出身于一个清寒的封建知识分子的家庭，中年以后曾两次被推荐参加乾隆初期的征辟性的考试，但都没有被录取，以布衣终老。他一生主要致力于经学的研究，所著除诗文集外，有《易通》《大易择言》《象爻求是说》《尚书通议》《青溪诗说》《周礼说》《禘说》《春秋识小录》《论语说》等多种，有不少地方敢于突破当时功令的约束，反驳程、朱的意见。他的事迹，见程晋芳《勉行堂文集》六《绵庄先生墓志》、戴望《颜氏学记》九《绵庄》、《皖志列传稿》三《程廷祚传》。

---

* 本文原刊《河北师范学院学报》1979 年第 4 期。

　　清初一些著名的思想家如顾炎武、黄宗羲、王夫之、颜元等，从总结明朝灭亡的教训出发，都曾结合自己的学术主张，对宋元以来以程朱为代表的理学体系和以陆王为代表的心学体系，从不同角度上提出过批判。古人不可能认识明王朝的被推翻是阶级矛盾、阶级斗争发展的必然结果，但他们批判维护封建专制统治的唯心主义哲学，则是有进步意义的。在反对程朱理学上表现得最决绝的是颜李学派的创始人物颜元。他强调实践，以"习事见理"的唯物观点，彻底否定了程朱学派主张伦理纲常先于客观事物而存在的反动理论基础，并尖锐地指出：使天下人"耗尽身心体力，作弱人、病人、无用人者，皆晦庵为之"（《朱子语类评》）。他认为程朱的学说"直与孔门敌对，必破一分程朱，始入一分孔孟"（《习斋年谱》下）。这是指理学受佛教影响的事实，也是有意借孔孟的旗号来打击程朱。但是，清王朝为了巩固自己的统治秩序，为了从思想上钳制广大人民，反而变本加厉地表彰程朱理学，把它定为唯一合法的统治思想。程廷祚开始成长的时候，朱熹已经被康熙通过种种方式捧为继孔孟之后的最高封建权威。他的理论和著作，被尊奉为不容置疑的封建法典，他所注释的经书，被规定为科场考试中不可逾越的神圣信条。程廷祚从年青时读书的范围就极其广泛，并不埋头作举业，因而思想也就比较开阔，有可能接受老一辈进步思想家的影响。他吸取了顾、黄两家学说中的某些因素，但主要则是继承了颜李学派的反理学精神。戴望《颜氏学记》九记他的学术思想渊源时说：

　　　　旋识武进恽处士鹤生，始闻颜李之学，上书恕谷先生，致愿学之意。康熙庚子岁，恕谷先生游金陵，先生屡过问学，读颜氏《存学编》，题其后云："古之害道，出于儒之外；今之害道，出于儒之中。习斋先生起于燕赵，当四海倡和，翕然同风之日，乃能折衷至当而有以斥其非，盖五百年间，一人而已。"……于是确守其学，力屏异说。……盖先生之学，以习斋为主，而参以梨洲、亭林，故其读书极博，而皆归于实用。

　　这里提到的恽鹤生，字皋闻，是颜元在江南的私淑弟子。所谓"今之害道，出于儒之中"，以及"四海倡和，翕然同风"的情况，正是说程朱理学桎梏天下人思想的严重弊害。程廷祚的这种议论和他宗奉颜李的行动，表明了他对程朱学说和当时功令的不满，同时也使他成为从康熙后期到乾隆前期这段时间内反理学思潮的重要代表人物。

认识程廷祚在清代学术史上的地位以及吴敬梓的进步思想，必须涉及比他们年轻很多的杰出的唯物思想家戴震。戴震在乾隆初期开始撰写的《原善》《孟子字义疏证》等著作，深刻揭露了程朱"以理杀人"的反动实质，把对理学的批判推向了一个新的高潮。近人曾认为程廷祚是颜李学派和戴震之间的具体媒介，因为戴震的学说近于颜李，而且在他一生的活动中有很多机会可能接触到程廷祚，直接受过程的影响。这是一种合乎事理的推测，并没有史料根据。但是从颜元、李塨到程廷祚，再到戴震，说明清朝中期以前一些头脑敏锐的思想家们，总是不断从政治上、思想上对程朱理学的反动性提出批判，从而形成了一股前后衔接、无法阻遏的反对理学统治的潮流。而程廷祚也就在这个进步潮流中起了承先启后的作用。

乾隆时代一些维护官方统治哲学的人，经常把程廷祚和戴震联系在一起进行攻击。尊奉程朱义理的桐城派古文大家姚鼐就是其中之一。他在程廷祚死后所写的《程绵庄文集序》中，一方面竭力为程朱学派和清王朝的思想统治作辩护，说程朱的议论"上当于圣人之旨，下合乎天下之公心者，为大且多"；一方面又指责程廷祚"好议论程朱"，以至"流于蔽陷之过而不自知"。同时还说："近世如休宁戴东原，其才本超越乎流俗，而及其为论之僻，则更有甚于流俗者。绵庄所见，大抵有似东原。"（《惜抱轩文后集》一）这就是把程廷祚和戴震的反理学思想当做一条线上的邪说来加以贬抑。尤其值得注意的是，姚鼐在给诗人袁枚的一封信中，曾把清初以来反对程朱的思想家都串在一起进行了露骨的斥骂（《惜抱轩文集》六《再复简斋书》），其中当然也包括程廷祚在内。如说：

> 儒者生程朱之后，得程朱而明孔孟之旨。程朱犹吾父师也。然程朱言或有失，吾岂必曲从之哉？程朱亦岂不欲后人为论而正之哉？正之可也，正之而诋毁之，讪笑之，是诋讪父师也。且其人生平不能为程朱之行，而其意乃欲与程朱争名，安得不为天下之所恶？故毛大可、李刚主、程绵庄、戴东原，率皆身灭嗣绝，此殆未可以为偶然也！

书信对清初学者不仅涉及李塨，也涉及到反对朱熹极为激烈的毛奇龄。李塨曾向毛奇龄问《易》和请教乐律，而毛氏对李也十分推重，所以朱一新《无邪堂答问》四尝云："毛西河《大学问》实用李恕谷说。"姚鼐这段驳难尽管写得激昂慷慨，但却没有丝毫的说服力，因为它已经流于无理的谩骂和无聊的诅咒，甚至乞灵于因果迷信以济其论辩之穷。只是赖有封建政府的"功令"撑腰，所以显得振振有词而已。正是从姚鼐这一类卫道士对程廷祚的非议和攻评中，我们看到了程在当时的进步性和重要性。

据吴敬梓的《移家赋序》和《买陂塘》二阕的小序（《文木山房集》一、四），他是雍正十一年（1733）二月从故乡全椒迁居到南京的。王又曾《书吴征君敏轩先生〈文木山房诗集〉后》绝句十首有云："住近青溪江令宅。"（《丁辛老屋集》十二）青溪，正是程廷祚住的地方。当时吴敬梓还只有三十三岁，对比他年长十岁而又以反对理学负盛名的程廷祚，十分敬慕，他们之间很快地建立并且一直保持了亲密的友谊。程晋芳的《文木先生传》曾说吴敬梓"与余族祖绵庄为至契"（《勉行堂文集》六）。程廷祚的《青溪文集》中有写给吴敬梓的信，并在另外一些文章中提到他，这些都关涉到《儒林外史》所反映的生活内容。目前行世的四卷本的《文木山房集》，有程廷祚写的序文。这篇序文虽然不长，但却表明了程廷祚对吴敬梓的政治态度、思想状况以及才华学识的深切理解。《儒林外史》的最富有光采的内容，是揭露八股取士制度对知识分子和整个社会的毒害，揭露封建礼教的残酷和虚伪，而八股制艺和纲常名教则都是以程朱学说为理论基础的。因此，《儒林外史》所表现的反封建的民主思想，它的现实主义的光辉，除为社会经济背景所决定外，都和康、乾时期反对理学统治的进步思潮直接有关。正是在这个重要问题上，作为当时反理学中坚的程廷祚，曾对吴敬梓的思想和创作产生过不容忽视的启迪作用。

二

吴敬梓和程廷祚在思想上有很多相同之处，都是既憎恶八股制艺，又反对程朱理学的。姚鼐曾指摘程廷祚说："盖其始厌恶科举之学，而疑世之尊程朱者，皆束于功令，未必果当于道。"（《程绵庄文集序》）可见程廷祚认为，科举考试是推行程朱理学、束缚士子思想的一种手段，二者有着不可分割的联系，必须同时反对。他在写给李绂的信中，专门论述过八股考试制度的弊害（《青溪文集》九《上李穆堂论书院书》）。这种议论是和他反驳程朱的理论相互配合的。吴敬梓为友人江昱《尚书私学》一书所写的序言，也曾对制艺和理学一起提出过批判。江昱，字宾谷，江都人，曾和程廷祚一起研究过《尚书》，《清史列传》七十一有传。吴敬梓这篇序言除见于本书卷首外，并收入焦循所编的《扬州足征录》十三。序言的价值，不象有些同志所说的那样，可以看出吴敬梓对古文《尚书》的意见，而是在于明确表达了他鄙弃和反对理学的主张。如说：

> 俗学于经生制举业外，夫尝寓目，独好窃虚谈性命之言，以自便其固陋。

从吴敬梓看来，应制举、讲理学的人，都是空疏固陋、十分愚妄的。所谓"虚谈性命"，正是程朱理学的特点。朱熹就曾捏造出一个"天命之性"来控制人们的思想，主张用"天理"来克服人欲，用"道心"来主宰人心，目的是强迫被统治者服从封建伦理道德的要求。吴敬梓在这里指斥了一般醉心举业、崇拜理学的人毫无头脑，并且称赞江昱注经能有自己的独立见解，"不在宋儒下盘旋"。这实际是对程朱学说的否定，也是对当时功令的抨击。

程廷祚所著《青溪诗说》，后来未见传本。不过从当时人对它的毁誉来看，可以判断其中有许多见解是反驳朱熹《诗集传》的。吴敬梓也写过一部《诗说》，虽屡见于前人记载，却一直没有刻印。幸而《儒林外史》中曾有两个地方提到杜少卿的《诗说》，还能使我们了解到这部佚著的性质和在当时的进步性。如第四十九回说：

> 武正字道："提起《毛诗》两个字，越发可笑了。近来这些作举业的，泥定了朱注，越讲越不明白。四五年前，天长杜少卿先生纂了一部《诗说》，引了些汉儒的说话，朋友们就都当做新闻。可见学问两个字，如今是不必讲的了！"

这段话说明了两个问题：一是吴敬梓反对把朱注当做金科玉律，反对必须遵守朱注的规定和所造成的空疏学风。二是这部《诗说》的最大特点即敢于突破《诗集传》的约束，但却因此而遭受到嘲笑和攻击。武正字的愤慨也代表了吴敬梓的愤慨。象这样一部被认为离经叛道的著作，得不到刻印机会而失传，几乎可以说是必然的。王又曾诗云："《诗说》纷纶妙注笺，好凭枣木急流传"（《书吴征君敏轩先生〈文木山房诗集〉后》），也只能是一种善良的祝愿而已。

吴敬梓去世后，沈大成所写的《全椒吴征君诗集序》（《学福斋集》五）以及章学诚的《丙辰札记》等，都曾提到过《诗说》的内容。但措词都比较委婉含蓄，只是说它兼采汉宋，不偏主一家，实际是有意掩盖了它的锋芒。这表现了调和的态度，同时也反映出某种顾忌。当时的作者和评论者有所顾忌是不足怪的。因为就在吴敬梓的少年时代，毛奇龄写过一部《四书改错》，专门驳斥朱熹的《集注》，全书刻成之后，恰好康熙宣布特升朱子配享孔庙，吓得毛奇龄亲自偷偷地把这部《改错》的木版劈毁。雍正七年，吴敬梓二十九岁时，有个谢济世因为注释《大学》反驳了朱熹，结果以"毁谤程朱"罪被判处死刑，侥幸获免。在这种文化专制主义的淫威下，对于程廷祚和吴敬梓的两部《诗说》，即使尊重他们的人也不敢作出正确评价，当然是可以理解的。与此相关，程廷祚听见旁人说他和李塨在一起"共诋程朱"，自己感到"不可不为大惧"（《青溪文集续编》七《与袁惠缠书》），也是可以理解的。

程晋芳在《文木先生传》中说："绵庄好治经，先生晚年亦治经，曰：'此人生立命处也。'"这个记载很重要。程廷祚从年青时起就研究经学，通过注经，表达了自己的哲学和政治观点，而吴敬梓开始这样做却很晚。应当说，程廷祚的治学道路，对他产生了一定影响。金兆燕《寄文木先生诗》云："文木先生何嵚崎，行年五十仍书痴。……晚年说《诗》更鲜匹，师伏翼肖俱辟易。"（《棕亭诗抄》三）吴敬梓自己在《尚书私学序》中也说："自维学殖荒落，顷始有志于三百篇。"可见他认真钻研经学，撰写《诗说》，都是很晚的事，可以做为程晋芳的话的有力旁证。虽然吴敬梓在堂兄吴檠在《为敏轩三十初度作》中也说过"何物少年志卓荦？涉猎群经诸史函"（附见金榘《泰然斋诗集》二），但那不过指他青年时代读书范围的广泛，谈不到研治经学。因此，尽管《儒林外史》曾通过人物对话引述过《诗说》中的一些见解，却不足以证明这部解《诗》的著作早已写成。

采用注经的形式来抒发自己的某种主张，是古代相沿已久的传统。这个传统从魏晋时代已开始树立，并非清代特有的情况。作为一个进步小说家，转过来从事经学研究，对当时占统治势力的程朱学说开展批判，并不能说是开倒车的行为。吴敬梓到晚年把"治经"理解为"人生立命处"，正是说他体会到开展这种批判的重要性；体会到通过阐发经义来表达自己的观点，是一项带有根本意义的工作。至于近代有人把程廷祚和吴敬梓说成是乾嘉经学的先锋，那是一种牵强的说法，不符合历史事实。因为所谓乾嘉经学指的是"汉学"即考据学和音韵训诂之学，而程吴两人却是既不治汉学也不赞成汉学的。

虽然吴敬梓和程廷祚有密切关系，和戴震的思想也有非常一致的地方，但姚鼐在攻击程廷祚和戴震的时候，却绝不可能涉及吴敬梓，因为他毕竟是文人而不是经学家，在思想史上并无地位。不过姚鼐会是熟知吴敬梓，了解其叛逆精神的。原因是姚鼐曾和吴敬梓的长子吴烺同做京官，叙过同乡关系，并为吴烺的诗集《杉亭集》作过序言，自称"相知"（《惜抱轩文集》四）。这篇序言谈到了吴烺的才华学术以及对待人生的态度，但却只字未谈他的家世，没有提到他的以诗文名东南的父亲。这是违反古人作序习惯的。正因为如此，也就透露出卫道派的代表人物对吴敬梓是十分藐视而且抱有反感的。

三

在政治态度和政治生活经历方面，吴敬梓和程廷祚也有很多相同之处，他们在青壮年时代思想上存在着同样的矛盾，即一方面希望见用于世，有所作为，一方面在腐朽黑暗的政治环境里，又都不肯同流合污，不肯在封建专制的思想统治下面俯首就范，因此都是一生不曾出仕。

雍正十三年（1735），清政府诏令内外大臣推荐"博学鸿词"的学者到北京参加考试，他们两人同在这一年被荐，因而后来均被称为"征君"。

吴敬梓因病未能赴京，而从此也就决心摆脱功名的羁绊，不再参加乡举考试，开始了他的创作生活。程廷祚是按照规定在次年春到北京应试的，可是却由于不肯在权势者面前阿附取容而没有被录取。《颜氏学记》九记其事云：

> 雍正十三年，举博学鸿词科，安徽巡抚王玹以先生应诏。乾隆元年至京师，有要人慕其名，欲招致门下，属密友达其意，曰："主我，翰林可得也。"先生正色拒之，卒不往，遂以此报罢。时年四十有五。自此不应乡举，杜门却扫，以书史自娱。

戴望这段记载出于程晋芳所作的《绵庄先生墓志》，而敷陈较为详明。从程廷祚落选的事实可以看出：身居要津的官僚，是在力图借这次征辟的机会，笼络有名望的知识分子，扩大自己的势力。这反映了当时政治的腐败和统治集团内部的派系矛盾，同时也就表现出程廷祚不肯攀附权门、苟求利禄的高贵品格。《青溪文集》九有一篇《上宫保某公书》，就是程廷祚为拒绝收买而写给这位"要人"的，措词十分尖锐。平步青《霞外捃屑》九《小栖霞说稗》曾指出，程廷祚所拒绝的"宫保某公"，就是当时炙手可热的军机大臣文渊阁大学士张廷玉。我们并不笼统地表彰封建时代知识分子的清高，但象程廷祚这样不肯屈己于人，不在功名问题、政治问题上搞交易的耿介作风，总是值得肯定的，也是吴敬梓所衷心钦仰的。程廷祚这次落选的内幕以及他的守正不阿的品质，当然会使吴敬梓深受感动和教育，从而更加坚定了摒弃功名的生活道路。

至于程廷祚本人，在乾隆十六年（1751）又经署江苏巡抚雅尔哈善的推荐赴过一次"经明行修"的考试，可是仍旧没被录用。但那已经是《儒林外史》脱稿之后的事情了。

《儒林外史》中的庄征君是作者精心刻画的艺术形象，是他认为能够讲究"文行出处"的正面典型之一。小说对他的描写，在很多方面摄取了程廷祚的事迹。其中最重要的是两个情节：一是上面所说的不肯接受"太保公"的笼络，结果是庄征君被放还山，二是卢信侯因为私藏"禁书"，被讦入狱，庄征君帮助他脱离危难。前一件事的意义，不在于基本上符合了程廷祚实有的生活经历，而在于从作者对人物充满爱慕之情的描绘中，反映出吴敬梓和程廷祚相一致的政治品格、政治态度。后一件事虽然限于环境只能轻描淡写，但仍然透露了当时大兴文字狱的恐怖气氛，表现出吴敬梓对清王朝在思想、文化方面所采取的高压手段的不满。卢信侯的案情实际取材于刘著因收藏顾祖禹《方舆纪要》抄本而无辜被祸的冤狱。程廷祚《青溪文集续编》三《纪〈方舆纪要〉始末》追述其事甚详，其中有些细节与《儒林外史》的描写相同。刘著，后更名湘煃，原从李塨问业（《颜氏学记》十《颜李弟子录》），因而与程廷祚交厚。后来刘著成为有名的中西兼采的历算学家，是吴烺的老师（章学诚《遗书》十六《刘湘煃传》），所以吴敬梓对他也很熟悉。他所收藏的《方舆纪要》本非禁书，只是因为有人造谣诬陷而惨遭大祸，足见当时文字狱的可畏。就小说关于庄征君的描写来看，我们所指出的这两个情节，对了解吴敬梓的政治思想面貌和《儒林外史》的积极内容，是很有意义的。

总起来看，程吴两人思想的进步性，主要表现在他们对清王朝的思想路线不满，对封建文化专制主义不满。说得具体些，则是前面所论证的反对用程朱理学和八股制艺来束缚人们的思想，当然也包括反对文化恐怖政策。吴敬梓甚至把腐朽的科举制度和虚伪的礼教当成社会上一切罪恶的根源。可是他们两人并不反对清朝的异族统治。他们固然继承了清初一些思想家的进步传统，但却没有顾、黄等人的反清的民族意识。这是由所处的历史时代不同决定的。

程廷祚不赞成用八股取士，不肯阿附权要来取得名位，都不是反对名位本身。他第二次被荐落选时，曾留给当时的大学士陈世倌一封信，表露了他不被录用的遗憾，并建议陈世倌关心选拔人才，"宣圣朝之德意"（《青溪文集》九《南归留上海宁陈相国书》）。吴敬梓后来虽没有他这种"身在江湖、心存魏阙"的心情，但在对待清王朝的基本态度上是一致的。我们不仅从《文木山房集》中丝毫看不出对民族压迫的反感，而且在作者晚年的诗篇《题雅雨山人出塞图》《金陵景物图诗》里也有不少对康熙、乾隆歌功颂德的内容。杨钟羲《雪桥诗话余集》四引他的《老伶行》云：

圣皇峻德如云日，赤雁歌成白鳞出。游河巡洛迈唐虞，御宇升平六十一。乘舆六度幸江南，贝叶三花华盖含。……

这完全是对"康熙之治"的热烈颂扬。此外象《金陵景物图诗》中的一些小序以及"香灯仗佛力，庄严托圣朝"（《玻璃塔》）、"乃知圣明朝，隆礼高千古"（《灵谷寺》）、"荣光上烛天，宸章万目眴"（《钟山》）等诗句，都明显地表现了对清王朝的拥戴。由于吴烺做了官，吴敬梓被封赠为内阁中书，为此他曾刻过一方"中翰之章"来做纪念，这是很能说明问题的。我们认为，吴敬梓的品格和进步思想固然可贵，但并不表现为反对清朝。不反清也丝毫不影响他是一个杰出作家。如果我们脱离历史环境、脱离作家和作品的思想实际去探求《儒林外史》中有什么民族意识，必然会导致穿凿附会的结果。

四

虽然程廷祚是吴敬梓一生中真正志同道合的朋友，曾给吴敬梓以多方面的启发和积极影响，但他们的思想见解还是有差别的。概括说来，程廷祚身上的封建性东西显著地更多一些，而吴敬梓由于家道中落、困顿日久，所以愤世嫉俗的情绪比程廷祚强烈得多，在蔑视传统礼法的约束上也大胆得多。他们对有些问题的分歧看法，表明吴敬梓的思想远远跨过了程廷祚所能达到的水平。

在对待妇女问题上，程廷祚的封建观念还很严重，而吴敬梓的观点则是进步的。他不仅反对妇女殉节，不赞成纳妾，而且主张尊重女性人格。他曾出于正义，支持过一个妇女的反抗封建迫害的斗争。程廷祚知道这件事后就提出了反对看法（《青溪文集续编》六《与吴敏轩书》）。他的目的虽然是替吴敬梓着想，不愿朋友招惹是非，但也因此而表露出自己的种种封建意识。他批评吴敬梓是出于"矜奇好异之心"，说明对好友的正义行动完全没有理解。后来吴敬梓把这个妇女的事迹以及自己对她的支持选作素材，写进《儒林外史》，那就是第四十、四十一回中沈琼枝的故事。据《霞外捃屑》九，沈琼枝的原型叫张宛玉，松江人。袁枚《随园诗话》

四也记载过她的敏捷的诗才。吴敬梓在刻画沈琼枝这个人物时，不仅写了她在斗争中的机警泼辣、坚定沉着，而且还充分揭示出他在受尽诬蔑猜忌的情况下内心深处的辛酸与苦痛，赞扬了她追求独立人格的美好信念。小说中杜少卿对她的支持，不是出于怜悯，而是出于了解和尊敬。如说："盐商富贵奢华，多少士大夫见了，就销魂夺魄，你一个弱女子，视如土芥，这就可敬的极了！"沈琼枝在《儒林外史》中是一个很富有时代光采的艺术形象，鲜明地表现了吴敬梓的反封建的民主思想。

程廷祚的传记材料表明：他虽然"状貌温粹"，全无道学气，但却"动止必蹈规矩"，所以一生中的"德望行业，卓卓为乡人师表"（《绵庄先生墓志》）。恰好相反，吴敬梓则是个"赢得才名曲部知""乡里传为子弟戒"的人物（《文木山房集》四《减字木兰花》二、三）。金兆燕在《寄吴文木先生》中形容他晚年的不羁风格时说：

> 有时倒著白接篱，秦淮酒家杯独持。乡里小儿或见之，皆言狂疾不可治。

如果我们不从表面上评价这种放浪形骸的作风，就可以体会到这不过是他任性率真的性格的一种表现，是和他的敢于蔑视礼法约束、不顾世俗毁誉的悖逆思想联系在一起的。

正因为如此，所以吴敬梓头脑中虽也不可避免地渗透了封建的等级观念和伦理观念，但相对说来，他在这些问题上思想是比较解放的。顾云《盋山志》四说他在穷困时："日惟闭门种菜，偕佣保杂作，人不知故向者贵公子也"。这是他能够放下士大夫架子、打破贵贱畛域的很好说明，是他能够在《儒林外史》中写出一些下层"细民"的美好品质的生活基础。他对夫妻、父子关系的看法，和传统的封建观点也很不一致。小说中关于杜少卿和娘子携手同游清凉山的描写，的确足以使道学先生感到痛心疾首，使世俗社会为之侧目蹙眉，应当承认是作者向虚伪礼教挑战的着意之笔。

他和自己的儿子关系很好，《文木山房集》三写给吴烺的诗有三首，都表现了深挚平易的感情，和封建时代的一切"示儿诗"很不相同。其中最脍炙人口的是《病中忆儿烺》中的诗句：

> 自汝辞余去，身违心不违。有如别良友，独念少寒衣。

怀念儿子首先有一种怀念好友的心情，这在封建社会中不仅罕见，而且可以被认为乖谬。须要指明的是，这并非吴敬梓在病中一时的思想活动，而是反映了他们父子平居相处的根本关系。吴湘皋的《文木山房集序》说吴烺"趋庭之下"和他父亲"相为唱和"，他们"父子相师友，名于当时"。父子关系竟而能成为师友关系，这当然是由于吴敬梓的礼教观念比较淡漠所决定。以上这些事实，都说明吴敬梓思想中的民主性光辉，不是他的同辈人物包括程廷祚这样进步的思想家在内所能企及的。

在学术见解上，程廷祚也不及吴敬梓开通豁达。《青溪文集续编》四有写给友人樊某的两封信。所称"樊某"，即和吴敬梓有密切关系的樊明征。明征，字柽模，是当时很受推重的古礼制学家和金石学家，事见《江宁府志》四十、《句容县志》九。吴敬梓的《金陵景物图诗》，就是他摹仿二十三种不同碑帖的字体写录下来的。《儒林外史》在塑造"有制礼作乐之才"的迟衡山的形象时，曾采取了他的某些特征和事迹。程廷祚和樊明征也是好友。但这两封信的内容却是批评他在应聘主持旁人丧礼时，不应滥用声乐，违反了古礼制的规定；同时也批评了吴敬梓，不该仿照《楚辞》写一篇《大招》来为死者招魂。程廷祚说："敏轩所作《大招》，亦近游戏，古无其礼。"又说："《大招》之作，乃楚之累臣创为之以述其悲哀者，岂丧礼所可用而云古有是事乎？"从对待同一问题的不同认识中，我们看到了吴敬梓的才思横溢，敢于创新。

程廷祚自己也是精研古礼制的专家，《周礼说》和《禘说》就属于这一类的著作。他很相信"礼乐"的教化作用，如在《论语说》一书的序言中说："适道有具，在于礼乐。"意思是把古礼制当做实现贤明政治的途径和工具。就在这方面，程廷祚给了吴敬梓一些消极影响，助长了他的复古观念，应当在这里结合加以说明。

《儒林外史》深刻揭露和批判了末期封建社会的黑暗，但对如何解决社会矛盾的问题，却无法找到正确的答案。他根据所接受的传统儒家教育，企图用理想化了的封建秩序，即所谓"三代之治"去改造社会、要求人生。这本来是他的世界观中的消极因素。他自己并不通晓什么古礼制，可是在他所敬重的朋友程廷祚、樊明征等人的倡导下，对"礼乐"一类的政教也产生了幻想，津津乐道。他们这种幻想突出表现在《儒林外史》对祭泰伯祠事件的渲染描写上。作者曾通过迟衡山的解释，明确点出了祭祠的目的，那就是："春秋两仲，用古礼古乐致祭，借此大家学习些礼乐，成就出些人才，也可以助一助政教。"（第三十三回）其实这不过是鼓吹复古，只能成为维护当时封建统治的一种点缀。他们重修泰伯祠也实有其事，约在乾隆五年（1740）。这原是程廷祚的父亲程京萼生前倡议过的事情（《青溪文集》十二《先考祓斋府君行状》），程廷祚和樊明征都是积极的支持者，吴敬梓曾为修祠"工费甚巨"，卖掉自己原籍的住宅（金和《儒林外史跋》）。小说写祭祠的典礼如何符合人民群众的愿望心理，引得老百姓"欢声雷动"，完全是脱离生活实际的虚构。我们在这篇文章里并不想对吴敬梓的世界观的进步性和局限性做全面探讨，而是要通过考察程、吴之间的关系来对吴敬梓的思想提出个人一些看法。因此，关于程廷祚给予吴敬梓的消极影响，也是应当在这里指明的。

吴敬梓的交游和《儒林外史》的创作[*]

关于吴敬梓的交游情况，由于古今学者的共同关注和辛勤探索，已经发掘出不少有益的史料。这对我们了解他的生活经历和精神品格，考察《儒林外史》的思想、艺术及其创作过程，有重要的提示作用和参考价值。这里仅举几个未被普遍注意的问题，略加研讨。

一

通过吴敬梓的交游所提供的线索，可以看出，他把朋友间的生活素材加以提炼，对清王朝的政治，对当时封建帝王的统治权术，进行了有力的讥弹。其中一个很重要的方面就是揭发了最高统治者惩治臣下的阴鸷手段。尽管这种揭发不可能十分露骨，但有些含蓄的、旁敲侧击的描写，实际上仍然相当尖锐。譬如小说写荀玫的收场，就采取了友人卢见曾的事迹，在简括的笔墨中蕴含着隐微的批判。

敬梓在卢见曾《出塞图》上的题诗，表明了他对卢被诬遭戍的深厚同情。卢在雍正时代历长县、州、府、道，以政绩著称。乾隆初他任两淮运使期间，很能敬重士流，广结才俊，因而有较高的声誉。他的获谴被放，其实是一桩冤案。这不仅从《出塞图》的若干题诗中，而且从另

---

* 本文是朱泽吉先生 1984 年 11 月参加"纪念吴敬梓逝世二百三十周年学术讨论会"的会议论文。

外许多传记资料里都可以得到证明。见曾本人亦曾就此提出过正式的申辩，说自己"独蒙不白之冤，横被暧昧之谤，幽忧郁抑，死不瞑目"。他表示"爵禄可辞，白刃可蹈，而区区之名节必不可辱"，然后就诬陷他的条款作了有理有据的反驳（《雅雨堂文遗集》卷四，《上宰相书》）。他的被祸，从表面上看是由于想清理盐政积弊而遭到盐商的攻击，但根本上却是因为最高权势者对他有意施加惩罚。他的呼吁声辩也就不可能产生效果。

清王朝常以惩治贪污的名义处分一些充任肥缺的官吏，其中有的固然是贪酷的榨取者；有的却可能是由于某种原因引起统治者的嫌憎而贾祸，未必不是循良。卢见曾的筹划改革和招纳贤士都是不合时宜的，显然属于后一种情况。当时清王朝在经济上所采取的处分手段一般是把家产充公，或者罚令出资修缮某种工程。这样既象是整顿吏治，又象是施工利民，而实际上则是一种转手的掠夺，可以说一举数得，手段相当阴险。有的历史学家把清政府这转手掠夺的方式称为"宰肥鸭"，确是很形象的比喻。卢见曾身居运使而受到参揭，无论按当时的刑律能否构成贪赃的罪名，总之应属于肥鸭之列，要想幸免是不可能的。史料上没有明确记载抄没他的家产，但沈起元在见曾《出塞集》的序言上说他北行时"袂被萧然，远役穷塞"，足见其获罪之后已很穷困。小说写荀玫在主管两淮盐政期间因贪赃而被拿问，正反映了清王朝用"宰肥鸭"的手段来惩治优缺官吏的历史现实。

荀玫从回籍丁忧以后未在小说里正式出场。作者只是从侧面写了他在运司任上的一些情况，先是从季苇萧、金东崖的谈话中知道他差使很阔、权力不小，并且肯于顾念旧交；然后又由董书办说出了他突然因贪赃而被拿问的消息。当金东崖听到这一意外事件时，曾惊愕地慨叹说："原来如此，可见旦夕祸福！"（二十九回）所谓"旦夕祸福"，正说明当时的君威难测、宦途风险。作者描写的意图，并不在于要写荀玫究竟是否贪赃，而在于想借他来写出这种类型的官吏常会遇到的下场，揭露"今之从政者殆尔"的事实。我们没有理由疑问吴敬梓何以不借荀玫的事件点出友人的冤枉，因为小说不同于历史，荀玫也并非就是卢见曾。

《外史》以卢见曾的遭遇为素材而揭示的问题，还可以从吴敬梓周围的生活中得到另外的印证。如与敬梓同时寄寓过扬州、同时和卢见曾建立交往的著名学者惠栋，也遭到过这样惩罚。惠栋的父亲惠士奇，从康熙末至雍正四年连任广东学政，深得士子拥护，并且也受过雍正的表彰，而后来却突然被罚和免官。钱大昕《潜研堂文集》卷三十八《惠先生士奇传》记其事云：

> 世宗御极，复命（士奇）留任三年，粤士皆兔踊雀跃。……任满还都，送行者如堵墙。既去，粤人尸祝之，设木主，配食先贤，潮州于昌黎祠、惠州于东坡祠、广州于三贤祠。每元旦及生辰，诸生咸肃衣冠八拜。其得士心如此。丙午冬，还朝；丁未五月，奉旨修理镇江城。即束装赴工所，弃产兴役。所修不及二十分之一，以产尽停工，罢官。

文章记惠士奇受地方爱戴的情况相当动人，但这对他自己其实很不利。所谓"奉旨修理镇江城"，"弃产兴役"，是很重的惩罚，传记却写得非常含糊和突兀。惠士奇获罪的原因，文章未作任何说明，自然是出于避忌。惠氏是苏州世家，广东学政又公认是美缺，士奇蝉联两任，看来也是作为肥鸭而被宰的。钱大昕又有《惠栋传》，说其父"毁家修城"时产业赔尽，惠栋"往来京口，饥寒困顿，甚于寒素"（《潜研堂文集》卷三十九）。这是后来惠栋不得不寄食扬州，依人作嫁的原因。敬梓与惠栋同时结识卢见曾，两人有无直接交往，没有史料依据。不过钱大昕与吴烺同官京师，曾为《杉亭集》撰序，是敬梓的晚辈。钱氏对惠栋家的无辜遭祸尚能知之甚悉，则敬梓对其事必当更有所闻，这是可以断言的。

《外史》还写了另外一桩类似的情节，萧云仙在青枫城修城开渠，种树办学，为地方造福，受到百姓的热情拥戴；而事后却无故被克减开支，勒限补偿，只好把家产赔净（四十回）。此事无论有无一定素材为依据，萧云仙的因功获罪，破产偿官，也并不是一般的什么是非不明，赏罚不公，而是和惠士奇、卢见曾的遭遇相类，同样反映了统治者的阴鸷和贪酷。显然，敬梓对此类事件和清朝皇帝惩治臣僚的这种惯技十分了解，对当时的宦途风险也深有感慨，因而把它们加以剪裁概括，委婉地写进小说。

二

《外史》中不少人物形象是有原型的，其中亦或取自作者本人的交游。如虞博士、庄征君、迟衡山、马二先生、季苇萧等，皆从友好中取材，早为学者所公认。据我们考查，敬梓在创作中遵循了一条原则，即理想人物，肯定人物，带有缺点甚至风格不高的人物，都可以有所依据；而凡为自己所唾弃憎恶，在小说中施以无情鞭挞的反面形象，从不以任何实有人物为原型，当然更不会是自己直接或间接的朋友。《外史》是"公心讽世"的伟大创作，不是一部谤书，不会象晚清出现的某些黑幕小说或阴私小说一样，对个人进行攻讦。因此作品中的严贡生、王惠、权勿用、高翰林、匡超人等等，都不会实有所指，影射生活中的具体对象。

金和《儒林外史跋》关于小说人物原型的论述，对后来的研究工作产生了很大影响。一方面，它为探求《外史》的题材来源提示了有益线索；另一方面则又在研究方法上造成了很大偏差。这种偏差在清末平步青的《小栖霞说稗》（《霞外捃屑》卷九）中表现得最为突出。平步青虽然淹雅，但他从考史的角度来评价小说，意在求实，转成附会。如金和谓"严贡生姓庄"，而平步青乃云："庄某殆指有恭，以其为粤东人而不甚通文理也。"《啸亭杂录》"瞿囥状元"条即指庄，按庄有恭是乾隆四年状元，以翰林院修撰累官协办大学士。钱大昕曾给他撰写墓志（《潜研堂文集》卷四十二），《汉名臣传》卷二十五、《清史列传》卷二十一、《耆献类征》卷二十八、《先正事略》卷十八都有他的传记。我们胪举这些的目的，在于说明庄有恭一生虽无建树，但毕竟是清代的名宦大臣，与严贡生这种卑琐的小土豪没有丝毫共同之处。《啸亭杂录》所说的"瞿囥状元"，是指有人讥笑庄有恭读错过一个字音，而严贡生的特点却绝不是什么"不甚通文理"的问题。把这两者联系起来，不过是为生硬牵合而勉强找出的"根据"而已。这是在探讨《外史》的创作原型时需要附带论及的问题。

吴敬梓在以自己的友好作为艺术形象的原型时，首先考虑了对方在反映当时的社会生活、士林风貌上有无一定代表性，有无加工改造、进行艺术概括的基础。他把吴培源、程廷祚、樊圣谟以及金榘兄弟等作为塑造人物形象的原始依据，并非因为和他们相处久和相知深，而是因为他们有可以被刻画为某种类型的儒者或借以寄托自己的理想、见解的基本条件。有些和他交往密切，对他了解更深的朋友如程晋芳，并未被采做模特，写入小说。其次，为了写出人物的鲜明性格，他在小说中对友人的特点往往做较大的取舍更动。以冯祚泰为原型而塑造的马二先生属于这种情况，是学者所共知的。据李葂来写季苇萧，也是如此。从史料来看，李葂一生困顿，是一个多才多艺、风流倜傥，并且古道热肠、很重友情的人物。据卢见曾《李啸村三体诗序》云："及余被逮，西园（即《出塞图》的绘制者高凤翰——引者）亦挂弹章，啸村留扬州不去，与予两人相依。后余徙塞外，啸村又时时以诗相问讯。盖啸村之笃于友谊如此。"（《雅雨堂遗文集》卷二）仅此一端，亦可见李葂很有风骨，很讲道义。而《外史》则根据创作的需要只取他的名士派，未写他的君子风；只取他的才，未写他的德。凡此都不能以原型的真实事迹和性格要求小说中的艺术形象。

这里对《外史》中一个不被注意的人物做一些分析，以说明作者从自己的交游中取材来塑造形象的原则，同时也可以看出一切次要人物的出现都是作品主题的需要。《文木集》卷四收《减字木兰花》九阕，最后单独一阕有题注云："识舟亭阻风，喜遇朱乃吾、王道士昆霞。"《外史》写杜少卿自安庆返南京，途中偶遇韦四太爷和来霞士，即摄取其事。词中"卸帆窗下，一带江城浑似画。羽客凭栏，指点行舟杳霭间"的情景，在小说中也得到了具体的描绘。敬梓一生的交游很广泛，其中也包括了羽客黄冠，《文木集》卷二有为周羽士写的悼诗可证。高翰林诋毁杜少卿"和尚、道士、工匠、花子都拉着相与"（三十四回），正是为此。王昆霞也是敬梓的方外诗友之一，在雍乾时有一定诗名。杭世骏《道古堂文集》卷十四《王昆霞〈北游集〉序》云：

> 王外史昆霞以诗名江介者近四十年。己酉（1729）之春，扁舟来杭，余之得见也以吴君焯。乙卯（1735）秋，余有事至邗沟，复得见于闵华廉风所。掀髯纵谈，颠倒而不厌。方外之交，未有能过之者

也。乾隆庚申（1740），昆霞展其本师之墓，薄游北平，因以遍交当代之贤士，推襟送抱，以声诗为幽赞。咏歌所及，都为一集而以诿余曰："久交者莫子若也，其有以益我乎？"

序文描写王昆霞"掀髯纵谈"的神貌，可以使我们立刻想起《外史》中来霞士的形象。但来霞士与吴敬梓及杭世骏诗友的王昆霞，实际却有很大距离。

杭世骏是在多方面卓有成就的学者。在大张旗鼓的全国鸿博考试中录取的十五名征士内，确有真才实学的不过杭世骏和齐召南二人。后来杭虽然被削职逐回，但王道士请他撰序时他正在翰林院任官。他一生不肯滥交，序文对道士的推许并非庸俗的应酬。他是通过吴焯和闵华与王昆霞订交的，吴焯是著名词家和藏书家，所收善本甚富；闵华是扬州诗人，与敬梓友人团升及刊行《文木集》的方嶟交厚，见阮元《广陵诗事》卷七。此外，当时负责纂修《续文献通考》的万光泰也和王昆霞相过从。《柘坡居士集》卷十一有《同王昆霞道士访载扬不值》，卷十二有《送王昆霞之大名》二首。万光泰是历算学家和音韵文字学家，工诗善画，与商盘、王又曾、袁枚、程晋芳等均相友善。他和王道士的交往也说明杭世骏所记不虚。杭序用"推襟送抱"来形容王道士和"当代贤士"之间的关系，就是说彼此能输诚相与，保持着真挚的友谊。

然而以王昆霞为原型而写成的来霞士却并非如此。敬梓所取的只是王昆霞周旋于士大夫之间"以声诗为幽赞"的特点，加以概括集中，把他塑造成一种靠作诗当清客的典型。《外史》写来霞士初会杜慎卿，"满脸堆下笑来，连忙足恭"，随即"在袖内摸出一卷诗来请教"（三十回）；首次拜访杜少卿，也是"足恭了一回，拿出一卷诗来"（三十三回）；后来和少卿在识舟亭相遇也说："因这芜湖县张老父台写书子接我来作诗，所以在这里。"慎卿的妾弟伶人王留歌在酒宴上唱《长亭饯别》，是由"鲍廷玺吹笛子，来道士打板"。听说要在莫愁湖举行"雅会"，评定梨园榜，"来道士拍着手道：'妙，妙！不知老爷们那日可许道士来看？'"这纯乎是在少老爷面前讨好凑趣的身份。在《外史》里，来霞士留给读者的突出印象是"爱少俊访友神乐观"的喜剧性情节。这一情节是为表现杜慎卿和季苇萧的性格服务的，而人物本身则另有他独特的社会意义。当时有些人想取得一定社会地位而又不愿或不能走从科举出身的道路，于是只好另辟蹊径，假唱和之名溷迹缙绅。《外史》中有不少这样"名士"。牛浦郎学诗窃诗，冒名撞骗，也就是从"和老爷相与"上动念，可见这已经成为一种相当普遍的社会风气。影响所及，一些略通吟哦的缁流羽客，也往往附庸风雅，跻身诗坛，借以攀援仕宦，结交名流，抬高自己的声价；而事实上则完全处于清客地位。来霞士以谈诗、作诗为贽与士大夫相往还，而且免不了插科打诨，说明他正是清客式的人物，吴敬梓把自己所熟悉的这类方外诗人加以点化，把王昆霞身上隐含着的不光采因素加以突出，在小说里刻画出一个鲜明的艺术形象。这对于丰富作品所反映的士林生活，显示作品的时代色彩，是很有意义。

三

作为社会生活的精确解剖者和再现者，吴敬梓以同样谨严的态度在小说里进行了出色的景物描写。这是《外史》在艺术成就上一个极其重要的特点，给广大读者留下深刻的印象。我们可以这样说，在所有古典小说中，对自然景物的描写比较充分、细致，但却不脱离我们的民族艺术传统和审美习惯，并且和全书固有的语言风格始终保持着和谐统一的，只有《儒林外史》。后来能以写景见长的小说，如《老残游记》，正是继承了《外史》的这一传统。

吴敬梓在小说中描绘景物的杰出才能，决定于他的丰富的生活基础，同时也有多方面的艺术渊源。所谓生活基础，是指他对江南特别是南京、扬州和杭州景物的熟悉和热爱。他喜欢南京，也是因为那里"有山水朋友之乐"。写社会，写人生，需要深入到生活中去，写自然景色也是一样。"山林皋壤，实文思之奥府"（《文心雕龙·物色》），不接触如画江山，没有"每闻佳山水，则褰裳从之"（沈大成《吴征君诗集序》）的深沉爱好，也就不可能有对山川景物的敏锐感受和入神观察。所谓艺术渊源，主要有两个方面：一是他对魏晋南北朝文学尤其是那些凝炼隽永，形象鲜明的写景诗文的深湛修养；二是在他的长辈和同辈朋友中有许多出色的画家，使他在艺术爱好和艺术表现才能上受到了有益的熏陶。这里不是要集中探讨《外史》的写景艺术，只是从作者交游的角度对这个问题做一些必要的考察。

在吴敬梓的友好中，有不少著名画家或以擅画著称的文人。象王蓍、王溯山、释石庄、史铁力、程梦星、洪声、黄河、周矩、团升、李菝、蒋宗海等等，在画史资料上均有记载。这些人物中，以山水画家居多。如冯金伯《墨香居画识》卷七记石庄云：

> 释石庄，号石头和尚，金陵人，卓锡于扬州湖上之桃花庵。生平喜结文字缘，年逾七旬，老而弥笃，故过杨名士咸乐与之交。其画山水，笔则沉着，墨则浓郁，有磊落之概，无蔬笋之气。

金兆燕在《送吴文木旅榇归金陵》的长诗里，追忆他和敬梓在扬州经常同访这位沙门的画家，可以从吴金伯所说"过扬名士咸乐与之交"的话里得到印证。至于敬梓和石庄的相识，自当早在南京而不始于扬州。哈佛燕京学社所刊《清画传辑佚》中有清佚名《画人补遗》一种，亦记石庄擅画山水：

> 释石庄，金陵人，自幼披剃承天寺。山水师石溪，每以狭长小幅见长，叠嶂层峦，纸无余隙。

又窦镇《国朝书画家笔录》卷四亦谓："石庄号石头和尚。……精鉴藏，山水得古法，用笔不多，纯以趣胜。"这些都说明他所画的山水在当时很负盛名，并有自己的风格，他的门徒，数代皆善画，已经形成一个流派，《墨香居画识》曾有记载。

老辈画家如王蓍，虽以花卉翎毛著称，但也精于山水。李浚之《清画家诗史》乙上有云，"王蓍，字伏草，秀水人，家金陵，山水得大痴笔意。"盛镐《清代画史增编》卷十七略同。吴敬梓赞王蓍的画作时说："毫端臻神妙，墨晕势纵横。"（《文木集》卷二《挽王宓草》）也是指他的山水画而言。由王蓍及其兄王概、弟王臬多年斟酌选定的著名画谱《芥子园画传》，最初就是以明代李长蘅的山水画稿为基础编成，在李渔协助下用"芥子园"名义先以套板刊印；后来才陆续增入草虫花鸟，至康熙四十年即吴敬梓诞生时汇刻成书。此外如王溯山、史铁力都是山水画家，这在《文木集》的题画诗中已经可以得到说明。

敬梓友人中的非专业画家，亦多以山水知名。如为敬梓《诗说》撰序的蒋宗海以及与敬梓世代交好的周榘等皆是。《清画家诗史》丙下："蒋宗海，号春农，丹徒人。乾隆壬申（1752）进士，官内阁中书。工篆刻，山水具萧疏古淡之趣。"又同书丁上："周榘，字于平，号幔亭，江宁人。……多巧思，能于尺绢画江河万里。"这是了不起的观察和表现能力，在当时艺林中颇为驰名。蒋士铨《忠雅堂诗文集》卷十四有《长江万里图周幔亭制》一首，就是为赞周榘的这幅名画而作。另外象敬梓在扬州的诗友团升，以善于评论画作著称，并兼工绘事，亦见《清画家诗史》丁上。他的书斋称"画山楼"，诗文集名为《画山楼集》，可见也长于山水。

吴敬梓本人能否作画，在史料不足的情况下，未敢遽断。但一些写景、题画的诗作以及《外史》中关于自然景物的描绘，都显示出他具有画家的气质。"霜畦绮错衰杨外，满眼青山谢朓诗"（《文木集》卷三，《入琵琶峡》），他在对于美好景色的观察中能够时时感受和捕捉到浓郁的诗情画意。和画家们的广泛接触，长期交游，使他这种画家气质进一步得到了启发与陶冶。他把自己这方面的特长运用到小说创作中来，结合人物的活动勾勒出各种不同的生动画面。苏轼论王维时曾说："味摩诘之诗，诗中有画。"（《苕溪渔隐丛话》前集卷十五引）《外史》在某种程度上也可以说是"小说中有画"。王冕对雨后的湖光山色、碧柳荷花有"人在画图中"的感觉，而敬梓就是通过精彩的描绘把这种感觉传达给读者，使读者的心灵沉浸到小说的画境中去。

诗画相通是一个重要的美学理论问题。公元前六世纪的古希腊艺术家已经揭示过他们的一致性（见莱辛《拉奥孔》序言）。当然，绘画与文学毕竟属于不同的艺术领域，小说里的景物描写更有它独特的任务和规律。它不仅要象绘画那样渗透着作者的情愫，展现出作者的襟怀，而且还要为刻画人物服务，要能使景物作为背景体现出人物形象的一种烘托与暗示，这才具有美学上的意义。吴敬梓正是自觉地掌握了这一原则。他写秦淮河，写莫愁湖，写清凉山，写玄武湖，写整个南京的繁华壮丽以及吴山、西湖和虎丘等等，都表现出画家般的高度技巧，而且又都是为了描绘人物的活动环境，从正面或反面衬托人物的性格特征。"卧评"对于《外史》的写景艺术是有所体会的，曾在若干地方做过中肯的阐发，如说："写雨花台正是杜慎卿，尔许风光必不从腐头巾胸中流出。"（二十九回）正因为写景是为了写人，所以同是雨花台暮景，在杜慎卿眼里和在盖宽眼里（五十五回）又迥然不同，这既表现出人物各自的怀抱，同时也抒发了作者所需要表达的兴废之感。敬梓的创作实践表明：他是根据自己丰富的生活积累和深厚的艺术修养，并且按照小说体裁的需要创造性地运用了他所接受的绘画方面的熏陶，因而使《外史》在写景方面取得了其他古典小说所未能企及的成就。

《儒林外史》所秉持的公心

——谈贯穿在长篇中的道德意识*

一

符合一般道德规范的人类日常行为，往往只表现了平凡的甚至最低限度的道德水准，在艺术作品中通常不具有审美价值，在审美上是缺乏吸引力的。它没有摆开壮阔的善与恶的道德战场，因而也就难以产生强烈的美与丑的审美效果。但从另一方面说，体现在人类日常行为中的善与恶、美与丑的较量，却往往是最能显人性之深的、足以洞见肺腑的秦镜。王国维认为《红楼梦》是以平常悲剧构成了不可企及的伟大，鲁迅则盛赞果戈理写出了近乎于无事的悲剧。同样，《儒林外史》也是把笔触伸向了日常行为中的善与恶，展现了人们灵魂深处的美与丑。它对那些不知其所以然又不求知其所以然的诸色人等行为的合理性，进行了鞭辟入里的揭示。小说的博大精微之处主要在于人性道德的反省。"干预灵魂"的立意和视角，使《外史》得以突破传统，产生了独具的思想力量和艺术魅力。

《三国演义》的道德意识最浓郁也最缺少现代意义，因为它所表达和向往的是传统观念所认可的社会理性。这是小说的题材及其产生的历史时代决定的。《水浒传》揄扬英雄，呼唤力度，是一种民族的呼声，但其道

---

* 本文系朱泽吉先生与其研究生周月亮合撰，收入《儒林外史学刊》（创刊号），黄山书社，1988。

德观也没有超越传统范围，远未表现出象《外史》那样近于近代水平的人格观念、个性意识。在描摹世情上具有里程碑意义的《金瓶梅》，则由于缺乏道德意识的光辉而成为古代小说史上永恒的遗憾。与《红楼梦》表现人物的精神世界不同，《外史》更直接和更集中的臧否人物、掊击习俗，说明作者确是冷静而急切地在末代社会里寻求道德自救的道路。这便是吴敬梓所秉持的公心，是他的思虑和情感的专注点。

作为这种情感逻辑的外化和显现，《外史》的结构也突破了从古典小说成熟发展以来所树立的"冲突——解决"式。虽然也是"短篇连环"，但与《水浒传》那种明晰的因果链条的情节型结构已有很大不同。《外史》的结构并不呈纵向递进的因果联系，而是一种立体状的转换并置结构。网络全书的是贯串于长篇之中的道德意识。表层形式结构的变化，正透露着深层的审美视角的转移。《外史》已转向了对人生本身的审视，对个性的表现、干预和确立。

如果说《水浒》以来所开创的传统是情节型的，《红楼》是结构型的，那么《外史》则显示了从情节型向结构型演进的轨迹，而且结构型的特征已经相当突出。它既没有完整的情节主干，又非生活的自然流程，也不象某些现代小说致力表现创作主体的情绪。《外史》是以道德意识为中心线索和叙事焦点，借以宣示作家的道德判断。作者是靠发掘和刻画形象的精神格局，而不是靠首尾完具的故事来结构小说的。正因为这样，所以书中人物虽然各具性格，但又可以依据其品行加以区分归纳，从而构成了颇为完整的形象系列。譬如，杜少卿身上体现了许多贤人名士的美德，秦老的长厚可以囊括祁太公、甘露僧的义行，匡二的卑劣当然也包含了牛浦以至梅玖的可鄙，等等。作者道德意识的完整性，关注问题的集中性，使可谓点状透视的《外史》形成一种整体秩序，内在的驱动力量是作者道德逻各斯的演化。这种整体秩序也形成一条道德的长堤，阻遏着弥漫于整个社会的"五河县式"的势利风习。

二

《外史》贯穿着吴敬梓的道德追求。道德意识构成凌驾于形象之上的本体意识。有的人在现实的满足中完全背弃了道德，如严贡生、王惠、高翰林之流；有的人则在道德满足中放弃了功名和功业，如王冕、杜少卿和庄尚志。两者的高下清浊，判如泾渭。至于逶迤于功业与道德之间的蘧祐和萧云仙等的文采风流，观念上混迹于进士与名士之间的"假名士"的附庸风雅等，作者道德意识的表现都凝聚成真实的细节雕塑。细节的凝聚性、放射性使道德含义大于形象，象冰山一样，十分之八在水下面。有的形象背后的道德含义不仅含蓄，甚至有些朦胧，而且隐身人的叙述方式以及冷静、客观而略带沉郁的中调描述语言，都强化了凌驾于形象世界之上的臻达本体的道德意识。

丹纳说过："一个科学家如果没有哲学思想，便只是个做粗活的工匠，一个艺术家没有哲学思想，便只是供玩乐的艺人。"（《巴尔扎克论》）别林斯基也特别强调作家必须有"概念"（理念）。我们所说吴敬梓的道德意识，正是一个伟大作家所具有的哲学思想的部分内容。果戈理曾为"竟没有一个人发现我剧中无往不在的一个正直人物"而"深感遗憾"。我们似乎可以说，《外史》中这个最伟岸的"正直人物"即是吴敬梓的道德意识。它想追还被各种方式剥夺了的人的合规律、合目的的现实性，从外界找回人自己；它指斥那丧失了现实性而只有现存性的世相人情，强调道德主体的独立自足。

超脱凡庸的道德意识，使吴敬梓获得一种"质的高贵感"。一种高尚的道德情操无法在一个丑恶和愚蠢的世界里实现，才激起他时常表现为憎恨或鄙视的"公心讽世"的创作态度。然而《外史》又不是非要将那群人都摁到水里。横亘于《外史》中的是一种哲人看待童稚式的超拔的静观，一种并不同于基督精神的宽容。他的宽容正是一种博大，这种博大又正是"公心讽世"的保证和力量。种种可笑或可鄙的人物，只要他的心灵还不那么肮脏，作者便不从道德上判处其死刑。杨执中、景兰江以至于丁言志之流并无大恶，作者也绝不嫉之如仇，写出其呆气、酸腐或空虚无聊即告满足，热讽而已，并不是冷嘲。即使象权勿用那样为作者所憎恶的伪道学，也没有让他成为地狱的象征，进行过分的缀合。"诱拐尼姑"一事虽然也符合他的性格逻辑，然而作者却"不为己甚"，事情过后，还有意点出是学里秀才对他的构陷。这不但说明书中的冷嘲热讽绝非"溢恶"，而且显示出这不肯溢恶背后的公心。正是这种公心，使《外史》获得了艺术上的永恒，使后来的许多仿效者不可望其项背。高拔的道德境界范导下的，以及为公心所制约的规定、在"如实描写"中将习以为常的事加以"点破"的讽刺手法，成就了《外史》的光彩。

《外史》既揭发了封建社会末期正统道德"以理杀人"的残酷；更从各个侧面暴露了日常的、世俗的道德被科甲观念、势利见识所侵蚀毒化的现实。"五河县势利熏心"，正是对全社会病态的一种隐括性的总结。《外史》又并不仅是对当时社会进行道德化的批判，也并不完全依据批判构建新的道德。他一方面努力探索士子的精神前途，同时也希冀着能够振作末世的颓风，二者本是互生共振的整体。作者致力于此，既显示出他爱人的公心，又表现出他对社会与人生认识把握得深入和全面。作者的道德意识和其他见解，绝非提倡遁世、玩世，亦非"世人皆浊而我独清"的发泄。

作品的道德意识横贯叙述的全程，并不只是一种意境式的存在。它具象化在形象之中，积淀在叙述语调之内。既是形象的生命，也保证了形象的神韵。作者着力塑造儒林中的贤人高士以表现其人格的理想，有为社会提供楷模的意图，于是正面人物的"概念化"便成了几乎公认而并不公平的评价。且不说不同的人有不同的风格，贤人自有贤人的特色，这并不以人们的理解为限度。即使按持论者的逻辑，贤人也不是一味概念化的。虞博士既然被当成全书的第一人，应该被塑造成"高、大、全"的形象，然而作者却让白璧不无微瑕：虞博士不以科名介怀，但却终老不放弃举业，他不追慕做官，但却把做官当成糊口养家的手段。他转托杜少卿作卖钱的诗文，还从中收取了"好处费"，并且坦荡地说："我还沾他的光。"晴雯的水蛇腰、鸳鸯的雀斑，都增强了她们外在美的"可感度"，虞博士的平凡也更成全了他的"浑雅"。他坦然地从中取费，又坦然地承认"留下二十两给我表侄"，倒超出一般人对贤人标准的理解，正可以说是"唯大英雄能本色"。这样处理，不但显示出作者呼唤坦诚的道德用心，提倡示以本色的道德标准，而且正是这用心和标准使贤人获得了真实的艺术生命。

《外史》以发幽烛微的笔墨雕塑出众多的情感范型，有让读者鄙弃或引为戒训的否定形象，也有希冀获得模仿与认同的肯定人物。建构情感范型的支点何在？这首先是作者臧否人物的尺度问题。这种尺度，既不可能以阶级身分为大限，也不以才华灵智为准绳，而是以道德的高下为天平。并非凡是功名富贵中人便都可鄙，不少在宦途中得意的人物曾受到作者的礼赞。周进和范进的畸形灵魂，不是他们的罪恶，而是他们的不幸，作者博大的仁爱情怀超越了狭隘浮浅的简单暴露，带来了作品的深刻。同为知府，蓬佑的"三声"与王惠的"三声"性质根本相反，作者的爱憎也溢于言表。心灵的美丑、欺骗和危害他人与否的道德差异，才是作者判决的标准。向鼎对鲍文卿由感念发展到人格的吸引与尊重，打破了等级观念而建立了真诚的友谊。作者赞美向鼎重人情、轻等级的风度，是一种唯平等才真爱人的道德观念，倡导对人尊重、"仁者爱人"。在向鼎的身分与态度的反差中显示出人性的光辉。

市井细民亦以其道德高下而有了鲜明的分野。牛老、卜老之间那种淳朴仁厚的人情，会引起读者的深深感动。匡太公对他儿子的嘱咐，几乎可视为作者对世态的剖析，同时又显示出下层人民的可贵素质。作者歌颂这种纯真善良的人情，既是对势利见识的批判，也想以此作为抵制势利见识的精神力量。但是，如果以为作者在市民身上看出了未来社会的曙光，却只是研究者一种诗意的想象。因为作者又分明地写出了同在市民之属的胡屠户、成老爹的势利以及匡大的混帐。作者对出身市井的匡二、牛浦的背叛尤为痛恶，也同样是对其道德堕落进行批判，并因二人行径的差别而做了不同的鞭笞。小说从不以人物的社会身分分高下，而是以人品定贤否。象牛老、卜老、匡太公，以及胡屠户、匡大这类细民，不存在"出"和"处"的问题，而且也谈不到"文"，唯有"行"是作者判断的依据。

三

作者诚有墨翟式的"今求善者寡"的感叹，所以才借讽刺来"强说"，以求人知。他也有颜元"善恶要知，更要断"（《颜习斋先生言行录·理欲》）的热情和信心，因而才肯殚精竭虑地来掊击时俗。至于何者为善，作者推重的是什么情操？何者为恶，贬抑的又是什么品行？这已不待赘言，须要进一步阐明的是以下一些问题。

作者着力表彰真情相向。秦老对王冕的关怀照拂，牛老与卜老的相濡以沫，都是极其可贵的真情。作者向往这种摆脱了利欲观念的纯真境界。少卿待人更是一掬赤心，全无算计，甚至于到了贤否不分的程度。他对沈琼枝理解支持的道德基础是人对人最可宝贵的平等与尊重，因而赢得琼枝的感叹："只有杜少卿先生是豪杰！"超拔的人格境界使二人成为陌路知己。

作者痛恶欺心，鄙视伪妄，也嘲笑矫情，和他表彰真情相向的观点是完全统一的。这使小说体现了鲜明的时代精神。

古代的民本观念、仁爱精神是作者道德意识的基石。作者企慕的贤人政治的核心就是仁政。这种"仁者爱人"的道德意识与真情相向的精神一致而又有所差别。"仁"是一种理性的力量，是人物的观念性的态度，如虞博士、庄征君对贫苦农民的济助。杜少卿对娄焕文的感情是从念旧出发对先人西宾的孝敬心情，比虞、庄二人对农民的同情与怜悯要感人得多，但依然是一种观念性的仁孝思想。李本瑛对贫苦好学的匡二的扶植是作者所向往的贤明官吏的德行，还包括他怜才敬士的心意，绝不是如某些论者所说的是什么拉拢收买、网罗羽翼的问题。

尚义助人精神是作者喜爱的品格，在小说中也得到了动人的描绘。一体两面，对于和这种精神相反的行为则痛加鞭挞。凤鸣岐在小说中的出现似乎与全书内容并不协调，其实正集中反映了作者道德意识中的这种侠气。蘧公孙并非什么高明角色，但他肯于救助穷途末路的王惠，却被当成了一种义行而受到嘉许。马二先生一生醉心举业，鼓吹科名，甚至同情过高翰林对杜少卿的某些诽谤，然其古道热肠，却赢得了作者衷心的敬爱。尽心助匡二、倾囊救公孙，都并非深交却慷慨仗义，因而被称为值得感念的"斯文骨肉"。杜少卿"平居豪举"，助人为乐，更有侠气的光彩。他被誉为"海内奇人""千秋快士"，在很大程度上是因为这种品德。潘三犹如伏脱冷，是一个活地狱，可是对匡二的尽心关注却充满了侠气。相反，匡二对潘三则只有忘恩负义。作者认为在这一点上匡二比潘三更令人唾弃。依作者的道德标准，潘三恶劣，匡二卑鄙，明显的恶劣还远胜于灵魂的卑鄙。匡二竟然讥诮对他恩重如山的马二先生，更令人难以容忍。侠气的有无，引发了读者的赞赏或鄙夷。"侠气助人"因为有异常规而呈现出奇特的光彩，比"仁者爱人"多出了一些"野性"，这正是一种隐微的时代气息的折光。

恶语中伤、无耻毁谤是流言家们的惯技，作者对此比对贪官恶棍更多情感上的愤恨。惜墨如金的作者不厌其烦地写到了杜少卿的言行被歪曲、人格被诋毁。一次夫妇游山，被说成"日日携乃眷上酒馆"；赤金杯被说成铜盏子，以便把他丑化为"象讨饭的一般"；遇贫即施被说成"专好扯谎骗钱"，"千秋快士"被诬为"最没品行"。作者无须公开站出来辩诬，但在客观陈述中则流露出不可掩抑的道义上的愤怒。有时让叙述代理人作出有力的反驳，如虞育德、迟衡山都曾郑重地维护杜少卿："他风流文雅，俗人怎么得知！""是古今第一奇人"。少卿遭多人忌恨，也承多人褒扬，分清了对他忌恨与褒扬是些什么人，便愈见少卿不凡，愈见流言家的可鄙。

"儒者爱身"是作者的又一强悍的道德意识。杜少卿的辞谢征聘，庄尚志的拒绝笼络，虞华轩的愤世嫉俗，在全书中的意义都不限于对功名富贵的淡漠或鄙视，而是一种"人的性格就是他的守护神"（赫拉克理《古希腊罗马哲学》29页）的伦理信念。爱身即不被势利熏心，不为恶行自毁。更深刻的要求则是保全主体的道德满足。作者所欣赏的是，能象虞博士那样中也不喜，不中也不悲，在世人趋之若鹜的豪富面前，能象少卿那样富也不喜，穷也不悲。这并不是奴性的逆来顺受、随遇而安，而是一种超拔的道德境界，始终以主体为本体，希望"逍遥自在，做些自己的事"。这种爱身，是谋求一种理性自觉，从而实现主体的自由解放，不为外物所囿。

与爱身思想联系，作者主张节制愤激的通脱。指摘时弊固然表现出一种高贵的愤怒和可爱的品质，然而不主张作许褚式的赤膊上阵的莽汉，也未必就是妥协和奴性。蓬太守叮嘱娄四公子"作臣子的说话须要谨慎"，庄征君劝卢信侯要懂得"国家禁令所在，也不可不知避忌"。这是一种练达，一种合理的明哲保身，同时也能看出吴敬梓本人对待封建专制统治和文字狱的态度：既不迎和，也不硬碰。沽己以进，不屑苟且，洁己以退，不必犯世。进退都要无损主体道德。这是一种通脱的风度，一种宏通的"常""权"适中的状态，比矫情放诞的性灵派更完整，亦更能保持性灵。这正是吴敬梓经过磨练后的一种人生总结。

"自爱"不能太过，太过则成为自欺，徒然"被高人笑了去"，反而成为不自爱。娄三、娄四一心一意地把权勿用当高士，把杨执中当大贤，把张铁臂当侠客，甚至在他们面前自惭形秽，其实却正是"自爱"过度，总把自己想成孟尝君、信陵君的结果。杜慎卿有些议论确有见识，但自赏心理过分浓厚，时时顾影自怜，自作多情，以致产生了某些心理变态；连季苇萧这样格调不高的人物都嘲笑他"已经着了魔"。"自爱"过度往往构成可笑的错位，成为自己没有荒谬感的荒谬人。作者哀其不幸，写出了其错位意识的浑沌或矫情。

作者在形象塑造上富有深意地进行了错位处理。善于弹琴写诗有才情的人安于作裁缝，着棋高手安于当卖火纸筒子的小贩，作者认为这是高雅脱俗，所以称得起是"奇人"。本是商人市侩而硬要附庸风雅地去写诗，作者便认为雅得太俗。愈是自欺欺人地用风雅掩盖庸俗，便愈加俗不可耐，可笑而且可悲。这种互反性构成法为小说增添了戏剧化的场景，于是景兰江、支剑峰之流留下了永恒的笑柄，而荆元、王太等则显示了倜傥的个性。把有些正剧的内容处理成喜剧，获得了讽刺效果，又在讽刺之后，使人产生了悲喜交融的审美感动。

四

《外史》虽然表现了一种整体化的道德意识，但不能认为作者的人生哲学已经如何完美。杜少卿内心中潜在的空虚与迷惘、彷徨与苦闷，便是证明。少卿的矛盾是叛逆意识守旧心理的对立统一。作者的道德判断解决不了这一历史性的课题。因为作者也是被历史客体所规范的主体，他的"束身于名教之内"的旧道德、旧观念，明显地匡削了少卿的叛逆冲动。潜伏在社会意识深层的旧与新的嬗变，在这里得到了真实的揭示，吴敬梓的道德意识不可避免地折射出时代的矛盾。

作者讥讽景兰江式的错位，自有见地，但赞赏鲍文卿式的守分，却须辨明。鲍文卿身操"贱业"而颇多君子之行。理所当然地受到了作者的表彰。至于对他恭谨地遵守礼法、从不越奴隶之位的肯定，却是作者封建意识的一种表现，完全受了礼教等级观念的支配。鼓吹守分的思想和向往用礼乐振兴道德的意图是一脉相承的。作者对市井气、暴发户的蔑视，也根源于世家公子的遗风。市井人士与有操守的士大夫之间，作者是更礼遇后者的。不但充满雅人气质的"四客"并非新兴社会力量的代表，而且作者肯定某些细民也主要着眼于他们夙有"君子"之风的一面。新兴市民意识的主要内容、根本特征并未获得作者的首肯。沈琼枝的反抗虽然感染了时代精神的气息，但和她"衣冠人家"出身更有直接关系，正如她自己所说，"虽然不才，也颇知文墨，怎么肯把一个张耳之妻，去事外黄庸奴？"盐商势力倒是市民经济发达的产物，然而作者只从"仁者爱人"的道德意识出发，全力抨击了盐商的骄奢、豪横与污浊。作者憎恶那些不安守本分，甚或坑害主子，借主子威风横行乡里，从地位到道德都是"小人"的奴才。守分与否，是作者划分"贱行"中君子与小人的一条标准。我们不赞同这个标准，只憎恶小人行径本身。

"道德普遍地被认为是人类的最高目的"（赫尔巴特），在古代东西方社会中有很长的阶段都如此。道德又是历史具体的，吴敬梓在道德化的批判中进行着道德选择。"不可便寻闻见支撑"是王阳明的口号，也是吴敬梓的希望。匡二、牛浦变成卑劣之徒正起因于寻求闻见支撑。正确的批判总能指向未来，而一时的合理选择却未必都具有正确的意义。作者的"仁者爱人""尚义助人""儒者爱身"等道德信念，在末世颓风之中也许不失为疗救之一法，但今天却必须重新阐释、甄别，才能对它们做出合理的评价。

道德问题并不能由本系统自己解决，它是一个社会问题。《外史》煞尾时流露出对道德自救的失望情绪是不可避免的，作为封建时代的小说家也只能如此。

吴敬梓不是那种十分憎恶其社会并且认为没有改变的希望的为艺术而艺术的作家。他尽管写了贤人的流散和奇人的悲凉，但仍然相信向善是人们存在的绝对价值，似乎把它当成了人生的目的。所以解剖过后不是让读者滋生一种猴子永不能成为人的绝望，而是一种征服了恐惧与怜悯的尼采说的悲剧而非悲观的境界,以及经过宣泄后的"心灵平静"。

作者的信念是理性自赎、道德自救,洁己以进、洁己以退。错位便滑稽,对低于觉醒水平的某些举业家和假名士是一种劝其保持淡泊或真诚的告诫,而守分思想对于已经觉醒的真名士如杜少卿,却又使其陷入矛盾与煎熬之中。作者的博大的公心,是对于善的事物的希冀,是对合理人生的向往,是一种强大而普遍的爱,是一种人性的力量。

一九八六年六月写定

第四辑

论清刻古籍善本[*]

以往谈善本，惟宋元旧椠、明人精刻，以及各个时代具有学术价值的原稿本、旧抄本和名家批校本为世所重。至于清代雕印的书籍，由于时代切近，流传尚多，向难跻身于善本的行列。这种观念，是在清代开始形成的。晚清著名藏书家丁丙在《善本书室藏书志》的编辑条例中，把他所收罗的善本区为四类：一曰旧刻，二曰精本，三曰旧抄，四曰旧校。他所说的"旧刻"，专指宋元遗帙；"精本"则仅限于明人佳椠，特别是嘉靖以前的版刻。这在当时是具有代表性的主张，所标四类也正体现了清人对善本范围的理解。其后虽有不少学者开始重视清代的精刊和稀见刻本，但对它们迄未做全面分析，没有集中探讨过清刻古籍在版本学上的地位。普遍说来，人们对善本书的观念，并未完全脱出清人的窠臼。因此，今天提出研究和确定清刻善本，实际是一个新的课题，也是一个容易产生争议的问题。

古籍能否列为善本，原从比较而来。善本书的含义和范围，应当随着时代的变迁而发展。传世久远，本来只是构成善本的一个条件，如果囿于成说，惟古为重，甚至把"清刻"和"善本"当成两个互不相容的概念，显然是不恰当的。明末藏书家祁承㸁说"书籍与代俱增，而亦与代俱亡之物也。"（《澹生堂藏书约·鉴书》）我们不仅应当看到近三百年来图籍的日益浩繁，同时也要看到一些旧刻新雕的日益阙佚。就清刻古籍来说，以

* 本文原刊《文献》1981 年第 3 期。

往难得的，今固尤甚；而前之易得者，现在也往往难于觅求。至于以刊印精良而著称的版本则更趋稀见。叶德辉诗云："当时视寻常，后世殊珍异。"（《书林清话》九）这是符合古书流传的客观规律的。

我们应当改变历来那些收藏家、鉴赏家们一贯轻视和忽视清代刻本的狭隘观点。不能等这些古籍日就湮没之后再来摩挲品题，叹赏它们的"稀如星凤"。当然，从整体情况来看，现存清刻古籍的数量仍旧是惊人的，而且触手可得的又都是一些习闻惯见的刊本。从这样浩如烟海的图籍中确定善本，必须在防止庸滥的前提下精心抉择，取所当取，才能归于至当。正因如此，要真正做到宽严得体、去取合宜，是比较难掌握的，也是容易有分歧意见的。这里从以下几个方面谈一些个人的浅见。

一　鉴定清刻善本的标准

鉴定善本必须有谨严的态度，要从多方面审慎地考虑问题。但是，研究不同时代刊印的古籍，着眼点也有所不同，所持的标准和所需的知识是有很大差别的。

能够保存下来的宋元旧椠，大抵是四部要籍。即使有的书学术价值并不高，但由于它们时代已远，镂印精工，具有很高的历史文物价值，既能幸传至今，也应当看做艺林至宝。因此，我们考察宋元刻本，主要任务是通过分析比较来确定版刻年代与印刷先后，要能根据它们的版式、行款、字体、纸墨、刻工、牌记、序跋、题识，以及书中避讳和藏家印章来鉴别真赝，区分原刻与后人翻刻、仿刻的不同。这是一项非常复杂细致的工作，需要有专门的版本知识和丰富的实践经验。而且即使具有这样的知识和经验，也很难说必然可以做出绝对准确的判断。

就清刻古籍来说，固然也需要分清某些原刻复刻、初印与后印之间的差异，可是此外则很少有判别时限、区分真伪的问题，从浩瀚的清代刊本特别是清人著述中确定善本，主要须根据书籍的性质、内容、学术价值、版本源流以及传世多寡来辨识。有些镂印甚精的名著，如果传布尚广，并不一定纳入善本的范围；相反，另外一些有用而罕见的撰述，即使在雕印艺术上远非上乘，却更值得珍视。总之，在学术方面有较为重要的参考意义而又传世极罕，当是清刻善本的基本条件和首要标准。

如果我们说，鉴定清刻善本似易而实难，难就难在首先需要熟悉大量古籍的实际内容而不仅是雕印形式，要能充分了解它们的科学价值、掌握它们的传布情况，从而做出比较恰当的判别。

确定清刻善本，多数意见认为应有一个时间断限，主张断自乾隆以前。这体现了重视清初原刊旧刻的精神，原则上没有不当。但是，如果过分拘守这样的标准，机械地排除清中叶以后的版刻，也会造成弃所当取，使某些可遇而不可求的稀见精刊被推出善本的大门，因为在清刻古籍中实际还存在着下列一些特定情况：

譬如，前代有些著述，到清朝后期始精校付梓，而不久又由于某种意外原因成为十分罕见的版本，这就很值得宝重。象宋卢宪所撰的《嘉定镇江志》三十卷，是著名的古地志之一，但原书久佚，乾隆中始由《永乐大典》录出二十三卷，以抄本形式流传。在阮元支持下出现的道光二十二年丹徒包氏校刊本，实际是本书的第一个刻本。这个刻本的校勘工作出于刘文淇父子之手，比较完善（周中孚《郑堂读书记补逸》十二）。可是因为它"传布无多，经咸丰之后，墨印益少，版片久失"（陈庆年《嘉定镇江志重刊本跋》），所以六十年后才出现丹徒氏重刊本。可见道光原刻虽然距今甚近，但却以其精审和罕传而弥足珍贵。这类情况在清代刻本中是常有的。

还有一种情况是，清初或乾嘉时代一些富有学术价值的著作，可能迟至清末始得梓行，倘或版片亡失，又未重刻，传本自然日稀。如清人为《三国志》作补注工作的有十数家，其中唯赵一清《三国志注补》最称详赡。这部书直到光绪时始刊于广雅书局，而历时未久，版即遭毁。后来汇集《广雅丛书》《史学丛书》时亦未得收入，目前行世者唯抗战前影印本而已。这样，赵著尽管是光绪刊本，但现在已成为难见的旧籍。

再有，清中期以前的撰述，自当以原刊初印为贵。但晚出的新刻本如果搜罗更加完备，校勘更加精审，而又流传较少，其价值往往可以更高于原刻。如《纳兰词》以康熙三十年《通志堂集》本为最早，后来始有单行别本。至道光十二年汪元治刻本出，于各本字句异同，汇校并存，其详备乃凌驾于一切旧刻之上。这部词集后来曾收入《榆园丛刻》及《粤雅堂丛

书》，得到推广，但汪刻原本却殊不易得。同样情况，宣统时董康精刊的
《梅村家藏稿》，在内容和雕印方面都远胜于康熙原刻本《梅村集》，学者
并未以其晚出而忽视。

另外，许多有用而罕传的书籍，本身就是清代后期的撰述，当然不可
能有更早的刊本，因而也就不能以乾隆为限定去取。如许瀚是嘉道期间卓
有成就的训诂学家和校勘学家，他的《攀古小庐杂著》到光绪时才得锓
版，可是久已成为许多学者难获一见的作品。又如道光时邓传安所著《蠡
测汇抄》，为研究台湾风土提供了有益的史料，其书虽为道光十年所刻，
但因传本甚少而颇难觅求。这类事实，不可缕数。总之都说明，对清代后
期刻本一概采取摈弃的态度，是不利于发掘和保存善本的。

二　清人著述的稀见刻本

在清刻古籍中，绝大多数是清人自己的著作。其中有许多稀见版刻是
值得宝重的。大略言之，可分数类：

一是学术专著。清人撰述繁富，有神学林，但有很多要籍佳椠，已极
为罕觏。举例而言，属于金石图象方面的如阮元摹刻并考释的宋王厚之
《钟鼎款识》、刘喜海所辑的《金石苑》等，地理方面如白潢、查慎行纂修
的《西江志》等，书画艺术方面如卞永誉集录的《式古堂书画汇考》等，
科技研究方面如吴大澂的《权衡度量实验考》等，镌印既精，又鲜流传，
在清刻中甚为名贵。至于某些卷帙很少而富有资料价值的专著，如果丛书
未收，仅仅是单种零刻，往往极难保藏。在这种情况下，即使版刻平常，
也同样值得珍护。

清代有很多学术著作，目前仅有重刊本行世，原刻已甚不易得。如薛
传均《说文答问疏证》，看来是极普通的书，但目前见到的最早刻本却只
是道光十六年黔西史氏重刊本和道光十八年扬州刘氏重刊本。其后自姚氏
咫进斋以下，又有多种刻本出现，皆源出于刘本。实际上，福建原刊本较
后来传刻诸本在文字上颇有异同，足资参证，而现在殊为罕见。又吴玉搢
《别雅》，不仅康熙原刻已少，即乾隆七年程氏督经堂刊本也因版片被洪水
漂没而传布甚稀。因此，根据不同情况，对清代某些学术专著的初刻本及

早出的重刻本加以珍视，是完全必要的。

二是文集。清代文集不可胜数，有的名似杂著，实亦文编。这些别集的性质是很复杂的，在今天的价值、作用也很不一致。其中最重要的当然是一些稀见的考证家的文集，因为它们保存了大量诂经、证史、考文、审音的论著。这些书虽然很负盛名，为学者所熟知，但一一搜求起来，却又并非易事。甚至乾嘉时代一部分大家的文集如《西庄始存稿》《柚堂文存》《果堂集》《东潜文稿》《幼学堂集》《研六室文抄》《简庄缀文》等等，不下数十种，由于初印既少，多未重刊，也都逐渐成为十分难得的著述。

至于未经抽毁或虽遭禁毁而幸存的清初别集，如冠有钱谦益序文的二十卷本《梅村集》、康熙时刻印的《虬峰文集》、雍正初刊行的《吕晚村先生文集》等，在学术上亦各有其特殊意义。此外，还有很多稀见的诗文集，在文学上虽不占地位，又未收什么学术论著，但它们当中的许多碑传、书札、序跋、题记以至唱和赠答的诗篇，却常为研究各种重要的历史事件或人物提供了可贵的线索或依据。因此，从史料价值出发，对一些刻本甚少的冷僻别集，也应加以重视。多年以来，有些学者或藏书家曾用很大精力专务罗致清集，主要是为了以上的种种原因。

第三，在清代的笔记稗说中也不乏值得珍重的版刻。清人笔记基本上是两种类型：一种属于读书札记，以考订为主，大都能列入著作之林，因而传本甚多。另一种则属于野史稗乘，以记载掌故史实为主，当时人不过借以增广见闻，甚或聊资谈助，并未给以足够的重视。事实上，这类笔记往往保存了多方面的历史资料，尤其是有关某些政治事件的记载，更足以补史籍的缺失。不过它们也常因此而触犯禁忌，以致影响传播，造成湮没。我们所珍视的清人笔记，正是以这类稗乘的稀见刻本为主。象董含的《三冈识略》，仅有康熙初光复堂刊本；刘靖的《片刻余闲集》，仅有乾隆十九年刊本；法式善的《陶庐杂录》，仅有嘉庆二十二年大兴陈氏刊本，等等。这些书颇具文献价值，可是一向少见。《陶庐杂录》在法式善所著的笔记中是最难得的一种，近年虽已有了校点排印本，而原刊仍自可贵。还有些传本甚少的笔记，不但在内容上足供采撷，而且在刻印方面也很考究。例如释大汕的《海外纪事》，有康熙三十五年刻本；袁栋的《书隐丛说》，有乾隆初刻本，都是雕印工雅，富有特色的版刻。在研究清代版本时，不当以稗说野史而忽之。

第四，稀见的方志刻本也是应当注意的一个方面。清代是方志产量最多的时代。据《中国地方志综录》所收，清人所修的志书，占宋以来方志总数的百分之八十。这说明古方志亡佚者甚多，同时也足以看出清代志书的繁富。从纂修情况看，清代方志也可区分为两种类型：一是由著名学者独撰、主修或参与商订而编成的。它们向以体例谨严、整饬有法为世所重，但目前有的已很难寻觅，初印尤不易得。这些出于专家学者之手的名志，亟待我们认真访求和保护。另一类是以各级地方官吏名义主修的志书。他们开局修志，不过是为了奉行政令、博取声誉、位置冗员，纂修时大抵皆抄撮档案、堆砌材料，内容极为芜杂。但正因如此，它们也往往汇集了大量的原始材料，成为供批判使用的丰富的史料宝藏。这些官修志书，一般印数较少，过去又没受到应有的重视，有的已十分罕见。特别是一些纂修时代较早而又比较偏远的府州县志，更为难得。从大批方志中斟酌选汰，确定善本，是一项非常重要和艰巨的工作。

第五，考察清人撰著中的善本还须注意到小说、戏曲及其他通俗文学作品。清代小说、戏曲虽称繁荣，而一些名著的原刊旧刻却多已失传。如《儒林外史》初为乾隆刻本，但始终未见；传世者唯嘉庆时卧闲草堂刊本及艺古堂复印本最早，也都成为稀见的珍品。《桃花扇》《长生殿》虽各有康熙原刻而藏者甚罕。象李渔《十二楼》这样较为次要的作品，不仅原刊久佚，消闲居附图精刻本已成孤本秘籍，即使嘉庆时会成堂重刊本以至坊刻巾箱本，亦皆难遇。孙楷第《中国通俗小说书目·凡例》中有云："小说之书，明清旧本原刻，因凤昔之鄙弃而日少，与四部宋元旧本因代远而日少者，其原因虽不同，而至于今日其因稀而见珍于世也则同。"事实上，一切通俗文学刊本的传布情况，莫不如此。这多年来，经过收藏家和研究者的搜求，许多小说、戏曲、弹词以及民歌俗曲的旧本原刻，盖已罗致殆尽。可是尽管如此，清代二百数十年中坊肆间所刊的通俗作品，散在全国，其堪称善本，见于著录或未经著录者，均尚有之。这些还都需要我们认真去识辨。近人所撰小说、戏曲书目，或附考版本，或兼注藏家，都可以供鉴定斟别工作中参考。

三　前代著作的初刻本和首次重刻本

清刻古籍中有不少是前人著作的首刻本或第一次重刊本，其精审稀见者，应根据实际情况考虑归属于清代善本的范围。

明人及其以前的撰述，有一些是长期以抄本形式流传，到清代才首次付刊的。如白朴《天籁集》，元明两代，向未梓行。清初杨希洛始据抄本厘为二卷，并掇拾他书所收小令、套数附于编末，于康熙四十九年由环溪王皓写版付刻。又姜夔《白石道人歌曲》，旧有明初陶宗仪写本，至乾隆十四年，方由松江张氏松桂读书堂刻版以传。明代沈启所撰《南船记》，记载翔实，图文并茂，为了解古代船舶制造提供了重要资料，其书成于嘉靖时代，但到乾隆六年始有刊本。象这类前代著作的首刻本，镂印既精，日稀日贵，所以深为讲求版刻者所珍重。

晚明撰著在清初始行付梓，更是很自然和较普遍的情况。例如方以智的《物理小识》，是继张华《博物志》、释赞宁《物类相感志》等书之后进一步推阐物性的一部科学著作，对研究古代科技史很有参考价值。作者的名著《通雅》已于崇祯时刊行；而此书则以康熙三年于藻刻本为最早。不过目前传世者主要是光绪十年重刊本，于氏首刻已甚为罕见。另外有些归属晚明的著述，实则写于清初，如张岱的《西湖梦寻》，就是他在明亡后追忆西湖繁华、寄托感慨而作。其书有康熙五十六年原刊本，刻印甚工，传世亦少，一向被目为珍贵的版本。

晚明史籍和诗文别集，很多在清初始刊而后又遭到清廷禁毁或抽毁的，《清代禁书知见录》记载甚详。这些书有的到后来还照常传刻，有的则由于禁毁而罕见或散亡。凡幸存的晚明史乘，近百年中根据历史形势发展的需要，都曾单付排印，或则汇为丛刊，其所据底本，多为清初所刻。至于一些经过禁毁的晚明别集，如方以智《浮山文集》（清初刻本）、邝露《峤雅》（顺治间精刊本）、董说《宝云诗集》（康熙二十八年刻本）等等，有的传世至罕，有的则已成孤本，濒于湮灭，因而均有认真护惜的必要。

有很多古籍，在宋元时虽曾付雕，惟以年代久远，版毁书绝，或者偶存孤本，但无可寻踪。在这种情况下，清代的首次重刻本就成为目前传世最早的刻本，具有和原刊同等重要的意义。

譬如北宋时朱长文《乐圃余稿》，据《四库》著录，其全集本为百卷，刻成后版毁于兵，南宋时其从孙朱思辑得部分佚作，编为《余稿》十卷付梓。但现在南宋刊本又不可见，传世者唯康熙五十一年朱岳寿重刻最早，而且亦甚不易得。此外如康熙三十七年震泽徐惇复校刊的《苏学士文集》，康熙五十五年石键据渔洋书库藏本重刻的《徂徕石先生全集》，康熙六十年锡山王邦采覆宋刊《徐节孝集》等，都是各书现存最早最佳的刊本。象苏集已为《四部丛刊》采为底本；徐集镌印亦甚精工，论者以为"虽非宋刻，亦可谓下真一等"（罗振常《善本书所见录》四）。在宋刻久已失传的条件下，对清代这类稀见重刊本的价值是不应忽略的。

还有些古籍，据前人著录或尚有旧刻传世，但目前存佚未卜，也当以清代首次重刊本为贵。特别是校印精良而比较稀见的版刻，更应引起重视。如陆龟蒙《笠泽丛书》，据清人所见，尚有宋蜀刻本、宋樊开本、元陆德原本、明李如桢本等多种旧刻存在，但因踪迹无闻，存亡难定。当前行世者实以雍正九年顾槐碧筠草堂仿宋本为最早，其书原出于元代至元六年刊本，后来比较多见的姚氏大叠山房本、东山草堂本，都是据碧筠本复刊的。又有于封面题"水云渔屋刊本"者，实即陆本。此后又有乾隆间顾槐复元刊本、嘉庆二十四年许槤古均阁校刊本。许刻以宋樊开七卷本为底本，另外又参考了元明以来多种刊本和抄校本，竭十余年功力勘定，然后手写付梓。由于印数甚少，所以丰城熊氏、海昌陈氏皆曾影印。总之，在今天所能见到的《笠泽丛书》中，陆、许两刻最称精审，无疑应归于清代善本之列。

明人著作有很多是经清代重新校刊的，大都胜于明本原刻。因此，无论有无明刊传世，一些稀见的清人重刻本往往更可为贵。如归有光《震川文集》，现存的万历原刻即远逊于康熙间归庄家刻本。又弘治间都穆所辑的《金薤琳琅》原刊本未见，目前行世者唯乾隆四十三年杭州汪氏重刻大字本最早。其书校印并精，于原刊疏失多所订正，故学者咸推为善本。光绪间葛氏学古斋汇刻《金石丛书》，即以汪本为据。近人潘景郑谓曾见《金薤琳琅》原刻本，出于独山莫氏，后亦杳无下落（《著砚楼书跋》一六九）。其实原刊无论存佚，乾隆首次重刻本也是本书赖以传布的最完善的版刻，因而有更值得珍视的一面。

四　代表清代雕印艺术的精刊本

清代善本应以学术价值较高而罕传稀见为基本条件，这不等于说，清代的雕印艺术无足取，更不是说清代没有刻印精工、为版本家推重叹赏的佳椠。前文的论述中，事实上已经涉及到许多具有代表性的清人精刻。下面专就足以反映清代雕印艺术水平的刊本，略加论述。

清代殿本及内府所刊诸书，在形式上是十分考究的。这类刻本，书品宽大，装帧堂皇，加工镌刻工致，墨色纯良，又多用开化纸或榜纸精印，其名贵无须赘言。康熙四五十年间，曹寅主持扬州诗局时为内府刊印的各种书籍，以及他本人辑刻的丛书，均经手写锓版，字体端秀，纸墨莹洁，颇有宋椠遗韵。人们常把这些书做为康熙刻本的代表，称之为"康版"，足见宝重。

从私家刻书来说，清初秦镕摹宋刊巾箱本《九经》，以及稍晚一些张士俊摹宋刻《泽存堂五种》，都是极负盛誉的精刻。此后由于考证学的逐步发达，许多学者在重新校理刊行大量古籍的同时，也竞以影刻或仿刻宋元善本为尚。以经史而论，著名的黄丕烈影宋严州本《仪礼郑注》和影宋刊《国语》《国策》，张敦仁影宋淳熙抚州公使库本《礼记郑注》，汪士钟影宋景德本《仪礼单疏》和元泰定本《孝经疏》，臧庸仿元雪窗书院本《尔雅注疏》，以及胡克家复元刊本《资治通鉴》等，均为书林所称道。在清代官刻的古籍中，复宋元版本的经史要籍很少，而且也没有完全忠实于原刻的精神面貌。有的版本学家曾认为这是清代刻书的一种缺陷。在这种情况下，上述一些私家精刻就更能显示出它们的重要代表意义。

清代的复宋或仿宋刻本，还包括了其他各类古籍。象吴鼒影刻宋乾道本《韩非子》，胡克家复宋淳熙本《文选注》，聊城杨氏仿宋本《蔡中郎集》，缪日芑仿宋本《李太白集》，项絪翻宋本《韦苏州集》以及前文所举的顾氏碧筠草堂复元刊《笠泽丛书》等，也都是清代著名的版刻。缪、陆诸刻特别是胡刻《文选》，均经后人多次复刊或影印，吴刻《韩非子》

且经日本仿刊，足见原本的精审。

清代有很多专门辑刊宋元明善本的丛书，被称为清代丛书中的"版本派"。开辟这一风气的是黄丕烈。他曾在鉴藏的基础上，斟选自己所得的宋元佳椠，由著名校勘学家顾广圻为之勘定后次第刊行，于嘉庆二十三年汇成《士礼居丛书》。这部丛书经过兵火之后，流传日稀，初印尤为名贵。同时秦恩复石研斋所刻的多种古籍，虽无丛书之名，实际也属于黄氏一派。他刊行的书，从文字校勘到雕印形式都非常考究，当时号为"秦版"。其后如聊城杨氏、常熟瞿氏影刻的古籍，直到清末黎庶昌访求日本所藏中国古书善本而影刊的《古逸丛书》，都是"版本派"的著名代表。黎书刻成之后，曾印刷百部，"以赠当时显者，皆叹为精绝"（杨守敬《邻苏老人自订年谱》）。这部丛书的版片后归江苏官书局，摹印已远不如前，唯在东京初印的美浓纸本，收藏者认为是足以与宋椠元刊争光比烈的。

在清刻古籍中，受到重视的主要是一些精美的软体写刻本。清初刻版，一般都用长形仿宋字体，风格与明末刊本甚为相似。后来逐渐发展为方形硬体，粗拙板滞，以致毫无艺术性可言。但是，也有许多精校、精刊本一直保持了宋人刻书的优良传统，请擅长书法的人手写上版，并由名工精心雕印。上面所说曹寅在扬州诗局刊行的书，就都是软体写刻。此外还有很多著名写刻本，这里无须胪举。前人所谓"康雍缮写工，乾嘉校勘细"（《书林清话》九），就包含了对清代写刻本的赞美。不过用软体缮写的佳刻，实际上并不限于康雍时代而已。

清代有很多以善于写版著称的专家。如林佶、黄仪、余集、许翰屏等，均为研究古籍版刻者所熟知。值得注意的是：这些经常为他人写版的名手，本身大抵是"清贵"的官吏、知名的学者，并不以佣书为业。这一事实，说明了当时对写版的高度重视。象林佶就是东南有名的藏书家，康熙进士，曾官内阁中书，著有《朴学斋集》等。出于他手写的《渔洋山人精华录》、《古夫于亭稿》、《钝翁文抄》和《午亭文编》，论版刻者称之为"林佶四写"，极负盛名。黄仪则是很精博的舆地学家，尝与阎若璩、顾祖禹等同修《清一统志》。王士禛《渔洋续集》付梓时，拟仿宋椠，曾专门请他写版，《香祖笔记》卷二记其事甚详。为周密《志雅堂杂抄》等书写版的余集，曾以与修《四库全书》膺聘入翰林，累迁侍读学士。他兼擅书法绘画，所绘美人山水都很有名，著有《秋室学古录》。由这些名家书写上版的刻本，字体端丽，镌法工整，是很足以为清椠生色的。

在清代写刻本中，还有一部分是手写个人撰述或所辑作品的。这也是宋人刻书所树立的传统，在清代得到了发扬。乾隆时著名的画家、诗人金农曾自书其《冬心先生集》，汪士慎曾自书其《巢林集》，郑燮曾自书其《板桥全集》，皆为艺林所重。稍后则许梿也以善于写版著称，他除为李文仲《字鉴》、吴玉搢《金石存》以及自编的《六朝文絜》写版外，并曾写刻自己辑录的《古均阁宝剑录》。其书钩摹工细，纸润墨香，一向被认为是当时吴中版刻的杰作。另外如江声以篆体自书所撰的《尚书集注音疏》和《释名疏证》，张敦仁以草体自书所撰《通鉴刊本识误》，则在版刻中别树一帜。这类自己书刻的古籍，都是既有历史文物价值，又富于艺术代表性的善本。

足以反映清代雕印艺术水平的，还有一些特殊版刻。一是版画集。名作如清初萧云从《离骚图》，有顺治二年刊本，所绘人物的衣冠履杖，古朴典重，很有六朝人画意。又所绘《太平山水图画》四十三幅，为顺治五年怀古堂所刊，每幅都具有深远的意趣，鉴藏家以为"诸家山水画作风，无不毕于斯，可谓集大成之作已"（郑振铎《劫中得书记》七十四）。此外如康熙时所刻吴逸的《古歙山川图》、焦秉贞的《耕织图》等，均以精细生动见称。还有一些出自徽籍著名刻工之手的戏曲小说的插图，神态栩栩，极为工致，在构图和镌刻方面都显示出高度的艺术造诣和独特风格。

二是套印本。现在传世的套印木版，绝大多数是明代万历启祯年间吴兴闵、凌两家刊行的。不过明人刻印的套版，一般都是两色，三色很少，四色者仅见，五色唯笺谱、画谱或花卉谱有之。清代则不但有精刊的四色印本，如内府所刊《古文渊鉴》之类，而且还出现了绚丽悦目、印工复杂的五色套印书籍。如道光十四年涿县卢坤刻印的《杜工部集》，所辑明清两代五家评语，分别用紫兰朱绿黄五色，如果加上正文墨印，应当说是六色印本。除此之外，清人刻书还有一些在版框栏线上力求变化美观的，亦为前代所未见。这些特殊版刻，有的虽纯属形式，无关宏旨，但都标志着清代的刻书工艺有了进一步的发展。如果从雕印艺术的角度来考察清代刻本，对它们也是应当加以注意的。

论谚语的思想和艺术[*]

一

谚语是民间口头创作中的重要形式之一。虽然它在体制上比起民间歌谣或故事来更为简约，但它同样是以艺术的手法反映了现实，表现了人民的生活、思想、情感；同样是人民所掌握的宣传教育武器，具有文学作品的特质和作用。它以特有的警辟性、压缩性和作为一种语言艺术形式的完整性使自己在民间创作中占有了特殊的地位。

在我国，谚语的形成和传播是很早的，我们可以从周秦两汉的典籍中举出大量的证明；所以梁代的刘勰曾说："文辞鄙俚，莫过于谚，而圣贤诗书，采以为谈。"（《文心雕龙·书记篇》）这说明谚语的名称及其被引用，由来已久；同时还说明，它是产生和流传于民间的"鄙俚"的语言。

古代学者们也曾给谚语下过定义，他们把"谚"解释成为"传言"（《说文》三上）、"俚语"（《书·无逸传》）、"俗语"（《礼记·大学》释文）、"俗之善谣"（《国语·越语》韦注）或是"俗所传言"（《汉书·五行志》颜注）、"传世常言"（《一切经音义》卷十二引《说文》）等。但这些定义都是非常简单、含混的，综合起来看，至多说明谚语是民间世代相传的一种成语，并不能明确地指出谚语的性质和作用，使人理解它的真正含义。

---

[*] 本文原刊《河北师范学院学报》1956 年第 1 期。

我们不难推想：任何话语能够在人民口头上传播使用，必然是人民公认的道理，代表着人民对现实的看法；而这些道理和看法之所以产生，又必然是人民从实际生活经验中归结出来的，是他们观察了无数事象后所下的断语。只有被群众公认，才能广泛流传；既然能广泛流传，就会被锤炼得日益精致美化。随着人类社会生活的日趋繁复，现实中的矛盾斗争的日趋尖锐和多样，人们也会不断地从中抽出表现在某一事实里的最本质的特性，用精炼的语言表达出来。这就是说，谚语其实是人民世界观的反映，是他们根据自己在阶级斗争中和生产劳动中所积累的知识而归纳出来的结论；把这种结论压缩和修饰成为简洁而又艺术的语句，在日常说话中应用，借以表示他们对某些社会现象或自然现象的意见，并以之作为自己行动上的借鉴，这就是谚语。也就是说，谚语乃是广大人民的感性认识上升为理性认识后的结晶，是他们在认识过程中根据实践基础而提炼出来的成语，所以又能反转来指导人的实践，起着巨大的教育作用和认识作用。

列宁和高尔基都曾把谚语的意义提到高度的原则上来解释。列宁研究过 B·达利的《大俄语详解辞典》中所引用的谚语，他指出民间口头创作包括谚语在内都是研究人民的憧憬和期望的最有意义的材料，认为谚语是"以惊人的准确性表现出十分复杂的现象的本质"（开也夫：《马克思列宁主义经典著作家论人民创作》民间文学创刊号五十九页）。高尔基也说："俗谚和俚语，用一种特别富于教训性的完整形式，把人民大众的思想表现出来"，"俗谚和俚语，是把劳动人民所有生活上的与社会历史上的经验，都典型地予以具体化了"（《我怎样学习和写作》，三联版五十七、五十九页）。他们明白地揭示了谚语的阶级性、现实性和无可置辩的确切性，说明了谚语是在概括地表现着人民的智慧和生活斗争经验。

从下面的话里，我们可以看出鲁迅先生是怎样认识谚语的性质的。他说：

　　……也许是已经汉译了的日本箭内互氏的著作罢，他曾经一一记述了宋代的人民怎样为蒙古人所淫杀、俘获、践踏和奴役。然而南宋的小朝廷却仍旧向残山剩水间行乐；逃到哪里，气焰和奢华就跟到哪里，颓废和贪婪也跟到哪里。"若要官，杀人放火受招安；若要富，跟着行在卖酒醋。"这是当时百姓提取了朝政精华的结语。（《且介亭杂文二集》：《田军作〈八月的乡村〉序》，《全集》第六册二百八十六页）

"若要官，杀人放火受招安"的话初见于宋代张知甫的《张氏可书》，另外宋徐梦莘《三朝北盟会编》（卷一百四十）里也记录过一则相类似的谚语："要高官，受招安；欲待富，须胡做。"这都是南宋人民针对当时腐朽的政治所下的讽刺性的评论。鲁迅先生在别的文章里曾说民间的成语多是"现世相的神髓"（《集外集拾遗·何典题记》，《全集》第七册七一六页），这里又称谚语为"百姓提取了朝政精华的结语"，如果不包括关于自然现象、生产知识的谚语在内，那么，这两句话也正好十分精确地说明了谚语的本质意义。古代学者把谚语解释成为"俗之善谣"或"传世常言"之类，也都有一定的理由，不过只是就现象上指出谚语的特征的一面罢了。

远古人民就曾根据自己的生活经验创造了无数警辟的谚语，它们所包含的道理往往是无比正确和深刻的，所以才会有如刘勰所说"圣贤诗书，采以为谈"的事实。尽管在文人学者们看来这些谚语都很粗鄙，但也不能不承认他们所讲的是真理，不能不借来说明自己要说的问题。宋代的诗人杨万里说："古今有亡书，无亡言。南人之言，孔子取之；夏谚之言，晏子诵焉。南北异地，夏周殊时，而其言犹传，未必垂之策书也，口传焉而已。"（见宋曾敏行《独醒杂志序》）谚语仅仅是借了口传，竟能突破时间和空间的限制，保存它不朽的生命，这绝不是偶然的。现代的谚语有很多已经流传了数百千年，像广大人民常说的"当断不断，反受其乱"，《史记·春申君传》已引用过；"百闻不如一见"，《汉书·赵充国传》已引用过；它们已经有了两千年左右的历史。这主要是因为它们说的有道理，符合了多数人的经验，代表着多数人的见解，并且经过反复地选择、淘汰，才可能传播如此普遍而且永久。

如上所述，谚语是人民"根据自己在生产劳动中和阶级斗争中的知识所归纳出来的结论"，用来"表示他们对某些自然现象和社会现象的意见"的，因此民间谚语就分为自然谚语和社会谚语两大部分。过去劳动人民没有受到科学教育的机会，可是凭着实际经验的积累，他们掌握了自然的规律。许多关于天文、气象、农事、畜牧以及医药卫生的谚语，往往无比准确，而且符合科学的理论。远在东汉时代，崔实就曾辑录过"农家谚"，其中有若干条直到现在还是广大农民在生产中奉行的准则，对他的耕种、畜养等工作起了巨大的指导和帮助作用。最近有人研究民间有关气象的谚语，逐条加以论证和分析，结果大部分是和现代气象学原理暗合的（见朱炳海：《天气谚语》，青年出版社出版），从这里我们可以发现劳动人民的惊人的智慧和辛苦钻研的精神。虽然它们属于人民所创造的自然科学知识，但同样也具有历史和文学的价值。因为它们也是从劳动生活中产生，在人民的历史生活中起着积极的作用，并且也往往可以显示出劳动人民的集体观念和战胜自然的信心。其艺术价值正像一部分专门记述劳动过程和劳作方法的歌谣一样。

高尔基曾经指出过民间文学的多功能性，这种指示也具有重大的意义。民间创作对广大劳动群众不仅是艺术创作，而且还代替着科学，二者是密切不可分的。高尔基说："民间口头创作一词意味着人民从劳动经验得来的知识的全部总和。这些知识远在文学发明以前即已被口头地组织在谚语、俚语、神话、故事、英雄歌谣、传说的形式中。这些知识，就其意义与作用来说，是科学、也是文学。"（西道洛娃：《高尔基论民间文学》，《民间文学》一九五五年七月号）这一理论的正确性表现在民间谚语中尤其显著。因此我们把谚语的类别区分为"自然谚语"和"社会谚语"是可以的，但是作为一种口头文学的形式来看，我们并不把它们截然划分，并不把前者完全排斥出文学艺术的范围以外。

二

谚语之所以能够在人民生活中起着巨大的教育作用和认识作用，最根本的原因就是它揭露了现实中的矛盾，渗透着社会斗争的思想，能够培养广大群众对剥削者的积极憎恨和对被压迫者的深刻同情，从它们身上可以看出人民的心理要求和某一历史时代的社会风貌来。它们雄辩地证实了劳动人民的艺术天才，并使自己成为反映伟大的生活真理的作品。

一切艺术创作，不论它在反映矛盾、表现现实的方式上有什么不同，但它总是要帮助看的人或听的人在接触作品时能比接触现实本身更容易理解现实，而谚语正是符合了这一原则的。特别是它不用复杂的理论和曲折的思辨，只凭少数奇警的语句就能把现实中存在的某种问题一针见血地揭示出来，使人获得行动的方向，达成它的社会作用。作为进行斗争的宣传教育武器来看，谚语的确比其他艺术形式更加轻便和锋利，是发挥了匕首和投枪的效能的。

谚语是说明人民思想的最丰富的源泉，它们所反映的被压迫者的阶级意识是十分明显的。首先，谚语表现了人民对敌人的清醒的认识和强烈的仇恨，它们指出了地主阶级以及代表其阶级利益的反动统治政权是人民的生死对头，如说"有地杀人不用刀""杀不了穷汉，当不了富汉""人不害人身不贵，火不烧山地不肥"。人民认清了敌人的阶级本质，就会通过谚语来指出他们的贪婪、残酷，如说"人心节节高于天，越是钱多越爱钱""狠心作财主""官不贪财，狗不吃屎""见官就要剥层皮"；也揭穿了他们的诡诈、阴恶，如说"穷了憨，富了奸""财主的心、旱地的葱""笑面官，打死人""作官三年毒似蛇"。这都是犀利而又深刻的论断。

鲁迅先生曾说，某些所谓"高等华人"们，有了钱势，便要装扮起来，"言行都很温文尔雅。然而愚民究竟也有聪明的，早已看穿了这鬼把戏，所以又有俗谚说：'口上仁义礼智，心里男盗女娼！'他们是很明白的"。(《坟·论"他妈的"》，《全集》第一册二一六页) 这就是说，谚语其实是人民所掌握的照妖镜，会使一切"嘴如蜜罐，心如辣蒜"的剥削者与统治者们现出原形，无法逃遁。

许多反剥削的谚语真实地反映了人民的悲惨的生活境遇，像说"外头累折膀子，家里饿断嗓子""今年盼着来年好，来年还是一件破棉袄"。这类谚语把旧社会贫富不均的事实作了极鲜明的对比，指出了严重存在着的社会矛盾。像"富家一席酒，穷汉半年粮""厨里有剩饭，路上有饥人"之类的话是和"朱门酒肉臭，路有冻死骨"一类的著名诗句具有同样深刻意义的。无数谚语说出了所有劳动人民的痛心话，例如"穷人出汗，阔人使钱""赤脚的赶路，穿靴的吃肉""有钱楼上楼，没钱楼下搬砖头""不种泥田吃好米，不养花蚕着好丝"等都是。事实是这样的不平，统治阶级还要用什么"天理""王法"来欺骗和恐吓劳动人民，企图使人民俯首贴耳地服从自己；有的谚语就加以驳斥说："人情天理，锅里没米！""明知王法，饥饿难当！"从这些话里，我们可以感触到一种蕴藏着的激烈的反抗情绪。

人民是清醒的，他们完全知道造成自己的贫困和饥饿的根源是什么，所以说"冷天冷在风里，穷人穷在租里"。他们也知道少数人的荒淫享乐是要建筑在多数人受苦的基础之上的，因而在谚语里就说："一家发福，千人受穷""没有皇帝，绝不造反"，这是被压迫者所认识到的真理，是他们对于剥削制度的控诉。

人民对自己所进行的斗争充满了信心，"土帮土成墙，穷帮穷成王"，他们相信自己的阶级的力量。敌手的顽强并不能削弱人民的斗志，"富人越算，穷人越拼""只道穷人饿杀，穷人自有方法"。在残暴而又狡猾的敌人面前，他们从没有妥协过，失望过。虽然也有些谚语根据旧社会里人民的实际命运作过痛心的结论，悲愤中说出了"穷汉脖子里没僵筋"的话来；但是，还有更多的谚语表现了他们在斗争中无比的勇气，像"拼出一身剐，敢把皇帝打""推倒龙床，跌杀太子，没有个不了"等，确能显示出一种无畏的自发的革命气概。

谚语也正如一切民间文学一样，和悲观主义是绝对不相容的。"穷不扎根，富不长苗"，一切都不是命定的，所以人民相信自己有着光明的前途，有翻身的岁月，如说"天无百日雨，人无一世穷""天上没有饿杀鸟，地上没有饿杀人""瓦片还有翻身日，哪有穷人穷到底"。也许有人说，这种乐观认识是没有自觉基础的，只能看出人民对未来美好生活的朦胧的希望和期待。但是我们不能忘记，这些谚语大抵是旧时代的产物，还有很多是从封建社会传承下来的，我们不能为了这种乐观认识没有自觉基础和明确方向而就把它们丢在一旁；相反地，应该重视它们带给人民的慰藉和鼓舞，应该充分估量到它所蕴蓄着的启发和激励人民的力量。

旧社会的不合理，也表现在婚姻、家庭生活方面。因此，本质地来看，劳动人民的婚姻、家庭生活也是整个阶级斗争的一面。在谚语里我们可以看到人民对于封建婚姻制度和封建家庭制度的抗议，像"十媒九谎"

"人馋说媒，狗馋舔灯"是揭露说媒拉线的实质；"强扭的瓜不甜，强撮的婚不贤"是指斥包办婚姻的罪恶；"大姑子大似婆，小姑子赛阎罗""新娶媳妇难上难，倒拉木屐上高山""活到九十九，留着娘家作后手"等是说明儿媳的受虐待。这类谚语大部分反映了妇女的悲苦命运和他们的愤懑，也代表着人民对于婚姻、家庭问题的意见。

统治阶级利用神鬼迷信来愚昧、恐吓劳动人民，有些谚语就给以有力的反驳，说是"依得官法要打杀，依得佛法要饿杀""吃斋能成佛，牛马上西天"。人民憎恶一些"指佛吃饭，赖佛穿衣"的和尚道士，所以说"神灵庙祝肥""僧道是民间蛀虫"；他们不劳而食，到处蒙骗，谚语就说："和尚不说鬼，袋里没得米""和尚头皮光，不怕年成荒"。这些都是以诙谐的口吻，活泼的语言，向玩弄把戏的人作尖锐的嘲笑，透露出人民朴素健康的反迷信思想以及他们卓越的幽默才智。

此外，谚语还多方面地反映了劳动人民的优秀道德品质，反映了他们的美好的精神与性格。

人民热爱劳动，无数谚语就肯定了劳动的伟大价值，如说"锄头口里出黄金""扁担是条龙，一世吃不穷""不出血汗，不能吃饭""乡下人不种田，城里人断火烟"。他们重视一切劳动技能，认为"积财千万，不如薄技在身""家里斗量金，不如自己有本领"。因此他们主张勤谨，爱惜时光，说是"勤谨勤谨，衣食有准""事业要大，只在勤劳""早起三日当一工""穷人无本，工夫是钱"；同时也就反对懒惰和闲散，说"懒惰讨饭根""懒惰懒惰，必至冻饿""冻的是懒人，饿的是闲人（或作馋人）"。他们鄙视那些不劳而食的"穿衣架子，盛饭蒲包"，嘲笑这般人"爷不识耕田，子不识谷种"，因而说"孔子孟子，当不得我们挑谷子""秀才读书，不如屠户谈猪""宁愿多出一条牛，不愿多出一个秀才"。许多农谚像"庄稼没巧，犁深粪饱""地里能锄三遍草，打出米来格外好"之类，也都说明了农民对于劳动创造财富这一真理的认识。

人民在任何困难面前从不畏缩气馁，只相信"天大的事有地大的人去做""铜墙铁壁，只要费力""蚂蚁搬动太行山""日久功夫深，铁杵磨成绣花针"，从这些话里，可以看出他们不屈不挠的魄力和坚毅勇敢的精神。

劳动人民是正直诚恳的，讲究"挖出心来见得天""交人要交心，浇树要浇根"，所以他们反对虚伪和巧言，反对口是心非，如说"巧言不如直道，能说不如能行""宁交双脚跳，不交迷迷笑""不怕红脸关公，就怕抿嘴菩萨"。唯其如此，他们也随时警惕着旁人的甜言蜜语、两面手法，如说"夸你三声好，防备送你老""别听嘴里说好话，留神脚下使绊子"，这正是一般"笑面虎"给予人民的痛切的教训。民间谚语中有不少是教我们提防坏人，分清敌我，力戒自由主义和无原则的善良的，例如"条条蛇，要咬人""见蛇不打三分罪""关门养虎，虎大伤人""不把狼窝剿，断不了吃人精""救了落水狗，回过头来咬一口"等，温习它们，足以使我们在尖锐复杂的阶级斗争中获得有用的启示。

人民的骨头是硬的，许多谚语说明了他们的刚强志气，例如"人穷品不低""人无刚骨，安身不牢""桑木扁担，宁折不弯""告化子门前，也有三尺硬地"，因此他们也最反对趋炎附势，反对用任何卑劣的手段去钻营，像说"哥哥作官，与我何干""穷来不攀高亲，雨落不爬高墩""宁做饿死鬼，不干无耻活"，这是劳动人民身上最可宝贵品格和气质。

谚语鼓励人自立，教人不要有依赖思想，如说"求人不如求己""要吃龙肉，自己下海""打铁要自己把钳，种田要亲身下地"。但是，从另一角度上它又格外强调了集体的智慧和力量，如说"一人不敌众人智""一人不治二人治，三人治的圆圆的""大家一条心，黄土变成金""只要人手多，牌坊搬过河""烂麻搓成绳，力量大千斤"。人民在实际生活中体验到个人力量的薄弱和群众力量的强大，因此就产生了对于集体的不朽的信念。重视集体，自然也提倡友爱互助，像"大家马，大家骑""大家活，大家干""一家打墙，两家好看"等，就正是表现了人民的团结互助的精神。

另外谚语还教人虚心，重视学习，如说"若要精，人前听""不怕不知，就怕不学"；告诉人事物是不断发展的，学习是没有止境的，如说"活到老，学到老，还有三分没学好"；嘱咐人不要骄傲自满，目中无人，如说"宁有傲骨，莫有傲气""人外有人，天外有天""满饭好吃，满话难说"……总之，谚语里所反映的劳动人民的崇高品德是数不尽的，从这些话里，我们可以感触到人民的道德力量，认识到人民的道德标准。因此我们说，谚语不只是人民进行阶级斗争的武器，同时也是他们进行自我教育的武器。它们强烈地歌颂着人民的种种进步的思想和感情，成为人民在生活和斗争中的忠实的助手；其中一部分将对我们永远有益，不会因为时间和社会的变迁而失去其光彩。

三

谚语不仅全面地反映了劳动人民的阶级意识，并且还从各个角度上展示了旧中国的形形色色，真实地摹绘了旧时代的社会风貌。这就是所谓描写"世态人情"的谚语。它们的形成，也正如一切谚语一样，不会是基于某个人一时的感触或偶然的刺激，而是基于多数人对现实生活的观察与感受。只有这样，才有可能使他们比较多面地和深刻地把握客观事物，从而取得取材上的广泛性和表现上的正确性，得以曲尽人情，成为"现世相的神髓"。下面我们举一些例句来说明。

许多谚语暴露了旧社会的有强权，无公理，如说"人善被人欺，马善被人骑""谁的拳头硬谁是哥"，又说"世上有天没日头"。在那样环境里，到处是虚伪、猜忌和弊端，因此就有谚语说"百行百弊""人心难测水难量""隔层肚皮隔层山"，甚至说"讲良心，没饭吃""人直无财，树直无叉""不哄不瞒，不能赚钱"。这样就会逼得人"逢人但说三分话"，而所谓"内要聪明，外要痴呆"之类的话便成了大家奉行的处世秘诀。

在旧时代，决定一切的是金钱势力，所以说："有钱能买鬼推磨""有了圆里方，万事好商量""有钱的气粗，没钱的理短""到处不用钱，到处惹人赚"。要想生活满足，只有不顾廉耻，如说"一日不识羞，三餐吃饱饭"；廉耻尽管可以不要，"排场"却不能不装，因为"钱是人的胆，衣是人的脸"，没有钱也要讲穿着，顾"面子"，结果很多人都是"身上穿得绸披披，屋里没得夜饭米"，形成了所谓"财帛世界衣帽年"。这样自然也就产生了种种谄媚、逢迎的龌龊现象，如说"人敬阔的，狗咬破的""人跟势走，狗跟屁走""财主门前孝子多""只有锦上添花，不见雪里送炭"

等，就正是这些现象的写真。

此外如"放下青竹竿，忘掉叫街时"是形容暴发户的得意忘本，"穷好算命，富好看病"是形容穷困或者享乐到无聊时的举动，"人情逼似债，头顶锅儿卖"是形容送礼应酬的可怕等等，都深切入微地刻画了过去的畸形世态。把所有这些谚语的创作聚集起来，就可以使我们看到旧社会的人情心理、风尚习俗的全貌。

当然，这类谚语并不一定都代表人民对现实的正面看法，有时只是他们对于不合理的社会现象的一种愤怒的嘲讽，如上面所举的"讲良心，没饭吃""一日不识羞，三餐吃饱饭"之类。正因为这样，所以它们有时也被某些坏人所引用，作为他们不能见人的行为的借口，但那显然不是谚语的创造者们的本意。

必须说明，流传在民间的谚语也的确有很大一部分是反人民的作品，我们应该善于鉴别和芟除寄生在人民口头的赝作。关于这一点，鲁迅先生曾有过很好的解释，他在指出谚语的阶级性时说：

> 粗略一想谚语固然好像一时代一国民的意思的结晶，但其实，却不过是一部分的人们的意思。现在就以"各人自扫门前雪，莫管他家瓦上霜"来做例子罢，这乃是被压迫者们的格言，教人要奉公，纳税，输捐，安分，不可怠慢，不可不平，尤其是不要管闲事；而压迫者是不算在内的……
>
> 某一种人，一定只有这某一种人的思想和眼光，不能越出他本阶级之外。说起来，好像又在提倡什么犯讳的"阶级"了，然而事实是如此的。谣谚并非全国民的意思，就是为了这缘故。古之秀才，自以为无所不晓，于是有"秀才不出门，而知天下事"这自负的漫天大谎，小百姓信以为真，也就渐渐成了谚语，流行开来。其实是"秀才虽出门，不知天下事"的。秀才只有秀才头脑和秀才眼睛，对于天下事，哪里看得分明，想得清楚！（《南腔北调集·谚语》，《全集》第五册一三六页至一三八页）

有些谚语反映了人民的消极思想，教人安分守己，委曲求全，就像

"各人自扫门前雪"或者"端人家碗，服人家管""受人一饭，听人使唤""早早关门早早睡，省得旁人说是非"之类的话，如果确是人民所编造，能代表人民的看法，那也不过是他们长期被奴役、被压榨的另一种结果；是一种"既在矮檐下，怎敢不低头"的心情；人民在说这些话的时候，是含着辛酸与恐惧的。至于另一部分谚语却彻头彻尾地是统治者与剥削者的口吻，像"吃王水土报王恩""既吃纣王水土，还说纣王无道""一岁是主，千岁是奴""官打民不羞，父打子不羞""有福之人人侍奉，无福之人侍奉人"等，那才真如鲁迅先生所说，乃是"漫天大谎"，即令还没有觉悟起来的人民也偶然相信并且使用这些谚语，但却绝不能代表被压迫者的阶级意识，也不能作为民间创作来看待。

还有像什么"千斤力挡不住四两命""富贵命里排，各人等时来""命里穷时只得穷，拾着黄金变成铜"是传播反动的宿命论；"得过且过""当一天和尚撞一天钟""人是混水鱼，混到哪里是哪里"是教人因循鬼混，"懒人有懒福""吃得蹩遢，作得菩萨""三饱一倒，长生不老"是教人懒惰偷安；"面条不算饭，女人不算人""十个裙钗女，不如一个瘸腿郎""娶来的老婆买来的驴，任你打来任你骑"是宣扬男尊女卑等等；都和劳动人民的真实思想见解不相容，而且都可以在人民创作的武库里找到针锋相对的反击的利刃。

在长期的封建社会里，反动统治阶级也往往编造一些谚语来维持对广大人民的奴役和榨取，统治阶级的帮闲们一直担任着创造和传播麻醉人民的谚语的任务。这种情况正像高尔基所说的俄国的某些谚语事实上是"牧师们压缩成的教训"一样。（见《我怎样学习和写作》，三联版五十八页）因此我们说，谚语里所反映的社会意识是多样的、繁复的，表现在谚语里面的斗争要求是壁垒分明的。正由于在社会上广泛流行的谚语并不完全代表人民的意见，所以才有一句谚语说"十句成语五句真"。——这是人民自己对于谚语所采取的批判态度。

四

一切民间文学都有着共同的性质和作用，在内容和形式上也有着共同的特征，但是从另一方面说，它们又各有各的专长，各有各的独特表现手法，它们是采用了不同战斗方式的兄弟部队。谚语之所以能够广泛流传，成为人民行动上的规范，主要固然是由于它十分尖锐地揭露了现实生活中的矛盾，并能积极地去影响现实，另外，它在形式上也自有其显著的特点。基于这些特点，才能使它更加适切和完满地表达自己的内容，从而在人民口头创作的宝库中占有特殊的地位。

精炼性是谚语在艺术上最显著的特色。正因为它如鲁迅所说，乃是"现世相的神髓"和"朝政精华的结语"，所以在形式上也必然要求简约、精炼，要把丰富复杂的内容压缩和概括成为最有表现力的语句。如果是冗长的论证和烦琐的说明，就不成其为"神髓"或"结语"。高尔基把谚语称作"像把手指握成拳头一样的语言"（《我怎样学习和写作》，三联版五十九页），并说："最伟大的智慧是在语言的朴素中；谚语和歌曲总是简短的，然而在它们里面却包含着可以写出整部书来的思想和情感。"（《材料和研究》卷一，《苏联口头文学概论》附录六十八页），也突出地强调了它的精炼性。所谓"手指握成拳头"是意味着紧缩和坚实有力，而谚语就是以这样紧缩和坚实有力的句子，发挥了它作为战斗武器的效能。

谚语的精炼性是劳动人民艺术概括能力的表现。不能在千变万化的事物中间发现和抓住问题的本质，不能把错综复杂的事象集中起来抽出其规律，当然就无从精炼。例如在旧社会里，劳动人民说"饿死不当当，屈死不告状"，这是他们凭着多少年代和多少人的生活经验而总结出来的认识。事实说明：尽管当铺在那里标榜着"缓急相通""济人之困"，但实际上它却是害人的陷阱，用残酷的剥削方式把人挤向死路上去；尽管反动政府的法律也打着"保障人权"的招牌，可是它所维护的完全是统治阶级的利益，不可能真正保障人民的生命财产的安全。人民吃过无数次的亏，上过无数次的当，于是就根据大量的事实概括出"饿死不当当，屈死不告状"的规律，以简短的十个字揭穿了它们的反动本质，并用来警惕自己，不再受骗。

古代罗马诗人曾经给一种短小的诗体作过这样的界说："诗铭像蜜蜂，应具三件事：一是刺，二是蜜，三是小身体。"有人借它来形容我们的民歌，但其实用在谚语上面也许更为贴切。我们民间流行的谚语大抵每则只是一句或两句，三句以上的极少；字数一般多在十字以内或十几个字，二十字以上的就绝无仅有。它们在广大群众的口头上被锤炼着，正像磨去了一切瑕斑的玉石，虽然体积变得很小，但它却放射出更为晶莹夺目的光彩。

由于谚语是被压缩了的最精炼的语言，所以很短的语句里往往隐藏了极其丰富深远的意思，这样也很容易促成它的含蓄。鲁迅说："方言土语里，很有些意味深长的话，我们那里叫'炼话'，用起来是很有意思的。"（《且介亭杂文·门外文谈》，《全集》第六册一〇五页）所谓意味深长的"炼话"，主要是指富有含蓄性的谚语而言。像"这山望着那山高""在世一棵草，死后一件宝""久在河边走，没有不湿脚""讨便宜是上当的后门""作贼偷葱起""聪明反被聪明误"之类的话，都有极其深远的含义，可以说是透彻人情的论断，因此它能够启发人的思考，并给人留下了更多的回味。这些谚语中任何一句话所包含的道理，都是值得用很多话来阐明的。

含蓄的特色和谚语的高度的尖锐性以及它明显的目的性并不抵触，因为这一切都从属于它的精炼性，都是被精炼、压缩的基本特征所决定的。

艺术最主要的特质之一是要具有鲜明的形象。谚语虽然有时带有说理、告诫的性质，但它一般地还是通过艺术形象来表达，并不完全依靠抽象的说理方法来叙述客观事物的规律，因此它同样具有文学上的形象性。谚语中所包括的理论经验是从实际生活中归纳出来的，它在说明这些理论和经验时，也仍旧取材于实际生活中的事。例如把虚张声势说成"干打雷，不下雨"，把没有恒心说成"三天打鱼，两天晒网"，把自私说成"吃饭拣大碗，上场扛小权"，把贪心不足说成"吃着碗里，望着锅里"，把看不见自己的缺点说成"灯台照人不照己"，小事可以影响大局就说"一粒老鼠屎，坏了一锅粥"，自己应该负责任而偏要挖客观理由，就说"不会睡觉怪床歪"，招致损失必然是主观方面有缺陷，就说"苍蝇不钻没缝蛋"等，都能使抽象的概念得到生动形象的说明。这正是劳动人民在对于现实事物熟悉的基础上产生的创造。

为了要达到形象化的目的，谚语经常采用对比的方法来说明某种意念。它能把现实当中普遍存在或必然存在的事件尖锐地、具体地列示出来，让人互相对照，从而获得明确的认识和强烈的感受。像"穷汉饿断肠，富汉撑破肚""阔人冬至夜，穷人冻一夜""有钱车子坐，没钱骑大路"等等，看来只是事实的平列，并未表示什么态度，然而这种平列却正是经过了提炼和选择，故意并举出来，给人以清晰的印象，借以唤起对这种现象的不平和愤慨。我们在论述谚语的思想性时所引用过的若干反抗贫富不均的例句，都采用了对比的手法，可以使我们看到旧社会里鲜明的阶级关系。此外，谚语对于真诚与虚伪、善良与恶毒、勤劳与懒惰、谨慎与疏忽等的不同，也都惯于用这种方法来表现。

和"对比"似同而实不同的是"衬托"。例如"狗急跳墙，人急造反"看来似乎是对比，但其实这两件事却有宾主之分，目的和手段之分，前者只是为了说明后者。意思是说：人急要造反正像狗急可以跳墙一样。这种修辞方法在谚语里也是被广泛运用了的，像"吃葱要吃心，听话要听音"主要是告诉人在听话时要注意领会对方的真正目的或言外之意；为了使这一中心内容更加明显突出，所以才借上一句的事实来做陪衬。"人有脸，树有皮""人往高处走，水往低处流""人多讲出理来，稻多打出米来"等也都如此，本意皆是说"人"，重点在上句，但却援引了其他事象来衬托。这和"对比"是完全不同的两种表现方式。

古代和现代的民歌都喜欢使用一些双关语即谐声字，巧妙地表达自己的情感；谚语在说明某种意见时，也采取了这一手法，像"不吃馒头蒸口气"是说人要赌气争胜，实际损失都可以不顾，"蒸气"和"争气"双关。又如"穷木匠没有第二把锉"是借"锉"为"错"，以比喻人不要犯第二回错误。"打破砂锅璺到底"是说寻根问底，一定要追究出所以然来，"璺到底"其实是"问到底"的意思。（《广雅·释诂》："璺，裂也。"王念孙疏证："今人犹呼器破而未离曰璺。"）这类双关语不是故意在玩弄趣味，而是从生活实感中猎取得来；它丰富了作品的形象，并成为很好的艺术表现手段之一。

谚语还时常采取"借喻"的方法，用古代的故事和人物来打比方，具体说明某种问题，正如用典故一般。这些"典故"大抵不出人民所熟悉的《列国》《东西汉》《三国》《水浒》《西游》等小说或其他的民间故事传说，像"苏秦还是苏秦，换了衣裳没换人""人多出韩信""有了张良，不显韩信""吃王莽的饭，给刘秀办事""刚说曹操，曹操就到""曹操有相好，关公有对头""人中有张飞，马中有乌骓""蜀中无大将，廖化作先锋""取了经来唐三藏，惹下是非孙悟空""有爱孙猴的，有爱猪八的"之类的谚语就是。它们所提到的人物以及以这些人物为中心的故事，都具有典型意义，大家也全有深刻的印象；用来作比喻，就能十分生动、恰当地说明自己要说的道理，产生高度的说服力量。

声调的优美和谐是口传作品不可缺少的因素，谚语在艺术上也同样具有这种特征。我们的民族语言是最富有音乐性的，语言的韵律和节奏就存在于群众的口头上。谚语的创造者和加工者只是按着内容的要求和人们的口语法则，把一些明净和谐的词语加以适当的排比，就会构成抑扬动听的声调，也很容易做到合辙押韵、平仄协调。至于谚语在炼句时要求整齐，目的也是为了节奏匀称，说来顺口。句式的整齐和声调的和谐其实是一回事。只有整齐，才好听易记，便于传播，得以延续自己的生命，扩大自己的影响。总之，我们认为：谚语的声调美并不一定局限于平仄的考究，也不是一味斤斤于什么对偶、韵脚或双声叠韵的使用；它只是凭着口语的习惯调配着字句，自然达成了优美动听的艺术效果。

以上我们从谚语的精炼性、形象性和声调美三方面指出了它的艺术特色，这就可以说明它不仅如前文所述，包含了丰富多彩的思想内容；同时还有着与其内容相适应的艺术表现方法。不过，谚语固然是具有高度艺术性的民间创作，但若抛开其内容而片面地去夸张其修辞上的技巧则是完全错误的。资产阶级的学者们在研究谚语的时候，总是把绝大部分的精力用在句式、对偶、平仄和韵脚的琐碎分析上，甚至认为"谚语在艺术上所以有存留的余地是由于它的形式"，"谚语的生命是重在形式而不在内容"，这样对于谚语的形式主义的理解与评价和我们的文学批评原则完全是背道而驰的。这里很显然的，他们把内容和形式的问题颠倒地安放着，把内容与形式分割开来，并且抹煞前者，使得谚语成为一种空洞的、纯形式的东西。这样一方面取消了谚语的积极的战斗意义，抽掉其丰富的社会政治内容；同时又把谚语的艺术降低为纯工匠的地位，实质上也就否定了谚语的艺术性。资产阶级的研究者在研究民间文学的时候总是力图否认其社会的、阶级的内容，只片面地赞美它们的形式，其结果就是摧残、消毁了民间文学的生命。我们有些关于民间谚语的论文虽然在写作目的上和他们有所不同，但其形式主义的研究方法和研究的结果却是一致的。尽管这类文章发表的时间较早，我们认为在这里仍然有必要指出它们在观点、方法上的严重错误。

五

最后，在分析过谚语的思想和艺术之后，我们简单说一下应该向谚语学习什么，说一下它和作家们写作的密切关系。

谚语既然是以其特有的艺术手法表现了丰富深刻的思想，在语言宝库中放射着耀目的光芒；这就需要作家们对人民口头上的谚语以及使用谚语的方法加以注意，使它们能在自己的文章或文艺创作中发挥有利作用，以便更能确切地和生动地说明问题、传达情感。许多革命导师在他们的文章和演说里使用谚语都是有着非凡的成就的，他们的论著证实了谚语在写作上的重要意义，证实了谚语会给他们的理论以特殊的论辩力量。高尔基曾经介绍过自己学习谚语的经验，对于我们是一种极可宝贵的启示，鲁迅先生也多次教导我们重视谚语，并在他自己的小说和杂文里十分出色地运用了它们，增加了他的文字的锋利和隽永，他们都是使用谚语的卓越的典范。

本来一切文章和文艺作品要求我们的语言不能只是平板地、单线条地叙述现实生活，我们需要艺术的语言；而吸收在人民口头上洗练过的形象化的谚语便是重要的方式之一。恰当地运用它们，可以帮助我们说明道理、取得比方、证明事物规律或总结自己的意见；可以使我们的文字精炼节省，用一句谚语来代替大段啰唆的解释说明；可以错综安排，使我们的句子富于变化，增加文章的情趣和生动活泼的气氛；更重要的，在文艺创作中可以帮助我们刻画人物，在对话中借谚语来表现不同人物的不同身分、年龄和性格。许多在语言艺术上达到了高度成就的文学作品差不多都能完美地吸取了谚语的精华，使它成为自己身上的一部分血肉。

当然，在写作中使用谚语也必须防止过多地堆砌和生硬地搬运，必须经过作家的慎重选择和加工，学会创造性地使用，否则反而会损害了语言的纯洁和健康。这是无须多加说明的。

　　还应该指出，如果把谚语和文艺创作的关系狭隘地看成"如何在作品中使用谚语"是不够的。这只是一个方面。学习民间谚语绝不单纯是蓄积和运用的问题，尤其重要的是研究和学习谚语的表现方法，学习人民群众怎样通过短小精悍的谚语形式来表现他们丰富的生活思想感情，怎样抓住事物的特征，怎样组织词汇，怎样创造有节奏的语句和形象、警辟的说法。也就是说，我们学习谚语应该善于体会谚语的概括能力和锤炼工夫，学习把"语言的节省"，学习把"十分复杂的现象的本质"用"手指握成拳头般的语言"表达出来，这样才算真正把握了谚语的真谛。

歌剧的文学语言

一

在歌剧创作中，语言一般表现为唱词和说白两种形式。而提高唱词的质量更具有特殊重要的意义。因为歌剧主要是依靠表演和歌唱来表达内容的一种戏剧形式。在一些成功的歌剧中，重要人物的大段唱词往往成为全剧的主要部分、精华部分或者是高潮部分，这是很自然的。从观众来说，大家的艺术欣赏的要求，也主要是通过具有丰富表现力和感染力的唱词与优美动听的音乐来得到满足。近来《洪湖赤卫队》中的某些唱词之所以广被弦歌，万口传唱，一方面固然是因为它的曲调适合于中国人民对音乐的审美观点，另一方面，也还由于它的歌词内容和语言风格适合于中国人民对文学的审美观点。因此，只有大力提高唱词的文学水平，才能使它完满地表现剧情和人物，才能在演出时吸引观众，产生强烈的艺术效果。

唱词必须诗化。但在如何诗化的问题上，大家的看法却很不一致。关于歌剧的唱词是抒情诗还是叙事诗的问题，曾经出现过一些争论。这个问题有解决的必要。因为我们必须首先明确唱词的体裁性质，才能更好地选择和锤炼自己的语言，使它适合于歌剧创作的要求。我同意有些同志所提出的中国虽无"剧诗"之名，而有"剧诗"之实的说法。事实上，歌剧剧本乃是把诗歌因素和戏剧因素、抒情手法和叙事手法统一结合起来的独立的剧诗形式；而唱词则是整个剧诗中最主要的部分，也是最能体现剧诗的艺术特色的部分。片面地强调唱词的抒情性，或者把它简单地归属于叙事诗的范围，都是不符合歌剧本身的创作规律的。

　　唱词要做到诗意盎然，当然要具有浓厚的抒情色彩。剧本应该尽量通过歌唱来揭示人物的内心世界，使唱词成为抒发人物情感、完成形象塑造的最深刻、最细致的手段。但是不能忘记，戏剧总是要在具体的矛盾冲突中去展示人物的情感变化与性格成长的。因此唱词的语言还必须具有鲜明的行动性，具有推动剧情发展的作用，并且不可避免地还要承担一部分介绍环境、陈诉事件的任务。有人认为，增强诗意只能有赖于抒情，唱词中带有叙事性质的部分，很难写成好诗。也有人直接提出了"歌唱抒情，说白叙事"的主张。这种机械的分工是不恰当的，也不符合一些优秀作品的实际。《白毛女》第五幕第三场喜儿的大段唱词，《洪湖赤卫队》第四场韩英的大段唱词，都有着明显的叙事成分，但依然做到了形象鲜明，情绪饱满，成为动人的诗篇。这是大家都很熟悉的。此外如《红珊瑚》第一场《逼债》、第二场《纵海》中珊妹的唱词，也都具有同样特色。在这里，叙事和抒情是紧密凝结在一起的。以歌唱来叙事，不是削弱而是增强了唱词的抒情气氛和感染力量。因此，所谓"歌唱抒情，说白叙事"的提法，显然不符合歌剧的创作实际，也不利唱词艺术质量的提高。

　　有很多歌剧的唱词都带有鲜明的抒情色彩，注意了抒情语言的运用。这是我们在创作上不断提高的一种表现。可是正如有些同志所指出的，有一部分歌剧的唱词，存在着专门向抒情诗发展的趋势。虽然这些唱词可能写得很动人，但却缺乏应有的戏剧因素。在这类剧本里，越是当戏剧冲突发展到十分尖锐的时候，越是在人物性格成长的关键性的地方，反而完全抛开了歌唱，把开展剧情的任务全部交给对话来完成。只有当矛盾趋于相对缓和，或者必须是一个人留在舞台上的时候，才有余裕来用歌唱诉说心田。把这种情况指出来提醒注意是十分必要的。因为这样就很容易使唱词成为剧情进展中的附加部分，甚或是游离部分。造成这种偏向的原因，一方面当然是由于剧作者对唱词的体裁性质没有弄清，是把唱词完全当成抒情诗来处理的结果。另一方面，也由于我们对韵文体的剧诗语言的运用，还没有达到十分熟练的程度。因而即使在理论上明确了唱词的性质，但在用它来开展剧情时，总感到不如散文体的说白更容易驾驭。于是不免尽可能依靠对话，而把唱词作为专门抒情的"插曲"，使它仅仅成为歌剧形式的装饰。这样作品纵使写得很好，却不能说是一部完美的歌剧。

这里牵涉到对所谓"话剧加唱"的评语的看法问题。如果认为只有西洋大歌剧才是歌剧的唯一典范，因而排斥我们自己的民族传统，鄙弃有唱有白的形式，否认我们在歌剧创作上已经取得的成就，这当然是我们所不能同意的。但是如果我们没有使唱词承担起它所应该承担的任务，没有充分运用歌唱而是主要依靠对话来推动剧情发展，因而给人一种话剧加唱的感觉，这却是值得我们自省的。近来有的同志在谈歌剧形式时说："如果真的是话剧加唱，也还不失为一种好的形式，因为话剧也是一种好的艺术形式，加上唱又多了一种艺术因素，并没有什么不好。"可是我们应该承认：这种形式的作品，只能仍旧是话剧而并不是歌剧。在话剧的基础上插入唱词，使话剧多增添一种艺术因素，无论如何不能是歌剧的发展方向。

古代的剧作家和戏剧评论家们不仅重视唱词的抒情性，同时也十分强调用它来开展戏剧情节。明代的何良俊曾极力推许南戏《拜月亭》的某些部分的唱词写得成功，认为剧中人物"彼此问答，皆不需宾白，而叙说情事，宛转详尽，全不费词，可称妙绝"（《曲论》，《中国古典戏曲论著集成》第4册第12页）。这几句话的意思不是以《拜月亭》来证明可以废弃宾白，而是着重指出了曲文在推动剧情发展上的作用，唱词只有在充分发挥了这样作用而不是单纯抒情的时候，才能充分显示出歌剧的特点，才不使剧本给人以话剧加唱的感觉。

歌剧的唱词和叙事诗也有所不同。虽然一般叙事诗也具有抒情因素，也和唱词一样是抒情与叙事的有机结合，但一般叙事诗所抒发的情感却不尽是诗中人物的，在更多的情况下乃是诗人自己的情感的直接表现。而歌剧的唱词则只能模仿剧中人物的声口，不容作者置喙。这就是"叙事"和"代言"的区别。另外，在一般叙事诗当中，环境描写，情节发展以及对人物肖象、动作细节的刻画，都需要靠作者的笔墨；人物性格的成长过程也不免要借助于作者的语言；因此它必然要作较多的描绘和铺叙。至于歌剧，其题材、结构本身虽然也有叙事诗的性质，可是它并不完全用语言来表达，而是要在舞台上演出。当它诉之于观众的时候，表演、音乐、布景、效果等等，在很大程度上代替了叙事诗的形容和陈述部分。语言只是情节发展到某种阶段上的必然产物，而且又是和演员的容止举动紧密联系在一起的。这样，歌剧的唱词和普通叙事诗比较起来，一方面是在构思上、在表现方法和语言选择上存在着显著差异，一方面在体制上也有一个压缩与铺陈的分别，绝不能把它们完全等同起来。

新歌剧在批判地继承民族传统的问题上，已经取得了很大的成绩。其中做得比较突出的是音乐艺术，而在文学语言方面则较差。在语言艺术的范围内，又是从民歌中吸取营养所取得的成就较大，而向传统戏曲特别是一些古典的戏剧名著学习则很不足。古代杰出的剧作家如关汉卿等，曾经写下了不少脍炙人口的剧诗，为我们在唱词写作上树立了很好的典范。我们虽不能象使用那些仍旧活在人民口头上的民歌一样，直接袭取其中的词语来丰富我们的创作，但它的抒情、叙事的手法，以及运用通俗化、性格化的语言来刻画人物、开展剧情的卓越技巧，都会给我们以极为有益的启发。王国维以为元杂剧的"意境"之美，在于"写情则沁人心脾，写景则在人耳目，述事则如其口出"（《宋元戏曲史》商务版第125页）。这几句评语，不仅说明了元杂剧在艺术表现上的特色，同时也概括了剧诗的一般创作要点，是我们在写歌剧唱词时应该认真考虑到的一些方面。尽管后来有些古典戏曲作品的唱词也并不是严格意义的剧诗，然而它们却仍有值得吸取借鉴之处，可以帮助我们从正、反两面来寻求解决歌剧语言问题的途径。这里不妨做一些具体说明：

在舞台上演出的传统戏曲的唱词，基本上有两种类型。一是词曲体的昆腔、高腔戏，一是变文说唱体的弹腔戏。京剧和另外很大一部分地方戏都属于后者。这两类戏曲的唱词不仅在句式、格律上有显著不同，同时在表现手法、语言风格方面亦互有长短。新歌剧应该尽量融会吸取它们各自的优点来提高自己的唱词质量。具体说来，昆曲的唱词大抵以抒情见长，善于使用比兴来丰富作品的形象，善于以优美的文词和情景交融的手法来细腻地表现人物的情感活动。但是动作性不强，因此情节发展比较缓慢，容易造成剧本冗长、结构松散的毛病。弹腔戏善于用通俗的唱词来直陈其事，叙述问答，并推动情节向前发展；但又往往缺乏诗情画意，缺乏浓郁的抒情气氛。语言则浅近有余而凝炼不足，并且还时常出现一些语法不通的句子。看来它比昆曲增强了戏剧的因素，可是却相对地削弱了诗的因素、文学的因素。过去人们专就文词工拙来衡量剧本的得失，认为杂剧、传奇之外没有戏剧文学，这当然是错误的，不公平的。但从真正的剧诗的要求来说，京剧和其他许多地方戏的唱词，也确实有以上所说的那些不足之处。它们和昆曲相比，应该说是瑕瑜互见，各有千秋。歌剧在向传统戏曲学习的时候，正是要博采众长，推陈出新，把二者的优点综合起来，努力使自己的唱词做到既优美，又通俗；既富有鲜明的戏剧性、动作性，又富有强烈的抒情色彩和美丽的诗的意境。近年来我们有些歌剧的唱词已经在不同程度上达到或者接近了这种境界。这是一种可喜的收获。不过就总的情况看来，我们还有更多的作品和上述要求存在着很大的距离。为了进一步提高歌剧唱词的质量，我们在创造性地继承传统方面，还需要进行更深入的探索。

二

我们知道，戏剧语言是和作品里的典型环境中的典型性格紧密联系在一起的。对于歌剧的唱词来说，不仅它的抒情语言要有鲜明的个性，要能符合剧中人物性格发展的逻辑，而且叙事性的语言也毫不例外。即使完全用唱词来陈诉事实、交代情节的时候，也仍然会表现出每个人物的性格特征和他对待一切问题的观点，并且要显示出他所特有的吐属风格。这就是王国维论元杂剧时所说的"述事则如其口出"。因此，语言必须性格化，是剧诗区别于其他诗体的根本特征之一，是歌剧唱词能否写得成功的一个重要关键。

古代戏剧理论家们曾着重论述过戏曲语言必须性格化以及如何做到性格化的问题。明末的王骥德曾说："写戏，须以自己之肾肠，代他人之口吻。""我设以身处地，摹写其似。"（《曲律》，《中国古典戏曲论著集成》第 4 册第 138 页）他的话是在论"引子"的时候提出来的，但却适用于全部的唱词和说白。他批评《浣纱记》中范蠡登场时竟自称"尊王定霸，不在桓文下"，口气太大，认为"施之越王则可"。另外还指出越夫人的上场诗中曾说"帘外忽闻宣召声，忙蹙金莲步"，仪态不够端重，只能"是一宫人语耳"。这说明他严格要求戏曲语言一定要准确地、传神地表现人。清代李渔所提出的"欲代此一人立言，先宜代此一人立心"的著名主张，实际上正是发展了王骥德的意见，进一步指出了戏剧作品中人物形象之所以丰满，性格之所以鲜明的基础。李渔在申述他自己的主张时说，剧作者无论刻画正面人物或反面人物，都要"务使心曲隐微，随口唾出，说一人肖一人，勿使雷同，弗使浮泛，若《水浒传》之叙事，吴道子之生，斯称此道中绝技。"（《闲情偶寄》，《中国古典戏曲论著集成》第 7 册第 54 页）"雷同"就是千人一面，"浮泛"正是说没有性格。"雷同"与"浮泛"恰好概括了我们当前的歌剧作品在刻画人物上最为普遍的弱点，很值得我们深思。虽然古人不可能明确提出作家必须通过深入生活的根本途径来克服这些弱点，但在他们的言论中已经初步接触到这个问题。所谓"我设以身处地"，"欲立言，先立心"等等的说法，就是要求剧作家能够具有渊博的生活知识，善于在创作过程中"进入角色"，深入体验每个具体人物的情感活动，从而使自己所创造的形象符合于生活的真实。这些道理对我们都是极为有用的提示。

要求歌剧中不同人物的语言都要有鲜明的个性，要求他们的唱词能够各具神采，并不影响整个作品唱词风格的统一，也不排斥剧作家本人所特有的艺术风格。因为不同人物的思想感情，是通过同一作家表现出来，并且经过他集中强化了的。在唱词的写作上，必然要渗透着作家自己的情感，有他对人物的褒贬爱憎以及特定的表现方式，因而也就一定会反映出作家自己主观的感情世界、艺术修养和审美趣味，这是毋庸多作阐述的。

关于歌剧的唱词应否讲求含蓄的问题，大家的意见颇有分歧。有的同志认为，从演出效果考虑，唱词应该是率直明朗的诗，而不是曲折蕴蓄的诗。理由是唯恐多数观众领会不透，而另一部分能够听懂的人，又会被含蓄的唱词所吸引，反复辩味，使整个剧情的发展线索在他们的头脑中被斩断。也有的同志反对这种看法，认为在歌剧的唱词中，含蓄和明朗应该而且能够取得和谐的统一，含蓄的唱词并不意味着要反复咀嚼才能领会。显然后一种意见是符合歌剧创作的实际的。不过我们觉得还应该从积极方面对歌剧唱词的含蓄性加以说明。

含蓄本来是一切艺术创作的共同要求。但若作为一种艺术风格的特点来说，它又不是在任何作品中、任何情况下都表现得同样突出。我们主张歌剧的唱词应当注意讲求含蓄，只是说不要但求率直而不去考虑耐人寻味。这个问题，直接关系到唱词有无诗的意境的问题。古人论诗所说的"语忌直，意忌浅，脉忌露，味忌短"（严羽：《沧浪诗话·诗法》）虽然是就一般诗歌创作而言，但也完全适用于剧诗。所谓直、浅、露、短，都是不含蓄、没深度、缺乏意境的表现。我们绝不能只顾开门见山而忽略了引人入胜。要想增强唱词的感染力，引导读者进一步认识生活的内在意义，必须注意到唱词的深刻含蓄，给人以余味回甘。何况唱词是戏剧语言，它必须为演员能够充分发挥他的艺术才能创造条件。通过一些含蓄的唱词，优秀的表演艺术家们，往往能更好地运用自己的形象思维和表演手段创造出丰富的舞台形象。语尽意穷，无戏可挖，正是演员的极大苦恼。特别是从当前歌剧创作的实际情况看来，很多唱词都失之于词意肤浅，不能给观众留下寻味的余地。针对这种情况来提出把唱词写得含蓄一些，是有现实意义的。

正如欣赏其他艺术作品时一样，观众在欣赏歌剧时，也是艺术感受上的共同创造者。闻弦歌而知雅意，对于唱词中的弦外之音，他们完全可以心领神会，用自己的感受和想象去补足。而剧作者和演唱者的责任，正是要以通俗而隽永的语言来启发观众的想象活动，和他们形成精神上的默契。这对观众来说，是一种愉快的艺术享受；对作品来说，则大大扩充了自己的容量。排斥含蓄，无疑就会缩小唱词的艺术境界，埋没戏剧艺术的特点。主张唱词应该但求明了的同志，实际上是把"含蓄"与"隐晦"这样两个完全不同的概念混同起来进行推断的。惟恐观众对含蓄的唱词"领会不透"或"留连忘返"的说法，也完全出于揣想，缺乏根据。如果剧作者当真这样考虑问题因而专以浅露为能，那就过低地估计了欣赏者的审美能力，是对观众不尊重和不信任的一种表现。

剧词含蓄与否，也是古代戏曲评论家们衡量戏剧语言得失的一个重要标准，例如何良俊就曾批评《西厢记》中的某些句子写得"语意皆露，殊无蕴藉"，是一个严重缺陷。（《曲论》，《中国古典戏曲论著集成》第 4 册第 8 页）当然，古人也从强调通俗化的角度上指出过唱词应该做到"话则本之街谈巷议，事则取其直说明言"。戏剧语言要考虑演出，要能雅俗共赏，所以"贵浅不贵深"（李渔：《闲情偶寄》，《中国古典戏曲论著集成》第 7 册第 22、28 页）。这是完全正确的。含蓄与通俗绝不相违背。劳动人民的口头语言就往往是在率直、明朗当中包蕴着丰富深远的含意。元代优秀的剧作家们也正是在那些"街谈巷议""直说明言"的群众口语的基础上进行了认真的提炼，所以他们的作品才能写得"语语明白如画，而言外有无穷之意"（王国维：《宋元戏曲史》，商务版第126页）。可见唱词既以明了为胜，不厌俚俗，同时也还贵在含蓄。《刘三姐》中有不少耐人寻味的诗句，那就是因为它大量利用了传统民歌，而民族语言正是以通俗和含蓄同时见长的缘故。唱词并不是都要写成民歌体，然而却应该吸取它的长处，尽量使唱词语言做到朴素明快和意味深长的统一。

关于歌剧的唱词应当注意压缩的问题，我们在这里也作一些补充说明。唱词的语言当然要力求精炼。从演出效果来考虑，篇幅上也应该有严格控制。但是，根据矛盾的进展，在必要的地方又一定要能写得酣畅淋漓，婉转详尽，否则剧情和人物就得不到很好的表现，观众的艺术欣赏要求也难以得到满足。传统戏曲的语言是很注意简洁的，可是也并非一味地惜墨如金。在人物情感活动最复杂、最细致、最活跃的部分，以及戏剧冲突最尖锐的部分，创作者总是要不遗余力地加以表现，未尝但求压缩。这就是所谓"有话即长，无话即短"，从剧情需要出发。应该看到：省略，是为了更好地突出；简约，是为了有助于铺陈。它们在一切艺术作品中总是相互为用的。

王骥德曾说，剧作家在戏文的"紧要处，须着重精神，极力发挥使透。……若无关紧要处，只管敷演，又多惹人厌憎，皆不审轻重之故也"（《曲律》，《中国古典戏曲论著集成》第4册第137页）。在目前的歌剧作品中，"不审轻重"的情况还是相当普遍的。有时过于拖沓，洗炼紧凑不足；有时却又不够舒展，在关键性的地方未能尽情挥洒。有些歌剧没有注意为重要人物安排必要的大段的唱词，因而使观众感到很不满足。虽然在演出的时候，可能借助于音乐和表演使人物情感得到应有的发挥，然而唱词过于简略和局促，在表现剧情上没有充分显示出语言艺术的丰富表现力，总是一种损失。根据歌剧艺术的特点和剧情发展的需要，即便在一些小型歌剧创作中适当安排一些大段唱词，也是完全必要的。

进一步注意唱词语言的音乐性，也是提高唱词艺术水平的重要问题之一。这个问题，从消极意义上说，当然就是防止诘屈聱牙，难于上口，影响到谱曲与歌唱。如果从积极意义上说，则是要充分发挥我们民族语言的音乐美，努力把唱词写得节奏鲜明，声调铿锵，使它能悦耳传神，以便更好地表现剧情和刻画人物。

传统戏剧大抵沿用旧曲，按谱填词，剧作家亦往往兼通声律。但即使是这样，他们所写的词也还要经过伶工们在舞台上不断地加工修改。新歌剧是按照歌词来配曲，这给剧作者在运用语言时以极大方便，可是也就更容易使我们只重文义，不顾语音，忽略了从语言音响的角度来锤炼词句。新歌剧的唱词虽然没有什么严格的格律，但是节奏不整，犯韵失辙，也必然会妨碍音乐歌唱。京戏和另外一些地方戏当中有不少词句尽管粗糙，甚至欠通，但却为演唱者所习歌乐用，长期在舞台上保留，那就是因为他们韵律鲜明，唱起来嘹亮动听的缘故。这样事实所给予我们的启发，不是说可以允许唱词写得不通，而是说明音乐性对于歌剧语言有着多么重要的意义。目前歌剧唱词在这一方面还存在不少缺点，例如：词句冗长，全无间歇；句式虽整齐而节拍却凌乱；丝毫不顾平仄、不考虑抑扬顿挫；勤于换韵，甚至很短的几句唱词却要连续改辙等等。这些都会给谱曲与歌唱带来极大的困难，有时还会直接影响到剧情的表达。

要改变这些情况，第一是要在选择和锤炼语言时，尽可能也从声调音节上进行审慎地艺术推敲。在写作过程中，注意反复吟咏，注意自己所写的词句在演唱时是否拗口，是否能使观众通过听觉来准确地领会剧中人物的思想感情。第二是努力丰富词汇，以便在使用时左右逢源，得心应手。丰富词汇当然不是专为从声音的角度来调度语言。但在歌剧唱词中平仄不调、脱韵失粘、任意换辙的情况，也常常是由于词汇贫乏，感到没有另外适当的词语可用而造成的。第三是研究词句的结构形式。整齐的句式对作曲者有很大方便，我们一定要防止因为没有格律束缚而任意使歌剧的语言倾向散文化，脱离了唱词的根本要求，当然，形式过于呆板也会给写作与谱曲造成局限。应该考虑随着剧情发展而适当变换不同的句法，这就更有利于产生优美的曲调。传统的唱词、民歌中有许多不同的句法结构，是可以供我们参酌的。

从以上几个方面下功夫，不仅可以克服现在的缺点，而且也必然能使唱词的语言充分体现出我们民族语言的音乐美来。总之，我们并不要求每个剧作家都精通乐理，同时任何剧本在创腔与排练的过程中，都不可避免地还要经过某种程度的修改加工。但是，奠定歌剧语言的音乐基础，尽量为谱曲和歌唱提供有利条件，却是剧作者无可推卸的责任。

三

提高说白部分的艺术水平，对于当前的歌剧创作来说，同样具有十分迫切的意义。解决这个问题，首先应该明确说白在歌剧中的重要作用。西洋大歌剧强调了歌唱，取消了说白，把语言全部组织到音乐中去，因而形成了西洋观众喜闻乐见的欧洲歌剧艺术的传统。对于我们来说，在不影响民族气派、民族风格的前提下，这种形式当然也可以采用，也可以有它的发展前途。但是无论如何，有唱有白总是目前新歌剧的主要形式。我们主张保留和重视说白，主要还不是因为我们有着悠久的说说唱唱的历史传统，而是因为这种传统有它形成的必然原因和长期存在的客观需要；是因为根据歌剧艺术的内部规律来看，说白应当成为歌剧（或说剧诗）中的重要组成部分。

说白在歌剧中的重要作用表现在以下几个方面：一，和唱词相比，说白是更为接近生活的散文体的语言。它不受句式和韵脚的限制，在使用上有更大方便，适合于表现多方面的生活和容纳较为复杂的故事情节。说唱并用，在很大程度上是扩充了作品的容量，并且有利于扩大歌剧的题材范围。二，适当运用说白，可以有助于生动地表现人物性格，使人物神态活现，口角逼肖，同时也能使戏剧情节更为活跃。三，有了说白，更便于处理那些不可缺少，但又不宜于用歌唱来表现的日常生活用语。这就可以使唱词写得更精炼，更有诗意，直接有利于唱词质量的提高。四，一唱到底，反而使歌唱难于突出，用说白来起调节作用，可以更好地构成音乐上的布局，这样既显得形式活泼，又便于从音乐上造起高潮。可见说白的存在，不是削弱了歌唱的作用，相反倒是增强了歌唱的艺术效果。就我国传统戏曲形成过程来看，从叙事的套曲或简单的说唱一直到完整的戏曲，其中有一个很显著的特点，就是宾白出现与相应增多。这也有力地证明了说白在戏剧中的存在，不是一种落后的表现，而是一种进步的表现。

正由于说白是比较接近生活的散体语言，看来似乎比韵文容易掌握，因此也时常给人以轻便易行的错觉，这可能是我们有些歌剧的对话写得不够完美的一个重要原因。另外，也还因为歌剧主要是依靠歌唱音乐来表达内容的一种戏剧形式，所以大家在写说白的时候，很少象对话剧的台词一样进行认真地提炼推敲。这样，歌剧的说白就往往写得十分平淡、粗糙，更谈不到什么震撼人心的艺术力量。古代戏曲理论家们重视宾白写作的意见，很有一些是值得我们参考的。譬如李渔曾说："曲之有白，就文字论之，则犹经文之与传注；就物理论之，则如栋梁之于榱桷；就人身论之，则如肢体之于血脉。非但不可相无，且觉稍有不称，即因此贱彼，作无用观者，故知宾白之道，当与曲文等观。"（《闲情偶寄》，《中国古典戏曲论著集成》第 7 册第 51 页），他所举的比喻，不一定全都很贴切，但这种高度重视宾白、反对草率从事的精神，则是完全正确的。在以唱为主的前提下，他强调指出了说白的工拙直接关系着全剧的成败；同时也扼要地说明了唱和白相互依赖、相互生发的道理，在谈到自己的创作经验时，他也说要把"宾白当文章作，字字俱费推敲"。这正是值得我们认真学习的地方。

歌剧的说白也必须是在群众口语的基础上经过提炼加工的性格化的语言，也必须含有大量的表演动作。这些要求和话剧语言的要求是一致的。所不同者是它还要注意到唱词的分工、联系与相互转换，注意到语言的韵律感。虽然话剧的台词也需要做到琅琅上口，具有鲜明的节奏，但和歌剧的要求仍有区别，后者一定要更多地从声音节奏方面进行锤炼与调节，这样才有可能使它与唱歌的部分取得必要的协调，同时也才有可能使演员在剧本语言的基础上给以丰富加工，适当夸张它的声韵情感，充实它的音乐性，构成适合于歌剧需要的念白风格。

说白的音乐性，也是首先应该由剧作者从语言本身的音乐美去体会、探求，努力把它写得浏亮动听，使音节跌宕有致。虽然歌剧在演出时也可能利用锣鼓来增强说白的节奏感，或者借助于旁的乐器把它组织到统一的旋律中去；但不能如有的同志所说，完全靠锣鼓赋予说白以节奏。新歌剧是否可以象传统戏曲那样全都采用锣鼓点，不是我们在这里所要讨论的问题。即便可以采用，把锣鼓说成是在歌剧中起决定作用的"节奏的天使"，却忽略了对语言本身的声音的锤炼，也是不恰当的。

　　传统戏曲对于说白的精心设计和巧妙安排，也是歌剧作者须要借鉴的。它们当中的许多精彩的说白，有很多突出的特色。例如：对话的简洁、紧凑、性格化，丰富的动作性，鲜明的节奏感，以及唱白之间的自然和谐的转换过程等等，都是目前我们在歌剧创作中做得不够，需要大力提高的地方。当然，向传统戏曲的说白艺术学习，应该是吸取它的精神、手法，学习它运用语言的技巧；而不是但求形似，全部摹拟它的语言风格。否则就必然会模糊了歌剧与戏曲之间的界限，造成歌剧的戏曲化。

　　新歌剧的说白，比起传统戏曲来一定要更接近生活，要自然和自由得多。这是它应该注意向话剧语言学习的理由，同时也是它更适合于表现现代题材的重要原因。《红珊瑚》在歌剧民族化的问题上，进行了多方面有益的探索，也取得了很好的成就。特别是在唱词当中，出现了不少既富于思想力量，又带有浓厚诗意的词句，说明作者在学习传统诗词、民歌和戏曲语言方面付出了辛勤的劳动。可是对于说白部分的处理，却不无可议之处。剧本重视了向民族戏曲的说白艺术学习，在方向上本来是正确的，但由于刻意求同的结果，就未免做得太露痕迹。不少对话竟直接采用了传统戏曲中一些惯用的句法结构和词语，以致使某些人物的口吻神态，都很象旧戏中的各种角色，在一定程度上脱离了现实生活的基础。这样来向传统借鉴，就未免有刻意求同和过求形似之嫌。看来作者是为了使这部歌剧的形式更富于民族特色，为了使它的对话不给人以太象话剧的感觉，因而走入了另外一种偏向，使整个剧本念白的语言风格完全接近于戏曲。这也是我们在强调向民族传统学习时应当注意的一个问题。

划分"民间文学"范围的原则

　　确定民间文学的范围，首先应该从产生这门艺术的社会根源和历史根源来考虑，从构成"民间文学"的最本质的、不可缺少的属性来考虑，才能作出精确的、具有科学性的界说而不致为许多表面现象所困惑。全部艺术，在其发展初期即原始公社时代，是属于全体集群的，原无所谓"民间"与"非民间"的分别。随着阶级社会的形成，剥削阶级的艺术文化也被创作出来，作为他们审美的表现。这就是说，阶级划分给人们带来了在思想、观点和兴趣诸方面的差异；这些差异就反映在他们各自的艺术创作里，因而也就产生了两种不同的文学。即使在残酷的阶级压迫和种族歧视的条件下，民间文学却总是以口头的方式继续发展着，坚持了自己的创作道路。因此，"民间文学"从它一开始形成的时代起，就规定了自己的最本质的、不可缺少的特征：它是劳动者即生产者所创造和传播的文学，是他们进行阶级斗争的武器。

　　鲁迅先生曾经辉煌地揭示了民间文学的定义。他把民间创作称为"生产者的艺术"，并且指出，它们和"高等有闲者的艺术对立，是无疑的"（《且介亭杂文·论旧形式的采用》，《全集》六卷三十一页）。我们认为，这种区分和对立，就正是确定民间文学范围的最根本的原则。苏联的民间文学理论家也说："'人民'一词我们是当作'劳动者'同一意义使用的，是指那说同一语言的国家中绝大多数居民而言，但是不要忽略居民的阶级属性。"（开也夫：《苏联民间文学理论的一般问题》，《民间文艺集刊》第二册七十六页）这和鲁迅先生所提出的标准也是一致的。

确定民间文学的范围，单从外部特征也就是作品的体裁和创作流传的方式来鉴别，是非常不可靠的，我们必须反对这种形式主义的区分方法。不错，劳动人民创造了歌谣、谚语和故事传说等等的文学样式，但这不等于说剥削阶级不可以利用同样的形式来进行创作；劳动者的作品具备了口传性、集体性和变化性等等的特色，这也不等于说剥削阶级当中不制造口头传播的、没有作者主名的作品。在阶级对抗的社会里，统治者不仅从消极方面对民间创作加以限制和摧残，而且还从积极方面利用民间文学的诸样式来人工地培植反人民的思想，使之服从于自己的阶级利益。因此，我们也就不能单把作品的体裁或流传方式当成衡量是否民间文学的尺度。统治阶级所制造和推销的作品该和劳动者自己的口头创作中的不健康成分严格区分开来。由于长期反动统治的影响，人民作品中也渗入了毒素，带有某些落后性甚至反动性的糟粕。我们在学习和研究当中，应该加以批判，有所选择。但若根本不出于人民而仅仅具有了民间创作的一些外部特征，却不能不分畛域地和人民的口头艺术混为一谈。克鲁普斯卡娅告诉我们要"非常慎重地对待一切冒充民间文学假造的东西"，"不能在时间和空间以外来看待民间文学，学会确定某一作品是属于某时代、某区域，是很重要的；确定某阶层的居民创作某种作品，也是重要的"（《苏联文学理论的一般问题》，引自《民间文艺集刊》第3册九十八页）。这对于我们理解民间文学的意义及其范围的时候，是一种极可宝贵的启示。

譬如，"童谣"本来产生于民间，是劳动人民借着"小儿语"的形式和口吻来表示他们对于现实社会的意见、用以抨击时政和讽刺统治者的作品。尽管这些童谣和我们今天所说的"儿歌"在意义和作用上有所不同，尽管在史家记录的时候可能在文字上作了某些润饰，但它们仍然属于民间文学的范围。可是与此同时，历代的反动统治者或一些宗教迷信职业者也常常捏造很多语意含混的"童谣"来假托是"民意"，向民间推销，并以之为借口来达到自己的某种企图。这样我们就不能把史书上所保留下来的童谣不加分析地一律当成真正民间文学来看待。又如"谚语"是把各种生活现象综合起来并使其典型化的一种简洁的语句，是人们根据自己在生活斗争中的知识和经验而提炼、归纳出来的结晶。虽然我们通常所说的"谚语"，大抵就是指"民间谚语"而言；但若讲得准确一些，"谚语"一词却并非就意味着必定是民间创作。各个阶级和阶层，各种行业和集体，都可以有自己的谚语；如果具体分析起来，就会发现谚语里所包含的阶级意识是极其复杂多样的，表现在谚语里面的斗争要求也是壁垒分明的。当我们判断它们应否列入民间文学范围的时候，并不考虑它是不是"谚语"，而只考虑它是不是劳动人民的创作。

鲁迅先生曾经通过许多具体例证指出了谣谚、笑话以及民间戏剧中鲜明的阶级性，这些名言也时常被引用；这里虽然不想重加迻录，但我们觉得仍然有重新强调的必要。因为他确实为我们生动地指出了鉴定民间作品的最可靠、最科学的方法，告诉我们不要迷惑于作品的表面形式，而是应当掌握正确的阶级分析的观点来看待民间文学的界限问题。

欧美的资产阶级学者竭力要把一些外部属性夸大为民间文学的主要条件，认为只要在形式上具备这些条件的就都是民间作品。他们故意地淆乱了并且无限制地扩大了民间文学的概念，其目的就是要冲淡或歪曲民间创作的真实内容和它的社会的、历史的本质，就是要抹杀人民群众在历史上的作用，并且便于推广各种反动的伪造品。如果我们不从原则上划定民间文学的领域，那么就正好落到他们这种恶毒的圈套里去。应该知道：不适当地扩充民间文学范围的结果，不是壮大了它们的力量，恰恰相反，乃是削弱了它们。

反对形式主义区分方法的同时，在我们民间文学工作者当中还必须彻底摆脱资产阶级民俗学的影响。从十九世纪中叶起，民俗学逐渐发展成为学术上一门独立的学科，"Forklore"简直成了国际性的科学术语；"五四"以来，我们就是在这种影响下把民间文学和民俗学混在一起来进行搜集和研究的。从所谓民俗学的角度或是从文学的角度来看待民间创作，其取舍的原则当然不会一致，这就造成了极其严重的混乱现象。甚至解放后编写的"民间文艺概论"之类的书籍，在确定民间文学的范围及其类别的时候还举出"片断的材料"一项，其中竟包括了江湖上的绰号以及黑话切口等等，这显然还是把它们当成研究"民俗"的资料来理解的。即使作者本人的看法现在已经有所改变，但是与之相类似的许多模糊观念却并没有在社会上以及一般民间文学工作者当中完全澄清。

正确地解释"民间文学"的意义，必须与种种的错误思想影响作斗争。在这里，我们完全同意钟敬文先生曾经提出过的意见，我们还必须大力地、认真地学习马克思主义经典作家在这一方面的可贵的名言，从而获得有益的启发和帮助。是我们从事民间文学工作的同志所必须坚持的一项原则。

民间文学和所谓俗文学的意义也不同。文学作品被称为"俗"，往往是就它所采用的形式和传播的广泛来说，既不一定是口头文学，更不限于劳动者的创作。文人利用或者发展了民间通俗形式而写成的作品，可以而且也应该列入俗文学的范围，但它本身却不能算是民间文学。我们可以这样说：民间文学必然是"通俗"的，而通俗作品则未必都产生于民间。这个问题看起来似乎非常简单，可是在确定某些具体作品的性质的时候，却时常要大费斟酌。

例如明清两代曾经出现过不少的"民歌集"，它们能否全都算民间文学就是值得研究的。明朝沈德符的《野获编》和顾起元的《客座赘语》等书，都详细地记录过明中叶以后各种小曲在城市流行的盛况，晚明民歌集大抵是根据这类城市小曲以及文人士大夫们的拟作与改作混合编定的。它们的出现，标志着农村歌谣的城市化、口头诗歌的书面化，同时也标志着文人词曲的通俗化。这中间是一个非常复杂的现象。以前我们很少考虑过它们在来源和内容上的差异，只是笼统地都当成了"民歌"而已。至于清代的《霓裳续谱》《白雪遗音》之类，显然就都是商业城市里文人和妓女们所编唱的通俗歌曲。这些"情歌"，不是出于桑间濮上，而是出于秦楼楚馆、书斋案头。作品所反映的全部生活内容与情调可以表明，它们当中没有一首真正劳动人民的创作。从文学发展的观点来看，它们不是"源"而是"流"，不是土壤而是花朵。因此我们觉得"续谱"之类的俗曲集只能算做通俗文学而不是民间文学。有的同志批评上海出版公司刊行的《明清民歌选》在选材上不够谨严，有时还不免夹杂了一些文人的写作，其实问题已经不在于所选的某几首歌，而是在于据以选材的这许多"民歌集"的性质。

仿佛很久以前就有人说过这样的笑话：把《霓裳续谱》之类的"民歌"从"诗歌的祖母"这把高椅上拉下来，硬派它们当小孙女儿，坐在矮凳子上，一定会有人反对。实际上我们把某些作品划在民间文学的范围以外，并不带有任何轻视的意思，称之为"通俗文学"也丝毫不贬低它们的人民性和艺术成就。我们绝不是以简单的阶级概念来代替文学中的人民性的复杂内容，并非认为只有劳动人民自己的创作才有人民性，才有高度的思想意义。事实完全不是那样。就拿明清两代的"民歌集"来说，其中的一部分是作为封建秩序和封建思想的对立物出现的。那里面对于爱情描写的细腻和大胆，本身就具有很明显的社会斗争意义，应该被看作是要求自由、民主，要求个性解放的呼声。在爱情得不到正当满足的封建社会里，它们绝不止是反映了城市人民在这一方面的反抗，同时也体现了广大被压迫者共同的情感。即使是一些在色情描写上过于露骨的部分，如果专从积极方面来估计，也往往产生了对于封建礼教的猛烈抗议和破坏的作用。

郑振铎先生曾经解释过"俗文学"的定义和范围，他说："俗文学就是通俗的文学，就是民间的文学，也就是大众的文学。……中国的俗文学，包括范围极广。因为正统文学的范围太狭小了，于是俗文学的范围便愈显其大。差不多除诗与散文之外，凡重要的文体，像小说、戏曲、变文、弹词之类，都要归到俗文学的范围里去。"（《中国俗文学史》上册第一页）可是我们知道民间文学的界限却不是根据"文体"来划分的。前面已经说过，我们不能把作品的体裁或流传的方式作为衡量是否民间文学的尺度，何况一般通俗作品在流传方式上也不一定具有民间文学的特征。如果郑先生在这里所说的"民间文学"意思是指"在民间流行、为民间所习闻乐见的文学"，当然没有什么问题；可是他在论述俗文学的若干特质以及其他问题的时候，又确乎是把"民间文学"与"俗文学"在实质上完全等同起来的。郑先生的著作发表在二十年前，而且根据全书的实际内容，它仍然称作"俗文学史"而不叫"民间文学史"，因此并不会给我们造成在认识上的混乱。至于作家出版社在重印这部书的"出版说明"中直接把它当作一部民间文学史来推荐，就未免欠妥了。

当然，通俗文学和民间文学之间是有着非常密切的关系。因为前者不仅采用和发展了民间作品的形式，有时也还向民间作品中汲取某些有用的素材。许多伟大的通俗文学作品，都是在"民间"的基础上写成的。过去苏联批评界曾经指出他们在民间文学工作中的一些缺点，其中之一就是对民间文学的来源缺少批判态度，不善于把真正人民的与伪造摹仿的作品加以区别，因而使民间文学庸俗化。这种情况在苏联已经有了显著的改变。我们今天主张要从原则上划清民间文学的范围，把它确切不移地解释为劳动者自己的创作，一方面固然是为了防止种种冒牌的坏作品鱼目混珠；另一方面，也并不希望把一些好的、在"民间"基础上形成的通俗作品拉回民间文学的领域中来装点门面。只有实事求是地把界限弄清，才能准确地估计民间文学所具有的真实价值，突出它所独有的艺术光彩；才能明确它和文人创作之间的关系，明确它是推进我们祖国文学繁荣发展的动力。

鲁迅的恕道

　　鲁迅一生最痛心于国民的便是麻木。这麻木虽是所谓圣贤从制度和观念两个层次将人分出等级而"治"成的，但也反转过来，成就了国民灵魂的沉默。麻木地当示众的材料，麻木地将同胞的被砍头当戏看。"人人之间各有一道高墙，将各个分离，使大家的心无从相印"，"不会感到别人肉体上的痛苦，不再会感到别人精神上的痛苦"（《集外集》69页），于是象"沙"。

　　他们缺少的是向心力，却有离心力，很难"推己及人"地去谅解和同情，从而结成以共同命运为前提的整体，而是相互之间"推"：误认冤家在旁边而不是在上头，"一路推过去，不管被推的人是跌在泥塘或火坑里"。于"推"之外，还有"撞"，撞倒了别个，生活了自己。"爬得上的机会越少，愿意撞的人就越多"，爬了来撞，撞不着再爬。持这样自私、侥幸的生存之道，挨了上等人的"踢"，便只会报以"吃了一只火腿"的自解油滑，而旁观者暗自庆幸被踢的不是自己（参看《鲁迅全集》1956年出版第五卷有关文章）。

　　不肯理解、帮助别人，便不会、也不能解放自己。一边是"窝里斗"的斗士，一边是"观斗"的看客，所以过去的中国只能发生些跪着的革命。即使有跪着的革命，"旧营垒上也简直无须守兵"，只须袖手附首看这新的敌人的互相扭打，就可以在无声中胜利了（《二心集》42页）。

　　如果我们的同胞真有点"推己及人"的恕道，增强些理解和同情，便会多出些鲁迅渴望的"好事之徒"，而他们的"被治成"的象"沙"的格局，便会早一日结束。增强了理解和同情，就会统一意志，分清敌友，新营垒的分裂也会减少，革命也会省却许多时光、精力和鲜血。民众的觉醒是要以彼此命运的同情理解从而联合起来为第一要素的。

能把揭出"沉默的国民的魂灵"，引起疗救注意作为究心致力的主题，展示出鲁迅深厚的仁爱情怀。尽管作为先觉战士，他曾受"战友"误解中伤，曾孤独彷徨，也曾以"独战"自励。但他更是致力于人与人沟通理解的个性解放与民众解放统一的博大的人道主义战士。

正因具有博大的人道情怀，使他能够兼具古今中外道德的优质。他赞扬柔石不管新道德、旧道德只要损己利人的都干，他本人何尝不是吃着草、流着血，"以血饲人"？对狗不讲恕道不能由此推论他对人没有谅解和同情。他的伟大的一生决不是仅仅作了打落水狗一件事情。

中国的恕道，从来不包含基督教那种"要爱你的仇敌"，"要给恨你的人祈祷"之类的昏暗的愚昧。基督教的宽恕是"舍己"。中国的恕道是"推己""克己"。鲁迅诚然是最犀利最深入地剖析、改革旧传统的新文化巨人。然而，他内在的精神力量却秉持着传统道德的精华。先醒的鲁迅正是靠着"推己及人"的恕道的谅解、同情精神，取得与同时代的人谐调同步、与一些团体的向心力。没有这个道德基因，他会成为拜伦式的个人反抗、贵族式的"强盗"。

由于他能够推己、同情别人，才能展示、突出祥林嫂的善良，从而深刻地批判了吃人的礼教，才会悲悯魏连殳的落拓，使知识分子的悲剧幽深凄恻。他更能克己、谅解别人。他曾对高长虹发过广告，然而比起高长虹的背叛和咒骂，鲁迅更是宽宏的。细检鲁迅的书信和日记，"大小高长虹"何止出现过一、二次。鲁迅总是既能看清撕破，又能公正对待，从不挟私怨，这不是圆滑而是宽厚。他对攻击咒骂的文章很少看，更少反击，只是"必要时总结一下"。据许广平回忆，他常说"不要把人弄小"。他在被逼无奈的情况下，也曾请过律师要与北新书局交涉，但最终还是原谅了李小峰，继续由北新出版了《三闲集》、《两地书》和《伪自由书》。他能在指出李小峰的流氓气的同时，想到他的"傻气"。责人是宽的。

责己严，与传统的君子风不无联系，也是他的恕道的重要方面。他不宽恕自己的丝毫杂念。一件被三弟早已忘却的小小往事，他犹自作着深深的忏悔，并因对方的忘却而分外的痛心（《风筝》）。他对二弟、"二太太"的忍让、牺牲是不讲条件的损己利人精神，完全合乎了"恕道"的本义。但当作人成为官的"帮忙"时，鲁迅便视其为公仇了。鲁迅掊击"治者"的中庸恕道，其要义是在于尖锐地指出他们是最反中庸和恕道的。他临死时是说过一个也不宽恕，但那是他生时已宽恕了许多，不能宽恕的"实为公仇，决非私怨"之故。

鲁迅确确实实不仅是一位痛打落水狗的勇士，也还是一位仁者。而且惟其有仁者情怀，合理地秉持了恕道精神，才能分清敌友，反对极左，才能改变自己想脱离任何团体的私衷加入左联，并真诚地呼吁建立最广阔的统一战线。以民族解放为务的鲁迅将国家的必需的宽容化为个人宽容的力量和标准，"克己而尽忠"成为反文化围剿的正确的鲁司令。

道德意志本身就是对待世界的一种态度。偏颇的道德态度造成判断失误、行为错误的往事是可以车载斗量的。不宽容的理论原则与思维法则是独断论，是自以为自己占有了真理最高形式。把鲁迅视为"封建余孽"的革命才子们是如此。"八亿人口不斗行吗"的失误也有此种因素。而今天的开放政策本身就是一种宽容之道，是既合规律又合目的的。

鲁迅诚然也有陷入简单化的两极思维的时候，但无论在信仰的理论还是在为人行事中，他是最反独断论的。他已经强健到可以并容多彩的人生形式的程度，所以他博大精深。他希望自己和暗夜一起消失，同归于尽，给青年留下更多的光明。这是一种真正的忘却了谦虚与不谦虚，使真理本身突出的谦逊。他不留情面地解剖自己和别人是一种科学到冷酷程度的公正。不能如此，鲁迅亦平凡，能如此残酷的公正尤见鲁迅克己恕道的光芒。任何伟大的战士都必然是既有自我，又能超越自我的强者。鲁迅的恕道包含着合理地超越自己的道德力量、科学态度。

作为伟大的文化巨人，他的精神现象也是含意富饶的文化现象，提供着我们建设精神文明的思想材料。

鲁迅的恕道当然不同于他所批判的"治者"、阴谋家作为骗术的恕道，也超出了应与"治者"的阴谋区别开来、确有合理性的传统文化中的恕道。鲁迅的恕道是属于新文化体系的，可视为将传统道德创造性转化的范例，它的哲学实质是使人获得更大的解放。

（本文经朱泽吉先生研究生周月亮教授整理）

鲁迅小说的批判精神和理想光辉[*]

作为五四文学革命的伟大先驱，鲁迅曾以他不朽的现实主义小说创作，为中国现代文学奠定了坚实的发展基础。但是，深切关注着自己民族和人民命运的鲁迅，不仅是一个清醒的现实主义者，而且也是一个热情的理想主义者。一切把握了鲁迅小说精神实质的读者都会感受到，这些作品，既表现了他对待现实的严峻态度和批判精神，同时也闪耀着他渴求光明、激励进取的强烈愿望和理想光辉。唯其如此，他的前期创作才能最正确、最深刻地反映出五四运动的杰出历史意义，才能成为在当时思想战线上鼓舞人们正视生活、勇敢迈进的号角。

一

在对旧世界的深刻批判中，鲁迅前期小说渗透着他热忱的革命民主主义的政治理想。这种革命理想的突出表现，就是他对于从根本上改变广大农民的悲惨生活地位，抱着最深挚、最殷切的希望。

农民问题是鲁迅当时考察社会问题的基本出发点。著名的《阿Q正传》以及《故乡》《风波》等小说充分表明，鲁迅总是从被压迫农民的角度，从他们能否改变生活命运和提高民主觉悟出发来看待社会革命问题。这些小说的深刻思想意义，就在于作者不单是对遭受着残酷迫害的农民倾

* 本文原刊《河北师范学院学报》1981 年第 3 期。

注着无限同情，对罪恶的半封建半殖民地社会制度作了彻底的揭露和否定，也不单是深刻批判了资产阶级领导的旧民主主义革命，而是通过他所塑造的全部艺术形象表达了自己的正面主张：必须启发和教育农民起来斗争，必须把解放农民的问题看成是中国革命的关键性问题。对于小说的革命性和时代性，我们应该从这样的积极意义上去理解。

当然，如何发动与领导走向革命的道路，还不是当时鲁迅所能解决的。五四时期，无产阶级还没有通过自己的先锋队来与广大农民相结合，领导起农民运动。鲁迅当时也还不是一个马克思主义者。虽然十月革命后他一方面已经朦胧地认识到"新社会的创造者是无产阶级"（《全集》第6卷，第14页），一方面也在自己的作品中尖锐地提出了农民问题，但他却不能把这两个问题联系起来，没有看到只有无产阶级才是唯一能够领导农民走向胜利的新兴的社会力量。他的认识还停留在通过文艺来进行启蒙教育的阶段。《呐喊》没有给农民指出一条如何达到幸福生活的具体道路，不过作者却毕竟第一次地把这个重大问题提到日程上来，并在小说中透露了一种坚定的理想和信念，那就是农民必须起来打碎几千年来经济上和精神上的双重桎梏，不能再象闰土那样"辛苦麻木而生活"。他以这样的理想和信念，在黑暗的社会环境里为广大被压迫人民投出了一道充满希望的闪光。

不能否认在鲁迅前期小说中有着由于找不到革命道路而产生的苦闷和忧郁。但在这样情况下，他仍然竭力发掘和展示了蕴藏在农民身上的革命的巨大可能性。根据他对历史和现实生活的深切理解，他确信农民应该成为中国革命的重要力量。在他看来，苦难的中国农民，不仅需要起来革命，而且也能够起来革命。即使在他所沉痛地鞭挞过的阿Q身上，也同样表露了自己这种看法。阿Q当然不是什么革命农民的典型，相反，正是由于他那种可耻的以自慰自欺来冲淡仇恨的精神胜利法，才引起了作者的愤懑。直到结束生命的最后时刻，阿Q也并没有理解什么是革命。然而透过他对革命的那些错误、混乱的认识，我们还是可以清楚地看到，他所"快意"和"神往"的，就是被压迫农民对于地主统治的无情摧毁，就是要以暴力来改变自己被奴役的生活地位。作者对他关于革命的糊涂认识，也是持批评态度的，不过小说在这里主要却是写出了一个落后农民对于进行民主革命的自发的、出于阶级本能的要求。

《阿Q正传》发表之后，就曾有人提出，以阿Q的落后而居然想到要做"革命党"，这在人物性格上是不统一的，因而也就是不真实的。关于这一点，作者自己早已做了否定的回答（《全集》第3卷，第279页）。但是后来又有人指出，阿Q始终是个糊涂而麻木的落后农民，就是想去做革命党，也还是糊涂而麻木的。这只是说明作者绝不把农民的觉悟看成是一件容易的事情，从这里正可以看出鲁迅那种清醒的严峻的现实主义精神。我们认为，鲁迅的清醒的严峻的现实主义，就在于他不仅看到了农民由于蒙受长期的精神戕害因而缺乏觉悟、不易觉悟的事实，同时也还看到了他们能够逐步觉悟的生活根据。正因为这样，他才一方面毫不容情地批判了阿Q在反动统治下形成的麻木落后的精神状态；另一方面又按照阿Q在尖锐的阶级对立中的被压迫地位，极力揭示出落后农民能够在一定条件下迅速走向革命的内在因素。当然，阿Q式的革命以及辛亥革命都不是作者理想中的革命，可是生活的逻辑规定了阿Q在变革的浪潮中不可能漠然无动于衷，这却是作者深信不疑和要注意去表现的。因此，鲁迅后来既明确指出落后的阿Q完全可以革命，同时也表示但愿以后出现的不再是"民国元年的革命"，也不再是"阿Q似的革命党"（《全集》第3卷，第282页）。鲁迅从没有消极地看待生活，在没有看到我们党领导的正在发展起来的农民运动以前，他一直热情地呼吁应当有一个真正能改变农民悲苦命运的社会变革的到来。

鲁迅小说对反动统治的暴露和批判，对人民群众的教育和鼓舞，都是从根本改变不合理的社会制度提出问题的。《呐喊》和《彷徨》的丰富的社会内容，集中表现了他自己所说的"什么都要从新做过"的革命理想。反映劳动妇女悲惨生活及其抗议的小说如《明天》《祝福》《离婚》，探索知识分子道路的小说如《在酒楼上》《孤独者》《伤逝》，都深刻说明了这样的真理：被压迫妇女的翻身，爱情婚姻的自主，以及知识分子所追求的平等自由、个性解放等等，都必须而且只能以彻底改变社会制度为前提。在这些作品中，鲁迅既没有使自己的批判现实主义停留在仅仅是暴露现实方面，也没有把希望寄托于任何劳动人民或知识分子的个人反抗方面，他通过自己的小说积极宣扬了最彻底的社会革命的主张。

鲁迅着意为我们刻画了具有反抗精神的妇女形象。特别是爱姑的倔强性格与斗争勇气，曾给每个读者留下鲜明的印象。但她却终于在"觉得自己已经完全孤立"的情况下，为七大人一声"来兮"所吓退，因而被迫接受了不合理的买卖式的离异手续。显然，作者在这里所要表明的不是被压迫者只能安于屈辱的奴隶命运，不是以失败主义的心情向反抗者宣告了前途的绝望，而是向读者昭示：只有彻底摧毁统治人民的整个机构，才能真正改变劳动妇女遭受迫害的地位。祥林嫂一生的苦难和挣扎，她的坚韧的生活意志和终于不能摆脱的悲惨结局，同样说明了这个道理。

从鲁迅看来，当时社会的中心问题，是必须"改变经济制度"的问题。虽然为暂时的利益而斗争也很需要，"人不能饿着静候理想世界的到来，至少也得留一点残喘，正如涸辙之鲋，急谋升斗之水一样"，然而最根本的却是进行社会革命（《全集》第 1 卷，第 273 页）。这种看法，和当时那些笼统地反对家庭束缚自由、反对轻视和压迫女性的论调，显然是不同的。当五四以来的知识分子正醉心于易卜生主义的宣传的时候，小说《伤逝》曾给他们以有力的当头棒喝。子君勇于向封建家庭挑战的精神，原是作者深深赞美的。她曾通过涓生的追忆说："中国女性，并不如厌世家所说那样的无法可施，在不远的将来，便要看见辉煌的曙色的。"但是子君却没有更远大的生活理想和奋斗目标，没有把个人反抗与解放社会的斗争结合起来，这就不可避免地出现了小说中的悲剧结局。"解放了社会，也就解放了自己。"（《全集》第 4 卷，第 461 页）这是鲁迅后来对于妇女解放问题明确提出的结论，同时也是这篇小说要表达的正面理想。

《彷徨》曾着重描写了具有反封建精神的个人主义知识分子的没落。当时鲁迅还没认识到知识分子必须与工农群众相结合的真理，因此对他们虽有所批判，也有所同情，却不能为他们指出前进的具体道路。但是，这不等于说作者没有在小说中表明自己的理想。鲁迅是从广大被压迫人民的角度而不是从知识分子角度来提出反封建问题的，这种根本态度以及五四以来历史现实的教育，使他清楚地看到知识分子的问题不可能离开整个社会问题而单独解决。所谓正义要求，所谓解放个性斗争，都必须从属于解放民族、解放社会的斗争，否则全是永远无法实现的。鲁迅批判了个人奋斗的道路，写出了这些知识分子的"理想"的幻灭，实际也就表达了自己的先进主张。

从《呐喊》到《故事新编》中的某些正面人物形象，不但是现实主义的艺术典型，同时也具有鲜明的浪漫主义色彩。这也体现了鲁迅小说的理想主义光辉。因为积极的或革命的浪漫主义，其基本精神就是理想主义。

在《狂人日记》等作品中，鲁迅以饱满的政治热情塑造了生气勃勃、反映了时代革命精神的民主战士的典型形象。这些形象是现实的，也是理想的。《狂人日记》被称为五四文学革命的第一声响亮的春雷，它以巨大的艺术力量在无数被迫害者的忧愤的心灵里掘开了希望的源泉。"狂人"身上洋溢着高度的激情和飞跃的想象。他以振聋发聩的犀利语言对罪恶的社会制度发出了火焰似的抗议，剥露了统治者的吃人本质和伪善面目。同时，还把敏锐的目光投向未来，充满信心地鼓吹了的生活理想，宣告了"将来容不得吃人的人活在世上"。他的狂言警语，实际上概括了广大人民群众的意志和愿望。作为艺术典型来说，他有着深厚的现实基础，因此决不如"尼采超人的渺茫"。然而作者在塑造这个形象的时候，却是以奔放的热情，大胆的幻想，并且运用了多样化的象征、隐喻手法，刻画出他的深邃、丰富的精神世界。应当看到，被认为是五四现实主义新文学奠基作品的《狂人日记》，本身就带有极其强烈的浪漫主义色彩。

在鲁迅后期小说中，禹和墨子的形象的出现，标志着鲁迅思想发展的新的高度。这两个高大形象之所以富有强烈的艺术生命力，就由于作家在当时革命形势的鼓舞下，进一步体察了个人和人民群众间的正确关系，从而写出了我们民族历史上先进人物的精神面貌，表达了人民生活的理想。另外，小说在描写禹和墨子的同时，对一些丑恶现象和反面人物也进行了无情的鞭笞和辛辣的嘲讽，使歌颂与批判形成了完美的结合。

《理水》着重描写了禹舍己为公的高贵品质和他对于人民群众的关怀与信任。他终于在极端困难的条件下治平了洪水，这正是由于他不顾各种诽谤，和他的助手们深入实际，得到广大人民积极支持的结果。小说对禹的描绘，完全汰除了神话传说中的奇幻色彩而代之以平实近情。但这并非说禹已经不是理想主义的典型，事实恰好相反，作者正是在新的思想基础上，加入了新的想象与寄托，突出了禹作为劳动人民杰出代表人物的本质，因而使他成为更被理想化了的典型。从古代学术流派的渊源来看，墨家是托始于禹的。因此，《理水》和《非攻》在思想内容上本来就有着深刻的内在联系。后者在融会提炼历史材料的基础上，充实以想象成分，热情歌颂了墨子"摩顶放踵利天下为之"的忘我精神和俭朴作风。他的正义和勇敢的行为，反映了历代人民对待侵略战争和反侵略战争的全部观点。在这个不畏艰苦、不避牺牲，为人民利益而辛勤奔走的古代思想家身上，鲁迅显然是倾注着自己理想和崇敬心情的。

在文艺创作中，浪漫主义精神和浪漫主义手法二者往往紧密联系在一起，但又不一定非联系起来不可，这是常见的现象。总的说来，鲁迅的带有浪漫主义精神的小说，也大抵是以深刻的观察，精确地描绘了客观世界的真实图画。可是象《狂人日记》以及《故事新编》中的另一些作品，在艺术手法上也有着较为明显的浪漫主义特征。《补天》、《奔月》和《铸剑》等篇，不仅从不同角度上反映了鲁迅的战斗精神，而且从作品中的瑰丽的神话、奇妙的联想、丰富的想象以及若干象征性的描写来看，说明作者也根据需要广泛吸取了浪漫主义的表现手法。这些手法的被采用，是更能增强鲁迅小说的批判力量，突现其革命理想主义精神的。

二

富有理想色彩是鲁迅小说的显著特征，是他作为伟大思想家和革命家的一个重要标志。当他树立了共产主义世界观之后，必然会以自己的先进思想和科学预见来观察和表现现实，写出现实发展的倾向，这是不待言的。这里，我们须要对他前期的理想主义的形成根源，做一些必要的探索。

鲁迅小说的革命理想主义精神，是在十月革命后蓬勃发展起来的社会主义思潮和五四新文化运动的激励下产生的。鲁迅毕生都在为实现一个理想的新中国而斗争，从青年时代起，他就憧憬着自己的祖国能够从一个"沙聚之邦"成为一个"雄厉无前，屹然独见于天下"的强国（《全集》第 1 卷，第 192 页）。但是，资产阶级领导的旧民主主义革命，却不能使他的美好愿望得到实现。当他"见过辛亥革命，见过二次革命，见过袁世凯称帝，张勋复辟，看来看去，就看得怀疑起来，于是失望，颓唐得很了"

（《全集》第 4 卷，第 347 页）。这种失望与颓唐，正反映了一个爱国主义者对旧民主主义革命所抱的幻想已经破灭，但一时又找不到新的出路而引起的苦闷。直到十月社会主义革命和五四运动爆发的时候，这才重新激发起他的战斗热情，使他产生了新的革命理想。

毛泽东同志说："世界历史几千年来都在发展着，进步着，但只有到了第一次世界大战和十月革命之后，才产生了新的方向。""十月革命一声炮响，给全世界无产阶级及其他先进分子上了共产主义的一课。"（《"七大"工作方针》）鲁迅当时就是这样的先进分子之一。"共产主义的一课"和五四时期出现的崭新的共产主义文化思想，使鲁迅的宇宙观开始发生深刻的变化，使他逐渐接受了朦胧的无产阶级社会革命论的观点，如前所述，进行最彻底的社会革命，是鲁迅当时根本的政治态度和政治理想。这种态度和理想，清晰地贯穿在他前期的全部作品之中。通过小说，他一再批判了资产阶级在革命斗争中的妥协性，否定了他们领导中国革命走向胜利的可能；同时也暗示出，中国迫切需要出现一个与过去根本不同的完全新型的社会革命。这些看法和信念，正是在当时无产阶级社会革命论的影响下形成的。

从《呐喊》和《彷徨》中可以看到：鲁迅彻底批判了几千年来吃人的封建制度，同时也决不属意于他在日本留学时代已经熟悉了的资本主义社会制度。否则，他会对自己的理想世界作出较为具体的描绘。他所梦寐以求的"中国历史上未曾有过的第三样时代"和"人们所未经生活过的新的生活"，虽然是模糊的，然而却是先进的，是完全超越了资本主义制度的、历史上未曾出现过的合理的社会。关于鲁迅当时对未来的看法，绝不能单从他的进化论思想去解释，而是应该看到他的宇宙观里已经有了上述的无产阶级思想的萌芽。

辛亥以前，鲁迅在日本写成的《文化偏至论》中，已经对资本主义社会制度提出了种种批判，指出了资本主义世界的腐败与没落。不过当时鲁迅自己的思想却并未超越资产阶级民主主义思想的范畴，他是站在资产阶级民主革命运动的左翼来批判资产阶级民主革命的。五四以后的情况则大不相同。在共产主义文化思想的影响下，鲁迅不但成为最正确、最勇敢的彻底反帝反封建的战士，而且也坚决反对了形形色色的资产阶级思潮。他以杂文为武器，和资产阶级代表人物进行了不懈的战斗，胜利地保卫了五四新文化运动的革命传统。同时，在小说创作中也对资产阶级思想特别是个人主义思想的种种表现，提出了严正不苟的批判。

以上的事实说明，五四以后，鲁迅在战斗中已经和无产阶级取得了一致的步调。他的创作实践，完全体现了中国共产党在当时历史阶段中的革命要求。无产阶级领导下的人民大众的革命要求，通过作家的艺术实践反映出来，这就是鲁迅前期小说中的批判精神与革命理想能够取得紧密结合的主要原因。

除去无产阶级思想影响这一根本原因之外，鲁迅作品中的理想主义光辉还直接来源于劳动人民对他的启发、教育和鼓舞。他从被压迫者身上吸取了信心和力量。瞿秋白同志曾把鲁迅的革命坚定性归根于"他和农民群众有比较巩固的联系"，认为鲁迅的"士大夫家庭的败落，使他在儿童时代就混进了野孩子的群里，呼吸着小百姓的空气，这使得他真象吃了狼的奶汁似的，得到了那种'野兽性'"（《瞿秋白文集》第2卷，第981页）这确实是极其重要的一个方面。劳动人民对他的哺育，不仅增强了鲁迅的战斗性与反抗性，同时也使他树立了真正的民族自信心，使他始终成为一个坚定的民族乐观主义者。

鲁迅反对盲目的民族自大狂，反对顽固的国粹派；但也反对自暴自弃，反对民族自卑心理，热情地高呼"我以我血荐轩辕"的鲁迅，从来没有对自己的民族和人民丧失过丝毫信念。不错，他的小说曾着重揭示了剥削阶级灌输给劳动人民的落后意识，揭示了反动统治给他们造成的消极影响，但从闰土、祥林嫂等人物身上，我们主要还是看到了中国农民那种勤劳、正直和坚韧不拔的性格。在《一件小事》和《社戏》等作品中，鲁迅衷心赞美了劳动人民的高尚品质和美好情操，从他们身上看出了光明与生机，并且增长了自己的勇气和希望。在他长期的斗争实践中，劳动人民的纯朴心灵与优秀品格一直成为他不断前进的重要动力。鲁迅是伟大的革命启蒙主义者，他以自己的先进理想激发了人民的觉悟；但我们同时还要认识到，首先是人民的精神品质对鲁迅产生了巨大的启蒙作用，成为他的革命理想主义的无限源泉。

当然，鲁迅前期的理想主义精神，和他的进化论思想也有着一定关系。进化论曾造成他认识上的某些偏颇，但也有不容抹煞的积极作用。鲁迅的进化论思想，是和他的爱国主义思想联系在一起的。他主要是吸收了进化论中的发展观点和进取精神来观察一切社会现象，以它作为反侵略和反压迫的思想武器。鲁迅相信进化论，相信人类社会总是要不断地弃旧更新，向前推进。但他反对把生物进化的自然法则完全引入到社会斗争的领域中来，反对把进化论作为帝国主义侵略弱小国家的理论根据。他在1908年所写的《破恶声论》中早就指斥帝国主义侵略者是"执进化留良之言，攻小弱以逞欲，非混一寰宇，异种悉为其臣仆不慊"（《全集》第7卷，第245页）。由此看来，鲁迅的进化论是和反动的社会达尔文主义针锋相对的。他不是主张"弱肉强食，优胜劣败"，而是相反地从被压迫民族和人民的立场出发，激励"弱者"要急起直追，"劣者"要奋发图强。这样，在他的进化论思想中就明显地渗透了强烈的反抗与进取的精神。

五四前后的鲁迅，不仅相信将来必胜于过去，青年必胜于老年，而且还相信被压迫的"下等人"必胜于压迫者的"上等人"。这是极其重要的一点。他认为，光明的未来只能属于正义的一面而不可能属于非正义的一面。因此曾说："如果历史家的话不是诳话，则世界上的事物可没有因为黑暗而长存的先例。黑暗只能附丽于渐就灭亡的事物，一灭亡，黑暗也就一同灭亡了……只要不做黑暗的附着物，为光明而灭亡，则我们一定有悠久的将来，而且一定是光明的将来。"（《全集》第3卷，第266页）在鲁迅还没有成为马克思主义者之前，这种信念曾有力地支持过他，使他始终面向未来，坚信未来，把希望寄托于正义的、新生的事物，并且在每一个历史转折点上，都能坚定地站在进步的、革命的一面来打击腐朽的反动势力。这种强调进取与革新的进化论思想，对于他前期创作中理想主义因素的形成，显然起了有利的作用。

鲁迅小说在对现实的批判中始终含蕴着理想主义的光彩，是被他的先进美学思想决定的。他一贯主张文艺必须真实地反映现实，但这绝不等于消极地、客观地摹写现实。早在《摩罗诗力说》中他就指出过，历来的优秀文学作品都是要能对读者"有教示意"。"既为教示，斯益人生；而其教非复常教，自觉勇猛发扬精进，彼实示之。"（《全集》第1卷，第204页）鲁迅正是在这样一个最根本的前提下，即文艺必须表现先进理想，能使读者"更力自就于圆满"的前提下，肯定了现实主义的创作方法和艺术真实性的。

他在1913年所写的《拟播布美术意见书》中曾说，美术应该具备三个要素：天物、思理和美化。把这三者联系起来，就是说：美术作品在描绘"天物"即客观事物的时候，必须渗透着艺术家的崇高思想，要在尊重客观实际的原则下，把真正美好的事物表现得更加完美。他的意见是："作者出于思，倘其无思，即无美术。然所见天物，非必圆满，华或稿谢，林或荒秽，再现之际，当加改造，俾其得宜，是曰美化，倘其无是，亦非美术。"（《全集》第7卷，第271页）基于这种看法，他认为美术作品绝不能只是模仿实有事物。"刻玉之状为叶，鬃漆之色乱金"，无论怎样巧夺天工，但却不是他所说的美术，理由就是因为它们没有体现作者的先进观念，没有理想。这些精辟见解，当然也表明了他在小说创作方面的主张。

鲁迅在五四时写的《随感录》中曾指出，艺术家应该站在时代前面，做"能引路的先觉"，应该表现中华民族的优秀事物，不要只反映"水平线以下的思想的平均分数"（《全集》第1卷，第404页）。为了激励人民，与当时的革命前驱者取得同一步调，他曾有意识地在自己的小说中删削黑暗，装点欢容，使它们显出若干亮色，正是这种美学观点的具体运用。诚然，他强烈反对"瞒和骗的文艺"，号召作家必须取下假面，大胆地看取人生，真实地反映生活。但在阐明这一主张的时候，他还着重强调了"文艺是国民精神所发的火光，同时也是引导国民精神的前进的灯火"（《全集》第1卷，第332页），认为作家应当从积极方面着眼，应当以理想照亮未来，引导人们前进。这才是"睁了眼看"的全部意义。

至于后期的鲁迅，更曾以辩证唯物主义的观点，深刻阐发了文艺与生活的关系。他认为"文学与社会之关系，先是它敏感的描写社会，倘有力，便又一转而影响社会，使有变革"。艺术的真实不能局限于实有的真实，作家"从这些目前的人，的事，加以推断，使之发展下去，这便好象预言，因为后来此人，此事，确也正如所写"（《全集》第10卷，第197~198页）。鲁迅在这里是从反对脱离生活、向壁虚构来提出问题的，但却正好说明了艺术的源泉是生活，但又必须高于普通生活并且作用于生活的原理。辩证地看待艺术与生活、现实与理想的相互关系，把文艺的现实性和理想性统一起来，是鲁迅美学思想中的一个极其重要的观点。这对我们理解他的作品和提高自己的创作，都是有启发的。

我们论述了鲁迅小说的批判精神总是与革命理想相结合的特色，分析了他前期的理想主义的形成根源，目的是在于进一步探讨鲁迅小说创作方法的本质特征，防止把鲁迅的现实主义精神加以阉割和曲解，以致把它降低为卑琐的自然主义，或者竟然当成是暴露文学。但我们的意思并不是忽视鲁迅小说对旧社会的深刻批判意义，也不是任意取消现实主义和浪漫主义两种创作方法之间的界限。在鲁迅前期创作中闪烁着革命理想主义的光辉，而且有时也采用了某些浪漫主义的表现手法，但从艺术流派来看，当然他仍然是一个彻底的批判现实主义作家。这并没有丝毫矛盾。洋溢着革命理想，正是鲁迅的现实主义的不容掩盖的特点。也正是因为这种特点，才能看出《呐喊》《彷徨》的现实主义要比一般的批判现实主义文学更为彻底，更富有战斗性，更具有鼓舞人心、引导人们向前看的作用。

可敬的师范，可感的师恩[*]

一

感谢士琦同志给我的机会，使我得以倾诉出几十年来对老师的崇敬、感激、歉疚和思念之情。同时也使我仿佛重新回到了可贵的青春时代，回到了老师的身边。

我是抗日战争时期在北平辅仁大学中文系和辅仁历史研究所从老师受业的。因此，每当回忆起老师，我首先想到的是他时刻关心着民族安危的历史责任感，是他在一切方面表露出来的中国人民那种浩然正气和强烈的爱国感情。

第一次见到老师，是我入学后请他在我的选课卡片上签字的时候。事前，一位理科高年级的同学曾向我说起："你们的系主任很有学问，可是很严厉，从来不会笑。"当时我还是个不满十七岁的少年，听了这种介绍，是怀着颇有些惴惴的心情去见老师的，房间里没有旁人，他接过我的卡片，瞥了一眼，先用和蔼的目光向我打量了一下，然后才审查我填写的各门课程。他一面看，一面说："一年级学生不许选外系课程啊！"说着，就把我写上的两门史学系的选修课抹掉了。稍停后又抬起头来问我："你为什么不选日语呢？"课程表上确实有日语，但注了一个"选"字，当时我对学日语怀着一种反感，所以没肯选。我没提防有这一问，便直截地回

* 本文原载《余嘉锡先生纪念文集》，湖南教育出版社，1989 年版。

答："我不学日语！"不想我这种简单生硬的态度却把老师惹笑了，他看着我说："这个时候不愿学日语是好的，不过学日语并非都是为了给日本人做事，日语对做学问也很有用，何况我们这里的日语也不是按照日本人的规定开设的。"这时，我很担心老师会替我添上这门课，然而他并没这样做，签过字就把卡片还给我了。我退出来以后，那位理科学长给我制造的心理影响完全消失了，老师对问题的全面解释也没引起我注意。这次会面只留给我一个印象：他是一个能够理解青年的爱国学者，用今天的话讲，他的民族立场是很鲜明的。

老师平生以潜力治学为事，抗战期间更是过着杜门却扫、迹不涉俗的生活。但这绝不等于说他脱离现实，不关心现实。这八年当中，他除去对已付排印的《四库提要辨证》继续修订和增补外，还在学术刊物上发表了不少具有社会影响的论文。关于《世说新语》的笺疏工作也从这时确立了规模。这些论文和专著，都体现了明显的时代色彩，贯穿着深挚的爱国感情，并非"为学术而学术"。即如《寒食散考》，目的也不在于综辑旧闻，考证药品，而是以充足的史实说明魏晋士大夫服散成风是当时积弱不振，终致神州陆沉、覆亡丧乱相随属的一个重要原因。同时，也使人领会到一切颓风恶俗陷人之可畏，希望在各个方面饮鸩自甘的人都能从中得到启迪，知所儆戒。《宋江三十六人考实》充分肯定了抗辽故事的积极意义，也着意表彰了象关胜、呼延绰那样抗敌捐躯、寄托着人民爱国思想的英雄人物。文章认为关胜的宁死不降、终为刘豫所害，实足"为梁山添生色"，因而充满激情地称赞他说："胜诚烈丈夫哉！"事实说明，老师在日寇肆虐、沧海横流的年代里，并非只做到了淡泊自守，而是在学术阵地上大义凛然地坚持传播了中国人民的爱国主义传统。

在这方面最有代表性的是《杨家将故事考信录》。文章是抗战胜利前夕写定的，序言明题"书于北平不知魏晋堂"。所云"不知魏晋"，正表现了当时"人心思汉"的普遍情感。这篇力作，不少地方借考史痛斥了日寇的野蛮侵略。如在论述杨门故事长期盛传的时代背景时说："及至南北宋之交，女真侵扰，民不聊生，生民之祸亟矣，杀其父兄，系累其子弟，毁其庐墓，掠其衣食，转徙流离，置身无所。"这固然是历史，同时也是当时广大同胞惨遭荼毒的真实写照。唯其如此，老师才着重指出，对于侵略暴行，"民之蓄怒深矣"。与此相关，文章还愤怒地谴责了出卖祖国的民族败类，如引郝经《崟山陵行》之后曾加案云："此诗写金人之处心积虑，如见肺肝。金之立齐、楚，正视之如走狗，将俟狡兔之死而遂烹之耳，而惜乎乱臣贼子之不悟也。"这里，主要不是叹惋而是鞭挞和唾弃，用意是十分明显的。

尤其可贵的是文章曾通过大量史实反复强调了中国人民的不可征服，鼓励沦陷区的读者必须看到胜利的曙光。如说："中国虽败亡，而人心终不屈服于强敌，古今一也。"又说："物不可以终否。《杨家将》之作，如《板》、《荡》之刺时，《云汉》之望中兴，其殆大义之未亡，一阳之复生欤？"果然，文章脱稿后仅仅半个月时间，日寇就宣布无条件投降了。我时常想，老师在抗战时期所写的许多学术文章，不止表现了他个人可贵的民族气节，同时也大大激发了读者的爱国热忱，增强了人们对胜利的信心。作为学生，我当时是从这些宏文中汲取了强大精神力量的。

老师讲课，只要涉及到民族耻辱和古人的志节，也每每以警语抒发自己的感慨与愤懑。这都很有教育作用，并且足以窥见他当时的心情。在平时谈话中也是如此。老师久居北平，对京剧也很熟悉。有一次偶然谈起孟小冬在余叔岩的传授下演出了《洪羊洞》，老师说："这出戏虽以六郎为主，更引人的却是焦、孟故事。京戏是从元杂剧《昊天塔》演化来的，情节自然出于傅会。但是'孟良盗骨'的故事不止表现了人们对老令公的怀念，也寄托了宋代遗民一直哀叹徽、钦遗骸不得南还的悲痛。这种情绪的可贵，不在于'忠君'，而在于'知耻'。如果大家听这种戏都能有所感发就太好了。"这样一些闲谈，都流露出老师对祖国的眷眷深情，也说明他高度重视我们中华民族同仇敌忾的精神。

今年是抗日战争和世界反法西斯战争胜利四十周年。回忆四十年前，正当群情振奋、薄海欢腾的时刻，我从报纸上看到了老师应邀而写的庆祝胜利的题词"拨乱反正"。这句出自《公羊传》的成语，是近年来大家经常使用的，但那时人们却都感到非常新颖。老师选择它作为题词，包含了十分丰富的内容和深远的含义，意思是说，人类历史上空前惨重的战祸终于得到制止，正义终于战胜了邪恶，人民的牺牲终于从历史的进步中得到了补偿。我从这里深深体会到老师当时难以抑制的喜悦心情。

二

老师的品德，不独表现于坚定的民族气节方面，而且表现于他在一切问题上的爱憎分明，守正不阿。他中年以后尝自署"狷翁"，批校过的书籍上也多有"狷翁校雠"的印记。师友们都了解，他一生刚介耿直，在污浊的旧社会里从不肯随俗俯仰，确实当得起一个"狷"字。"见善如不及，见恶如探汤"，是可以借来说明他的风操的。

老师常常提到自己"平生无用世材"，这只是就他从未介入过政治而言。事实上，在学术和教学领域中孜孜不倦地工作，而且无论从事撰述或讲论，都时刻不忘以"正人心、端士习"为己任，这本身就是具有重大意义的"用世"。回忆我入学不久，老师就在课堂上阐述过裴行俭所说"士之致远，先器识，后文艺"的道理，并且强调说："器识应当是指人的思想品格，不是单指器量和见识。"后来再讲授"《世说新语》研究"时，他曾结合对史实的考订着重批判了晋人任诞的风习。如说："当时士大夫以放诞为清高是不足为训的。前人以为永嘉之祸未必不由于此，很值得深思。但晋人毕竟有晋人的历史条件，有些蔑视礼法的佯狂行为确实包含着正义。惟在现代则切不可借追慕放达以利个人的佻薄与纵恣，只能把这段历史当成千古殷鉴。"老师治学，一向主张知人论世，他对"林下诸贤"和其他历史人物都有自己的评价，总的原则即是表彰正直，批判圆滑、贪鄙和苟求显贵。他认为《世说》以华歆的轶事入"德行"是失当的，所载华、王（朗）优劣亦不足深论。这倒不是从贬斥篡逆、维护汉朝的正统地位出发，而是因为他们的欺世盗名、矫伪干誉。这些都反映了老师自己平时所坚持的道德标准。

在我问学的过程中，老师不仅指引我如何读书，更重要的是教导我如何做人。他经常提到，这两方面都永无止境，都要自强不息。有一次因为涉及到《十驾斋养新录》，老师特别用"愿从新心养新德，长随新叶起新知"的话勖勉我说："钱竹汀晚年，还时时以他儿时诵习的诗句激励自己，并且用它来为自己的著作命名。年青人更需有这种不断'养新德'和'起新知'的精神。"这些话，直到今天还对我有切实的指导意义，因为我仍然需要不断提高自己觉悟和修养，而且正面临着一个迫切需要知识更新的问题。老师还一再告诫我不要追骛浮名，曾说："要记住'实至名归'。'东鸿记'的茶叶，'聚庆斋'的点心，'同仁堂'的药，向来不做宣传而自有信誉。当然，也有实不至而名归的情况，'凌烟阁上人，未必皆忠烈'。功业如此，学术上也是一样。但若只求虚名，既对不起社会，也对不起自己。"每次谈到这些，我都从老师的神情语调中领会出他对自己的殷切关怀和苦心培育。

我留在母校工作以后，有了更多向老师求教的机会。他曾郑重地嘱咐过我："现在是危行言孙的时代。明哲保身绝不是以迁就迎合取容于世，一定要事事不失其正。"还说过："立身行事切不可从风而靡。应当牢记古人讲的'不诱于誉，不恐于诽'的话。'不恐于诽'也许容易一些，'不诱于誉'就更难。"这些教导，都体现了老师自己狷洁的品格，都是我毕生不能忘记的箴言。

老师对工作、对青年的认真负责我更是深有体会。我在老师身边工作的时候，曾代他评阅过同学们的试卷，批改过他们的作业和笔记，用后来的话讲，就是做过一些辅导工作。此外，也帮老师过录和检索过一点资料。这些都是为了使我得到锻炼和培养，而不是为了减轻他个人的负担。因为凡我做过的工作，他都要认真检查或重新校阅，还要找时间向我指出不当之处以及由于我书写粗心而造成的脱误，事实上这要比他亲自动手更加耗时费力。

在我成长的过程中，老师对我各方面的要求是严格的。我没有可能把这些一一写出，但却一一记得。不过，我虽然有时受到他的批评，也见他批评过旁的同学，但却从来没见他讥诮学生、菲薄学生。他的态度是热情诚恳的，因而就不会挫伤年青人的积极性与自尊心。

从我的感受来说，老师对学生并不那么一味的严峻，有时也谈闲话，而且说起来也笑容满面，甚至笑的合不拢嘴。在当时的艰苦岁月里，他也提醒过我注意健康，关怀过我的老人和家庭经济生活，谈话中充满了和煦深挚的感情。"爱弟子如子弟"，我是从和老师的接触中深切体会到的。

毕生勤奋也是老师的重要品德之一。他的浩瀚无涯涘的知识和过人的记忆力，他在学术事业上所取得的成果，都证实了"业精于勤"是一条颠扑不破的真理。多年来他每周都要讲八节以至十数节课，往往三四门课程同时开。在教学任务十分繁重、生活条件相当清苦的情况下，他总是抓紧一切时间夙兴夜寐地从事撰述，即使在病中也要坚持。《四库提要辨证》和《世说新语笺疏》这两部巨著都是以这样顽强的毅力完成的。

老师住宅的大门上有一副半旧的油漆对联："努力崇明德，随时爱景光。"这是旧时街头常见的门联，是赁居时原有的，但却恰好概括了老师为人和治学两个方面的基本特点，也可以说是一种巧合。在现实生活中，真能做到这两点的人其实并不多。我每逢到他家里去或经过大门前时，总要被这副门联吸引住，感到这两句很普通的话里包含着极其充实、具体的内容，仿佛从中看到了老师高大的身影，看到他从事写作时那种"发愤忘食，乐以忘忧"的精神。老师早已离开我们而去了，那副在我心目中一直闪烁着光辉的门联是否还留在人间呢？

三

老师在学术上的贡献是学者共知的。作为学生，我感到一生沾溉无穷的是他在治学态度和治学方法上给自己的启牖和指引，是他的朴实谨严的学风为我们树立的典范。

"实事求是"是老师治学的最根本的特点。基于这一点，他主张做学问必须博览，要重实证，要在充分掌握资料的前提下进行分析、比较，才能形成正确的见解，做出可靠的判断。对此他曾解释说："读前人之书，不可惟其说之从。……如折狱然，必具两造。甲以为如此者，安知乙之言不如彼？比而证之，而后幽直乃见，所谓'实事求是'也。"（《疑年录稽疑·序》）坚持一切从实际出发，比而证之，这是科学的态度，科学的方法。

老师一贯强调"理论必须持平"，就是实事求是精神的具体体现。他在课堂上下多次谈到过"平情而论"的重要性，认为评价任何人物与著述都要注意"善而知其恶，短而知所长"，做到瑕瑜不掩，各还其是。如果爱憎随心，抑扬失当，就不可能做出符合事实的结论，因而也就没有学术价值。可惜我后来在"形而上学猖獗"的长期影响下，一直背离了这些教导。在我的印象中，老师对章学诚的疏陋一向是不满的，《书章实斋遗书后》一文曾就其立论纰谬之处多所摘发。尽管如此，文章仍然充分肯定章氏弘裁卓识有过人之处，《目录学发微》中也多次援引过他的议论。此外如对洪亮吉，对郝懿行，也是如此，既指出过他们的严重不足，同时又都不没其所长。

和上述情况相反，老师对自己所推重的学者也从不曲徇回护。例如，他对晚清版本目录学家陆心源评价是较高的，特别是对陆氏在著录古籍时注意博考作者行事的做法，曾屡加称道。但是《书仪顾堂题跋后》一文，在概括举出本书成就后，却主要论述了陆氏在考证上的疏失以及全书体例上的缺陷。钱大昕是老师最服膺的学者之一，可是对钱氏排斥通俗小说的迂论则深不谓然，所撰《疑年录稽疑》更是专门订正钱书失误的。这些都是实事求是的表现，是对学术负责的表现。老师在《稽疑》的自序中还说过："古今大儒著书，虽经学如许、郑，史学如马、班，亦不能无失。盖学问之关涉无穷，而一人之精力有限，有所通则有所蔽，详于此或忽于彼，稍形率尔，疏漏随之。"这可以说是他主张瑕瑜不掩、坚持平情以察其是非的理论根据。

与此相联系的是老师治学的谦虚态度。唯其平情论人，所以也能虚襟自处。他在《王西庄先生窥园图记卷子跋》中批评过王鸣盛好诋诃前辈、高自标置的作风，同时也引证了钱大昕规劝王氏的信札。信中那段"订讹规过，非訾毁前人，实嘉惠后学。但议论须平允，词气须谦和"的名言，是老师用来叮嘱过我的，他自己也一直恪守着这样的原则。《四库提要辨证》收稿近五百篇，全属于驳论文章，但都是在认真分析《提要》产生的历史条件、充分肯定其成就与功能的前提下对原著加以纠弹的。全书始终保持了谦挹的态度，并在序言中反复申述了"蠹生于木，而还食其木"和"纪氏之为《提要》也难，而余之为《辨证》也易"的道理。老师的学问之所以博大精深，除去勤奋之外，谦虚也是一个极为重要的因素。记得老师使用的旧车上镶有一块镌有"抱竹居"三字的铜牌，我不知道这是否也是他采用过的斋名之一，不过我是常常由此而联想到他在学术上的虚心精神的。

老师治学是矜慎刻苦的，研究任何问题都经过了沉思博考，从未匆遽命笔，这也表现了他的谨严学风。他一生著述可谓宏富，但从未追求过数量。有一次他对我讲："无论词章考据都不是以多为胜的。一联佳句可以传诵千古。《论语骈枝》不过十数条，可是条条精审；《蛾术编》一百卷，却存在许多疏略。不过王西庄毕竟是大学者，学问不如他的就更难说了。"老师对《汉书·艺文志》的研究曾下过多年功夫，抗战初就提到对《汉志》"窃欲提要钩玄，理而董之，绠短汲深，汗青无日"（《小说家出于稗官说》）。后来又说过"余尝欲草《汉书艺文志索隐》，未成"（《内阁大库本碎金跋》）。"未成"的原因除去时间紧和任务多的矛盾外，也还由于老师的慎重。我在研究所学习时他曾为我们开设过"汉书艺文志理董"一课，讲论中对刘、班指意，多所发明，其中有不少精辟的论证、创新的见解，为姚振宗以来诸家所不能道。我盼望老师关于《汉志》研究的遗稿有一天也能整理出来，这对学术界是有参考价值的。

老师曾说："做学问，为人和为己是一致的，但最根本的是为人，为学术。"他从这个原则出发来从事著述，进行教学。在讲授一些基础课如"经学通论""骈体文讲读"以及为史学系开设的"秦汉史"时，他总是首先考虑学生即课程本身的需要，而不是只宣讲自己的心得和研究成果。他开"目录学"，并不讲自己的《发微》，而是讲《书目答问》。《答问》是一部治学门径的举要书目，老师以它为教材，就是为了使学生窥目录以为津逮，解决应读何书以及读书治学的方法问题。他在教学过程中固然也随时订正《答问》的阙失，但不同于作补苴工作，更不是为《补正》作补正，而是以《答问》为线索评介一些要籍和校注，说明它们的内容、体例与用途，做到撮其指意，论其得失，从而达到辨章学术，考镜源流的目的。这是目录学原理的具体运用，充分体现了这门学科的基本精神。正因为这样，所以凡是从他受教的人都能从一开始就奠定一个坚实的基础，养成一种扎实的学风。

能够听到老师的教诲、受到老师的哺育的时光过去了，可是当年的一切情景还都珍藏在我的记忆之中，想起来历历如昨。由于主观和客观的原因，我终于没能按照老师原来所期望的那样成长，以致辜负了他的心血。

自己经常为此而感到愧怍，有时甚至凄然不能自已。不过，如果说我在文化教育工作岗位上也做出了一点成绩的话，重要的还是因为我曾在较长时间内接受过他的熏陶。四十多年来，每逢老师的音容笑貌浮现在我眼前时，总会给我以温暖和力量。可敬的师范，可感的师恩啊，中心藏之，何日忘之！

1985 年 9 月 10 日

《元明清诗选》校阅散记[*]

　　新蕾出版社的同志让我校阅一下这本书稿。我是元、明、清文学的爱好者，楚庄同志又是我几十年的老朋友，因此我答应了。校阅之后，还想说几句话。

　　根据编选目的和读者特点，《元明清诗选》一书所收的都是近体，作者也不限于名家。内容包括了各种题材、各种风格的作品，能从一定角度上反映这一历史时期诗歌的特色。选材既考虑到思想意义，又注意了表现手法上的特点，而且都是易于领会，便于成诵的篇章，足以引起读者的兴趣，启发他们的思考，使他们在美的艺术享受中受到高尚情操的感染与熏陶。诗后所附的题解和注释，也都简当明了，能够深入浅出，有助于培养少年儿童对古代诗歌的阅读和欣赏能力。因此，我认为这是一本有益的读物。

　　《诗选》注意了爱国主义教育；同时也注意收录了一些同情人民疾苦、反映封建时代社会矛盾的诗篇。通过理解和背诵，对提高读者的思想认识有好处。其中有些作品显示了相当精巧的艺术构思，能在短小的篇幅里揭示出比较深广的社会内容。如孙承宗的《渔家》一诗，形象地写出了当时渔民在雪夜里劳动的辛苦，同时对那些习惯于借此题材来鼓吹个人闲适情趣的艺术家也有所讽谕："画家不解渔家苦，好作寒江钓雪图。"这就使意思更深了一层。

---

　　*　本文原刊《新蕾书评》，新蕾出版社，1988。

　　值得说明的是，《诗选》在取材上没有沿袭封建社会里长期存在的大汉族主义观点。书中不仅有一些抗击民族侵略的汉族爱国英雄的作品，同时也选入了少数民族将领如伯颜的《过梅岭冈留题》这样的诗篇。

　　书中有些诗作，今天读来也是很有现实意义的。象于谦的《除夜太原寒甚》，主要精神是引导人们向前看，要人们站得高一些，看得远一些，要对前途充满希望和信心，袁枚的《苔》也写得很好，是一首"咏物诗"。书中还有一些这类的作品，象解缙的《桑》，于谦的《咏石灰》《咏煤炭》等都是。咏物诗是通过吟咏自然界某种事物来寄托诗人思想感情的作品。诗中自然物的形象，实际是人的精神面貌的生动显现。此外还有一些"题画诗"，如郑燮的《题画竹诗》《竹石》等。它们是以画面上的景物作为吟咏对象，把景物的特征或属性与人的志节和情感联系起来，借以赞美与自然特点相吻合的人的精神。题画诗的发达是明清诗歌的一大特色，从性质来看，它们仍属于咏物的范围。

　　选注中对诗篇的作者做了一些简要的介绍和评述。这于丰富读者的文学知识和历史知识很有益处。

永恒的沉默*

周月亮

　　我的导师朱泽吉先生遽然谢世，他是感到如释重负，为解脱了"我与我周旋久"的折磨，解脱了过量的违心外物的挤压？还是留恋这尽管残酷却时有温馨，尽管他本人惨遭野蛮地摧残，但还竭诚地为之去建设文明的世界？他的心是甜美的，还是严峻的？是幸福的，还是绝望的？他没有告诉这个世界，闪电就熄灭了。遗体告别仪式是庄严隆重的，堪称死也荣哀了。

　　然而，我深深知道命运对先生的残酷和不公！知道先生活得是多么苦！

　　似乎一切都很正常，其中的个别"章节"还是令人羡慕的。先生早年就读于辅仁大学，颇受陈垣、余嘉锡、孙楷第等著名学者的赏识和契重，在毕业即失业的年代，留校执教，并成为余先生的研究生，继续从事国学研究。这自然成就了他渊博的学识、深厚的国学根基，但那不是个"做学问"的年头，先生是"辅仁的状元"，也是全民抗战民众土壤之中的一粒热沙。随后就是解放战争，他做过掩护地下党员之类的工作，曾用笔名发表过时评和杂文，都早已湮没无闻了。建国后，先生以他的才学和勤奋在民间文学研究领域创获甚众，受过毛主席的接见，留下合影一张。然后就是众所周知的风风雨雨，尤其在十年浩劫中度过了难以言状的凄惨岁月，

---

　　* 本文原刊《读书》1988 年第 12 期。曾作为《后记》附于《朱泽吉学术论文选集》之末。

从事学术研究便成了天方夜谭。以后，老马踏上新途，任重道远的行政职务，荣誉性的、实务性的社会兼职纷至沓来。整理先生遗物，看见各种兼职的聘书、证件等红皮、蓝皮的小本本就有十四五个。先生又陷入光荣的无可奈何之中。尽管如此，他在这十年间，仍发表了关于冯梦龙、吴敬梓、目录学等方面的兼具精深考证与理论建树的文章将近二十篇。还写就十九万字的《冯梦龙研究》，而且这期间一直没有脱离教学第一线，而且他的老朋友还都知道他是个"苦吟派"……但这一切在一九八六年九月二日的一刹那都成了先生的"生前"！年仅六十五岁。

生命的流程不是逆转，每天都有平庸或悲壮的结局与开始。表面看来，先生与他同时代大多数知识分子走着相同的道路，世间当然有比先生更不幸的人。先生不但有活过来的幸运，还有一个"光明的结尾"，似乎算不上悲剧。然而这却正是一种深而思之就令人压抑黯然、怵目惊心的悲剧。正象朱先生的历程比较普通一样，这个隐蔽的悲剧模式恰恰是那一代知识分子比较普遍的格局：负面因素假自己之手将自己否定了一半，所有的外在的桎梏与摧残都"内化"成了自律要求。只有在布景倒塌之后才洞见了悲剧的深渊。

从旧中国过来，这一点就使先生那一代人犯了"原罪"，以后的道路只是虔诚地赎洗这原罪的历程。那是个改造的时代，是存心要毁掉强者，要挫折他们的锐气，要把他们的自豪的信心转化成焦虑和苦恼，让强者利用自己的力量反对自己，一直到强者由于过度自卑和自我牺牲而死亡。先生的知识与明锐使他不难感到这种改造的"重大意义"，然而他无法、也没想抗绝这种超个人的思潮，甚至还自觉地、认真努力地把这种改造的"指标"内化为一种进入感性层次的价值观念。仅从一件极普通的事中，就能看出这种改造的威力：我们从来不知道也不相信先生年轻时曾经是一位诗人。一些老人说穿这一点时，我们请先生写个条幅挂在客厅，先生漠然地说："我觉得没什么话可说。"当时这是个谁也不在意的细节，现在才感受出那是一份多么凝重的悲凉、一个沙漠般的总结。

我现在还常常能回想起先生的目光，目光中有几分以忍耐为前提的明哲，但因其忍耐而又抵消了明哲的亮度；很深沉，但那是被岁月抹上了无可奈何色彩的深沉。无话可说的荒漠感与克尽其责的责任感的双重变奏，至少是先生后半生的主旋律。不是旋风，不是海啸，这是一颗流血和沉默的魂灵。

先生曾说："没有个性就是我的个性"，然而，"没有个性"的先生有痛苦。痛苦成了他生命的存在方式。对于先生这样的学者，他洞察历史的深度与他所受的痛苦是成正比的。然而，在先生所经历的特殊历史时期内，痛苦很难成为生命的刺激和动力，很难变成创造文化的代价，仅仅是被剥夺的痛苦，痛苦被剥夺，只有残酷没有节日。当然，先生本人也要负一份责任，那就是先生视人太重，视己太无情！屈己从人是先生的美德，更是他的不幸，它使先生太重那些荒谬的评判、那些个短暂人生中的小事件。先生只有在深心的孤独之中才会体味这种不幸。先生的孤独是无话可说的、尽在不言之中的孤独，是大部分被掠夺去后的清醒的自我确立。无言的孤独是严酷的、凄凉的。我有一种不能抹灭的感觉：先生的精光被自己掩抑过半，示世者仅是余绪，象冰山一样，浮出水面的只是十分之二、三。先生生前死后，我常常想：若是先生换一个活法呢？那也许会失去若干所谓的美德，但会有更多的、与他的博学和才华相符的建树，更主要的是先生会活得轻松愉快一些。先生活得认真的要命，这认真便规定了他的悲剧命运："终身履薄冰，谁知我心焦。"（阮籍《咏怀》诗）我曾对先生说您是悲剧，先生当时什么也没说，过后师母说他颇受刺激、良多感慨，但一直也没跟我说什么，五年后，在我结束研究生学业时，先生才旧话重提，且戒我勿再言。今日，当他卸掉了尘寰的观念枷锁时，或不会再责我直肆，会额首以为弟子知先生。

先生苦了一生，而痛的意义又并没有充分地体现为存在的意义，这是先生最后的悲剧！

人绝不是万物的尺度！从希腊哲人到今天还满怀深情地重复它的人都是在补偿性地文饰着人在自然面前的无能为力！人的真实的生存却恰恰相反："万物"倒绝对是人的不二法尺。所有关于人是自由的童话都在一次性的、不可替代的终点面前显得那么矫揉造作、苍白无力！无论是西哲的理性自由、选择自由，还是中贤的内心自由、"大丈夫"的自由，统统被最后的取消吹得烟消云散，象一个两眼昏花的老人刚刚将一张碎币精心补对完整却被一个喷嚏吹得七零八落一样！

垂下的眼帘终于彻底遮断了所有的一切！

先生再也不必朝乾夕惕，再也不必谨厚宽容，他到了一个什么也用不着的世界。我不相信极乐世界，即使有，也与先生的风格格格不入。我也不想让先生再入君子国，因为他在君子国里呆得太久了、呆得太累了。

没有痛苦，只有靠非生存才能达到。"余痛恨先生之死之心可释矣。"我愿摘李贽《罗近谿先生告文》移赠先生：

> 有柳士师之宽和，而不见其不恭；有大雄氏之慈悲，而不闻其无当。……居柔处下，非乡愿也。泛爱容众，真平等也。力而至，巧而中，是以难及；大而化，圣而神，夫谁则知。

剑逝舟存，鸿飞爪在。这本论集选录了先生在几个领域里探索的足迹。它们大都是写于别人早已憩息酣睡的深夜。是先生部分生命的凝结，不足以尽先生，但可以见先生了。

似乎先生只给世界留下这本文集，然而，这只是似乎，不是事实。且莫说先生还有文章我们未收入，且莫说先生还有手稿未刊，仅先生几十年呕心沥血对学生们的学识学风的化育，就决不会在公元一九八六年九月二日那天画了句号。

这二十几篇精峻的文章，识者自然会叹服。但，依据我十年来对老师的理解，我想先生会同意我说：希望这些文章速朽！因为这标志着先生为之献身的学术事业迅速发展、更新换代了。当了一辈子蜡烛的先生从来就有鲁迅先生甘当"中间物"的情怀。

先生为人迹每同人，而心常异俗，先生作文矫俗避熟，深刻周至，言约义丰。校读书稿，不禁思如水流，悲若山来，先生的亲人、知己、师友、学生会永远感到先生音容宛在。

中国《儒林外史》学会、关汉卿研究会副会长李汉秋教授除了日常工作，还有繁忙的学术活动，特为本书撰写了序言，山东文艺出版社王岫同志为本书付出了令人感念的劳动，于此并致谢忱！人间自有真情在！

图书在版编目（CIP）数据

朱泽吉文集 / 朱泽吉著；周月亮原编；杜志勇订
补 . --北京：社会科学文献出版社，2021.2
（燕赵学脉文库）
ISBN 978-7-5201-7989-8

Ⅰ.①朱…　Ⅱ.①朱…　②周…　③杜…　Ⅲ.①中国文
学-古典文学研究-文集　Ⅳ.①I206.2-53

中国版本图书馆 CIP 数据核字（2021）第 031653 号

·燕赵学脉文库·

朱泽吉文集

著　　者／朱泽吉
原　　编／周月亮
订　　补／杜志勇

出 版 人／王利民
责任编辑／李建廷

出　　版／社会科学文献出版社（010）59367215
　　　　　地址：北京市北三环中路甲 29 号院华龙大厦　邮编：100029
　　　　　网址：www.ssap.com.cn
发　　行／市场营销中心（010）59367081　59367083
印　　装／三河市尚艺印装有限公司

规　　格／开　本：787mm×1092mm　1/16
　　　　　印　张：16.75　字　数：260 千字
版　　次／2021 年 2 月第 1 版　2021 年 2 月第 1 次印刷
书　　号／ISBN 978-7-5201-7989-8
定　　价／128.00 元